STEPHAN KNÖSEL
DAS ABSOLUT SCHÖNSTE MÄDCHEN DER WELT UND ICH

Für Sandra

STEPHAN KNÖSEL

Das absolut schönste Mädchen der Welt und ich

ROMAN

Dieses Buch ist auch als E-Book erhältlich
(ISBN 978-3-407-74606-1)

www.beltz.de
© 2015 Beltz & Gelberg
in der Verlagsgruppe Beltz · Weinheim Basel
Werderstraße 10, 69469 Weinheim
Alle deutschsprachigen Rechte vorbehalten
Neue Rechtschreibung
Lektorat: Frank Griesheimer
Umschlaggestaltung: © ZERO Werbeagentur, München
unter Verwendung von Fotos von FinePic®, München (Pünktchen)
und Getty Images/Gina Scarfogliero photography (Mädchen)
Gesamtherstellung: Beltz Bad Langensalza GmbH, Bad Langensalza
Printed in Germany
ISBN 978-3-407-81183-7
1 2 3 4 5   19 18 17 16 15

TEIL EINS

1

Mein Vater wohnte immer noch in dem Mietshaus, wo wir früher gewohnt hatten, nur eben nicht mehr im Erdgeschoss, sondern im vierten Stock. Seine neue Wohnung war unglaublich. Andere ändern ihren Kleidungsstil oder die Frisur. *Er* lebte jetzt fast in einer anderen Welt: mit dunklem Parkett, Latte-macchiato-farbenen Wänden, vielen Spiegeln und einer offenen Küche. Design war hier ganz groß geschrieben, wie in einem Wellnesshotel. Nur das Fahrstuhlgedudel im Hintergrund fehlte.

Eine Theke mit Barhockern trennte die Küche vom Wohnzimmer. Dort stand eine inselgroße weiße Ledercouch einem in der Wand eingelassenen 55-Zoll-Fernseher gegenüber. Auch das Bad war halb Wellnesshotel, halb Pornofantasie: Armaturen aus gebürstetem Metall, italienische Mosaikkacheln und allein die Regendusche so groß, dass man dort Partys feiern konnte.

Was der Vormieter wahrscheinlich auch getan hatte. Und mein Vater vermutlich auch gern tun würde, von wegen Midlife-Crisis und so. Sein Vormieter war ein Cabriofahrer Anfang dreißig gewesen, der am Wochenende lange schlief und dann laut Musik hörte – bis eine seiner Freundinnen ein Kind von ihm erwartete. Danach hieß es für ihn raus aus der Regendusche und ab ins Reihenhäuschen.

Ein Single weniger in München plus ein Neusingle – schon war das kosmische Gleichgewicht wiederhergestellt.

Ich war nicht zu Besuch gekommen. Ich hatte mich mit meiner Mutter gestritten, meinen Koffer gepackt und war in den Nachtzug gestiegen. Ich hatte die Nase voll von Paris. Beziehungsweise von Gentilly, wir wohnten ja nicht mal *in* Paris, sondern in einem Vorort am südlichen Stadtrand. Direkt am *Boulevard Périphérique* – das war so eine Art Ringautobahn, die wie ein Graben um die Stadt verlief, also nicht gerade superromantisch, wie man sich Paris ja sonst eher vorstellt.

Jedenfalls, ich hatte mir das ganz toll ausgemalt: Ich mach die Wohnungstür auf, knall meinem Vater den Koffer auf die Ledercouch und sag: *So, hier bin ich, hier bleib ich, egal, was du sagst!* Danach würde mein Vater vom schlechten Gewissen übermannt werden und ein paar Tränchen vergießen und mich in die Arme nehmen, mein Taschengeld erhöhen und mit bebender Stimme antworten: *Natürlich, mein Sohn! Endlich!*

Und dann hätte ich mein altes Leben wieder. Wenigstens einen Teil davon.

Aber er war nicht zu Hause. Und am Telefon kommt so eine melodramatische Ansage einfach nicht rüber. Also fragte ich ihn da nur, ob ich ein paar Tage bei ihm pennen könne, ich sei über Pfingsten spontan nach München gekommen – um ein paar alte Freunde zu besuchen.

Mein Vater wusste nicht, dass die Hälfte meiner Freunde selber im Urlaub war. Und ich mit den anderen nicht mehr wirklich befreundet war. Das Ganze war auf so eine Art *Facebook*-Nummer runtergeschrumpft. Ging ja nicht anders. Ich lebte neunhundert Kilometer weit weg. Da verliert man sich zwangsläufig aus den Augen.

Instagram und der ganze Krempel war natürlich besser als gar kein Kontakt. Ich postete auch fleißig Fotos – Paris ist ja eine unglaublich fotogene Stadt – und dann schrieb ich, damit sich keiner Sorgen machte, dass es mir gut gehe. Dass ich zum Beispiel in den Tuilerien säße, auf einer Parkbank, und schöne Frauen zählte und gerade Nummer 42 an mir vorbeigelaufen wäre. Und das schon um acht Uhr morgens! Oder Nummer 43, ich käme mit dem Zählen nicht mehr nach.

Denn so war das Leben doch in Paris, oder? Jedenfalls glaubte das jeder gern. Dabei war das natürlich Käse. Also, klar gab es schöne Frauen in Paris. Aber ich war auch schon mal in Bielefeld gewesen, und da gab es auch schöne Frauen. Es war nicht so, dass die sich alle in Paris trafen.

Bevor ich mit meiner Mutter dorthin zog, war ich nur einmal in Paris gewesen, mit elf oder zwölf. Da fand ich das toll: Eiffelturm, Mona Lisa, Disneyland. Es war ganz anders als das Frankreich meines Großpapas, der einen kleinen Lebensmittelladen in einem von Weinbergen umgebenen Dorf namens Tourouzelle gehabt hatte. Aber jetzt? Na ja.

Mein Vater hatte jedenfalls kein Problem damit, dass ich es mir bei ihm gemütlich machte – und wenn ich Geld brauchte, ich wisse ja, wo seine Ersatzkreditkarte sei. Schade, dass wir uns nicht sehen könnten. Doch er werde erst in ein paar Tagen wiederkommen, er habe kurzfristig für einen Kollegen einspringen müssen. Er arbeitete als Kameramann beim Fernsehen, meistens Serien. Gerade drehten sie eine aufwendige Hochzeitsgeschichte irgendwo in Portugal.

Warum ich ihn nicht angerufen hatte, *bevor* ich nach München kam – von wegen, ich will jetzt bei dir wohnen, und so? Das ist ein bisschen kompliziert. Ich hatte zu dem Zeitpunkt, als ich mich dazu entschied, kein Telefon mehr. Und *dass* ich kein Telefon mehr hatte, war sozusagen der Grund, *warum* ich mich entschied, zu meinem Vater zu gehen. Oder wenigstens der Auslöser. Ich sagte ja schon, dass ich mich mit meiner Mutter gestritten hatte.

Sie war nämlich der Meinung, dass ich zu sehr an meinem Handy hinge. Nur war ich eben nicht mehr zehn oder elf, sondern siebzehn Jahre alt. Da ist das etwas albern, wenn man deswegen meckert, so als Mutter. Vor allem brauchte ich das Ding ja, um mit meinen Freunden wenigstens einigermaßen in Kontakt zu bleiben.

Doch meine Mutter war der Meinung, ich sollte mehr rausgehen, an die frische Luft, und am richtigen Leben teilhaben. Ernsthaft! Ich hatte sowieso schon einen Scheißtag gehabt. Und dann kommt die Alte auch noch mit solchen Sprüchen. Und nimmt mir, ehe ich mich versehe, einfach so mein *iPhone* weg. Ja, ich weiß. Eigentlich ist das lächerlich. Doch in dem Moment war das eine todernste Angelegenheit.

Ich will also meiner Mutter mein Handy wieder abnehmen – weil es ja *mein* Handy ist und nicht ihres – und was macht sie? Sie wirft es einfach aus dem Fenster. Einfach so. Zack.

Ich meine, wenn sie das Ding damals wenigstens bezahlt hätte – okay! Dann könnte man ja darüber reden … obwohl das dann immer noch eine Scheißaktion wäre! Aber so?

Und sie hatte nicht mal ein schlechtes Gewissen danach! Sie schaute mich an, als wartete sie nur darauf, dass ich mich beschwere.

Allein deswegen sagte ich schon nichts. Auch wenn ich innerlich glühte. Handys aus dem Fenster werfen, das geht gar nicht, und erst recht nicht mit meinem. Meine Mutter kommt zwar aus Südfrankreich. Was vielleicht ihr Temperament erklärt. Trotzdem. *Das* war zu viel.

Und dann war das Handy auch noch weg. Es war einfach nicht mehr da, als ich runter auf die Straße rannte. Irgend so ein Arsch hatte es anscheinend mitgenommen. Wahrscheinlich war es auf das kleine Rasenstück gefallen und nicht völlig kaputtgegangen. Jedenfalls war meine Laune damit endgültig im Keller. Ich packte wortlos meine Tasche, meine Mutter sah mir wortlos dabei zu, dann stieg ich in den RER und fuhr zum Gare de l'Est.

Trotzdem hätte ich natürlich meinen Vater anrufen können. Es gab ja immer noch genügend Telefone auf der Welt. Vielleicht hatte ich einfach Angst, in meinem Schwung gebremst zu werden. Ich hatte sowieso nur halb daran geglaubt, dass er mich bei sich aufnehmen würde. Und mich deswegen auch nur halb darauf gefreut. Also war ich auch nur halb enttäuscht, als er nicht da war. Ich fühlte damals vieles nur so halb.

Ich zog die gläserne Schiebetür auf und ging raus auf den Balkon. Die Granitfliesen waren kühl an den Füßen. Es waren die gleichen superschicken Bodenfliesen wie im Badezimmer. Einer der Rattansessel hatte Brandlöcher im Polster, vermutlich von den Jointstummeln, die auf dem Glastisch lagen.

Ich lehnte mich über die Brüstung und schaute vorsichtig runter in den Innenhof, wo ich schon als Kind gespielt hatte. Die alte Plastikschaukel hing immer noch provisorisch an der Teppichstange. Auch die rot-blaue Baumarktrutsche stand noch im Sandkasten. Und auf der Grünfläche zwischen Innenhof und Hinterhaus wuchs die Kastanie, die wir nach

Anleitung einer *Wissen macht Ah!*-Sendung hatten keimen lassen.

Ich fragte mich, wie mein Vater diesen Anblick jeden Tag ertrug. Hier hatte er eine Familie gegründet – und verloren. Hier waren sechzehn Jahre seines Lebens und fast mein ganzes Leben nur noch Vergangenheit, überstrichen wie die Hausfassade, die jetzt hellblau war.

Hörte er nicht jedes Mal, wenn er den Müll rausbrachte, geisterhaft die Stimme meiner Mutter aus dem Garten der Erdgeschosswohnung? Wo sie Rasen gemäht und Büsche geschnitten, Blumen gepflanzt, Kräuter geerntet hatte. Wo er die Wochenenden am Grill stand, sobald es warm genug war, oder mit mir den Sternenhimmel betrachtete, wenn ich als Kind nicht einschlafen konnte. Und wo er früher bei jedem Wetter fünfmal täglich seine Zigaretten drehte und rauchte, als würde sein Leben davon abhängen.

Oder tröstete ihn dieser Anblick? Ein glatter Schnitt war ja nicht unbedingt besser. Das merkte ich jedes Mal, wenn ich in meinem Zimmer in der Rue Barbès aus dem Fenster schaute.

Das Gefühl, das *ich* jedenfalls bei diesem Anblick hatte, war ausnahmsweise mal mehr als halb. Ich wurde fast schon sentimental. Bis ich sah, wer plötzlich bei den Fahrradständern von seinem Mountainbike stieg. Und dann in unseren alten Garten spazierte.

2

Jonas Schneider war die Sorte Arschloch, die Fünftklässler in Müllcontainer versenkte – und das auch dann noch lustig fand, wenn der Deckel ins Schloss fiel und die Zwerge sich nicht mehr aus eigener Kraft befreien konnten. Und das war nicht unbedingt das Schlimmste, das er sich geleistet hatte.

Auf einer Party hatte er mal versucht, die Musik auszupinkeln. Ich hab das mit eigenen Augen gesehen. Es war kein schöner Anblick. Zu seiner Verteidung kann man eigentlich nur sagen, dass jemand Helene Fischer aufgelegt hatte. Die anderen waren vermutlich zu perplex gewesen, um ihn zurückzuhalten. Oder sie hatten Angst, in die Schusslinie zu geraten. Was ja auch verständlich ist – wo man sich doch extra schick gemacht hat für so eine Party.

Warum ich ihn nicht davon abhielt, hatte einen anderen Grund: Ich hoffte, er werde einen Stromschlag bekommen und daran – gut, vielleicht nicht sterben. Aber wenigstens ins Koma fallen oder so. Ist aber nicht dazu gekommen. Das mit dem Musikauspinkeln hat nämlich nicht funktioniert. Der Lautsprecher war irgend so ein technisches Wunderwerk und anscheinend wasserdicht.

Jonas und ich kannten uns seit der Grundschule, und was

uns miteinander verbunden hatte, war in etwa das Gegenteil von Liebe auf den ersten Blick. Ich hatte mich oft gefragt, was einen dazu bringt, einen anderen Menschen so zu verachten, wie ich Jonas verachtete. Oder er mich. Ich kam nie dahinter. Es hatte keinen schicksalhaften Auslöser dafür gegeben – dass er mal meinen Kuschelhasen geklaut hätte oder so was. Wir mochten uns einfach nicht. Und diese Abneigung hörte nie auf zu schwelen. Aber wir fingen keinen Krieg an. Wir machten beide eher einen auf Nordkorea: Ab und zu mal laut bellen und die Atombomben aus dem Keller kramen – aber das Beißen ließen wir sein. Wenn wir einmal damit anfingen, dann würde es wahrscheinlich keinen Gewinner geben. Und wer verliert schon gern?

Also versuchten wir instinktiv, uns aus dem Weg zu gehen. Warteten wir zum Beispiel im Supermarkt mit unseren Fußballbildern oder Süßigkeiten zufällig auf gleicher Höhe an den Kassen – dann ignorierten wir uns. Nur wenn Jonas einen Verweis bekam oder auf dem Schulhof aus Versehen den Tee verschüttete, den seine Mutter ihm in einer Thermoskanne mitgab (was für ein Loser!) – dann freute ich mich darüber wie über eine Eins in Mathe. Oder sagen wir mal: Wie ich mich über eine Eins in Mathe gefreut *hätte*.

Es war eines der größten Rätsel meines Lebens, dass jemand wie Jonas Freunde hatte. Freunde, die sogar ganz in Ordnung waren. Luis, Kebron, Vito. Eigentlich alles gute Typen. Ich konnte mir das einfach nicht erklären.

Unser Wiedersehen, nach einem Jahr in Paris, fand aber leider nicht an einer Supermarktkasse statt. Oder auf einer Party, wo man sich zur Not auch in ein anderes Zimmer oder in die Küche verziehen konnte.

Nein, es fand an der Tür unserer alten Wohnung statt. Jonas hatte eine Selbstgedrehte im Mundwinkel stecken, als er die Wohnungstür öffnete. Sie war noch nicht angezündet, roch aber trotzdem nach Gras, das Zeug musste unglaublich stark sein. Seinen roten Augen nach zu urteilen, war es auch nicht sein erster Joint. Er stutzte, dann fing er langsam an zu grinsen – als hätte er nur eine Weile gebraucht, um mich wiederzuerkennen.

»Sag jetzt bitte nicht, dass du hier wohnst!«

»Willst du's dir mal anschauen?«, sagte Jonas mit diesem dämlich-fröhlichen Grinsen im Gesicht. »Ist alles frisch renoviert. Aber pass bitte auf – nicht dass du vor Neid stirbst.«

»Das glaub ich einfach nicht!«

Er zündete sich den Joint an, inhalierte genüsslich und blies mir den Rauch ins Gesicht. »Ich hab auch erst mal schlucken müssen – als mir aufgegangen ist, wer hier vorher gewohnt hat. Aber mittlerweile gefällt's mir ganz gut. Dein Vater ist übrigens sehr nett, kaum zu glauben, bist du adoptiert?« Er deutete auf den Joint. »Ich würde dir ja was anbieten, aber – was soll die Heuchelei, oder?«

»Wann?« Mehr brachte ich nicht über die Lippen.

»Vor einem Monat. Und, wie geht's dir? Du bleibst hoffentlich nicht länger in München?«

Ich schüttelte den Kopf, drehte mich um und ging raus auf die Straße, bevor ich noch anfing zu kotzen. Ich ging an den denkmalgeschützten Backsteinhäusern vorbei, mit den tausend Erkern und Türmchen – die mir jetzt wie Ruinen vorkamen. Ich passierte das griechische Restaurant. Früher war es ein indisches Restaurant gewesen. Wenigstens gab es die Junkies noch, die vor der Methadonausgabestelle warteten wie ordentlich frisierte, sauber gekleidete Zombies. Das war immerhin ein kleiner Trost: Jetzt hatte Jonas die Spritzen im Garten liegen!

Am Eck blieb ich stehen und warf einen Blick zurück. Es hätte mich nicht gewundert, wenn er vor dem Haus gestanden, mir hinterhergewunken und sich kaputtgelacht hätte. Doch es traten nur die Junkies nervös von einem Fuß auf den anderen. Jedenfalls die, die keine Rollatoren brauchten, um sich festzuhalten.

Doch wie ein Abziehbild an Lebensfreude sah ich vermutlich auch nicht gerade aus, nach diesem Aufeinandertreffen. Wäre ich Jonas *nicht* begegnet, hätte ich mich wohl gemütlich vor den 55-Zoll-Fernseher gelegt und Netflix angeklickt. Aber dazu war ich einfach zu fertig.

Ja, ich weiß. Jammern gilt in meinem Alter nicht mehr. Wenn man sieben ist und die Eltern lassen sich scheiden, okay. Dann gibt es noch ein paar Süßigkeiten extra. Aber mit siebzehn? Da stellt man sich bitte nicht so an! Jonas hatte mir vielleicht nicht das Messer in den Bauch gerammt. Aber ordentlich Pfeffer auf die Wunde gestreut, das hatte er.

Den Weg, den ich dann ging, kannte ich vermutlich schon im Kinderwagen auswendig: an der Bäckerei vorbei; mit dem summenden Blindengeräusch der Ampel über die Straße; dann kam die Apotheke, das Hotel – vor dem jetzt ein einsamer Raucher trostlos den Aschenbecher füllte; danach kam der Designermöbelladen, der immer noch die gleichen grellen Stühle im Schaufenster hatte. Oder es waren andere Stühle, nur genauso austauschbar. Und zum Schluss das bilderbuchartige Standesamt, vor dem noch ein paar welkende Rosenblätter vom Vortag lagen.

Dahinter war der Englische Garten.

An einem strahlend blauen Junisamstag. Jedenfalls war er das für alle anderen. Für die Fußballspieler und die Jogger, die Hunde, für die Omas mit ihren Enkeln und die Tretbootfahrer auf dem kleinen See. Ich atmete einmal durch und hoffte, dass sie mich mit ihrer guten Laune ansteckten.

Die Chancen standen nicht schlecht. Es gibt wahrscheinlich nirgendwo auf der Welt einen schöneren Park. Nein, auch nicht der Central Park. Wobei ich da vielleicht nicht ganz unparteiisch bin. An jenem Morgen waren mir sogar am Hauptbahnhof fast die Tränen gekommen, vor Ergriffenheit. Am Hauptbahnhof! So nostalgisch muss man erst mal werden. Doch davon war ich jetzt kuriert, nachdem ich Jonas gesehen hatte.

Der Englische Garten war trotzdem etwas Besonderes. Hier konnte man sich frei fühlen, er war riesig und offen. In Paris waren die Parks von vier Meter hohen Zäunen umgeben. Aus Gusseisen mit Speerspitzen, um ja auf Nummer sicher zu gehen. Sie wurden um sieben Uhr früh pünktlich geöffnet und um acht Uhr abends wieder geschlossen.

Überhaupt waren Zäune ein ganz großes Ding in Paris. Die Rasenflächen *in* den Parks waren von *kleinen* Zäunen umgeben. Und alle fünf Meter stand irgendwo *Betreten verboten.* Damit man ja nicht den Bäumen zu nahe kam, die dort wie mit dem Lineal geschnitten in Reih und Glied Spalier standen, wie auf einem Kasernenhof. Und da sagt man immer, die Deutschen seien Spießer.

Also nicht dass wir das nicht wären. Aber anscheinend sind wir nicht die einzigen auf der Welt.

In Paris war einfach alles so verdammt ordentlich. Vielleicht nicht in manchen Vorstädten, da war das was anderes, aber sonst ... Selbst wenn in den Parks irgendwo Kinder Fußball spielten – auf einem der Wege, das Gras durfte ja nicht kaputtgehen –, dann waren diese Kinder ordentlich angezogen. Gerade mal dass sie keine Krawatten trugen. Und wollte man auf einen Spielplatz, kostete das im Jardin du Luxembourg zum Beispiel zwei Euro fünfzig. Eintritt! Pro Kind. Erwachsene kosteten aber nur eins zwanzig.

Eins zwanzig dafür, dass man seinen Hintern auf eine Parkbank pflanzt! Manchmal kam ich mir dort vor wie in einer Parallelwelt voller Seltsamkeiten, wie in einem dieser Science-Fiction-Filme, wo jemand immer wieder über Dinge stolpert, die einfach nicht wahr sein können.

Mein Großpapa hatte früher gern betont, dass er nach seinem einzigen Besuch in Paris nie wieder einen Fuß dorthin gesetzt habe. Meine Mutter rollte dann immer mit den Augen. Und ich lachte. Inzwischen verstand ich meinen Großpapa ein bisschen besser.

Ich trieb mich in Paris natürlich nicht auf Spielplätzen rum. Aber hätte das vor ein paar Jahren geklappt bei meinen Eltern, hätte ich jetzt eine kleine Schwester, und die würde sich bestimmt freuen, wenn ich sie ab und zu mal beim Schaukeln anschubste. Sie wäre jetzt ungefähr acht – will man da noch auf Spielplätze? Ich weiß es gar nicht mehr. In Paris geht das sowieso nur am Wochenende. Als Kind ist man da ziemlich geliefert. Die Schule dauert den ganzen Tag und danach macht man dann noch Hausaufgaben. Und wer anschließend noch Platz im Hirn hat, lernt für Prüfungen.

Nur die Mittwochnachmittage sind frei. Okay, um fair zu sein: Am Freitag ist vielleicht schon mal um *siebzehn* Uhr Schluss. Ich hatte das sogar mal in einem Aufsatz geschrieben: dass man als Kind hier vor allem für die Schule lebt. Und hatte eine richtig gute Bewertung dafür bekommen. Ironisch sind wir Franzosen ja.

Inzwischen spazierte ich am Kiosk vorbei über die Brücke mit dem Holzgeländer in den östlichen Teil des Englischen Gartens. Ich setzte mich auf eine Bank unter einer Trauerweide. Vor mir durchzog ein Bach an dieser Stelle wie eine Grenze den Park. Ein Bach, in dem ich schon als Kindergartenjunge Dämme gebaut hatte. Während mein Vater auf derselben Parkbank, auf der ich jetzt hockte, vermutlich Zeitung gelesen und meine Mutter zu Hause das Essen vorbereitet hatte.

Ich hörte dem Plätschern des Wassers zu. Betrachtete die spielzeuggroßen Menschen zwischen den Bäumen im gegenüberliegenden Teil des Parks. Und fragte mich, ob so eine einigermaßen glückliche Kindheit irgendwann mal für sich stehen würde. Und nicht mehr wie durchgestrichen wäre durch die Trennung meiner Eltern.

Ich legte mich hin und schloss die Augen. Müdigkeit, schwer wie Eisen, drückte auf meine Stirn. Ich weiß nicht, wie lang es dauerte, bis ich einschlief. Wahrscheinlich nicht sehr lang. Träume hatte ich, wie immer, keine.

Nur diese Hand spürte ich irgendwann.

3

Ich wusste sofort, dass es kein Blatt war, das zufällig vom Baum fiel. Auch kein Eichhörnchennäschen, das nach Nüssen schnupperte oder so. Obwohl ich noch schlief, war mir klar, dass das neben meiner Hosentasche eine Hand war. Und zwar nicht meine. Man ist einfach alarmbereiter, wenn man im Freien schläft.

Die Hand machte aber keinen gefährlichen Eindruck – weswegen ich recht entspannt blieb und die Augen noch zuließ, als ich sagte: »Ich bin übrigens wach. Und mein Schlüssel ist in der anderen Tasche. Falls du später auch noch bei mir einbrechen willst.«

»Was?«

Es war nur dieses eine kleine Wort. Aber der Klang davon brannte sich durch meine Adern wie selbst gemachter Schnaps, den man auch noch unter Strom gesetzt hatte. Die Stimme kam wie aus einer anderen Welt. Kurz hatte ich sogar das Gefühl, dass das Amy Winehouse wäre. Also machte ich doch mal die Augen auf.

»Das heißt *Wie bitte?*«, sagte ich extra väterlich. »Und jetzt tu nicht so unschuldig. Du wolltest mir doch gerade mein Portemonnaie klauen.«

Das Mädchen, das vor mir in die Hocke gegangen war, hatte tatsächlich etwas von Amy Winehouse. Nur ohne Haarspray. Ihre Haare waren auch nicht ganz so schwarz, mehr bräunlich. Sie waren dick und wellig, ein Wasserfall an Haaren. Der Haargummi, mit dem sie sich einen Zopf gebunden hatte, sah aus, als würde er gleich reißen. Jedes einzelne Haar schien um seine Freiheit zu kämpfen. Ein paar Strähnen hatten es schon geschafft und tanzten um ihr Gesicht herum.»Klauen?«, wiederholte sie heiser.»Ich wollte es *zurückstecken,* du ...«

»Du *was?*«, sagte ich – als würde ich sie zum Duell fordern. Dabei war es eigentlich ein Wunder, dass ich sie überhaupt angesprochen hatte. Dieses Mädchen war so was von unerreichbar, normalerweise hätte sich jetzt automatisch die Dümmlichlächeln-Funktion bei mir eingeschaltet. Doch diesmal tat ich das, was ich bis dahin noch nie bei einer derartigen Frau getan hatte: Ich stellte mich blind.

»Nächstes Mal sag einfach Danke!«, kam es von ihr.

Ich fühlte mich wie in einem dieser Massagestühle am Flughafen. Dieser schnurrende Unterton in ihrer Stimme, als würde sie gleich ihre Krallen ausfahren – man konnte richtig süchtig danach werden.»Danke wofür?«, sagte ich.»Dass du zu *langsam* warst, mir den Geldbeutel zu klauen?«

Ich konnte sehen, wie sie sich entspannte. Sie war angezogen, als würde sie gleich in irgendein Industriegebiet Hip-Hop tanzen gehen. Glitzerblaue *Adidas*-Trainingshose, geripptes Tanktop, ein bisschen trashig, aber natürlich war das kalkuliert. So als wollte sie mal schauen, wie viele Typen sie *heute* allein mit ihrem Aussehen dazu bringen konnte, in Ohnmacht zu fallen.

Ich hatte Glück, ich lag ja schon auf der Parkbank.

Nicht dass sie perfekt aussah. Sie hatte gleich mehrere Schönheitsfehler. Aber die machten sie nur noch schöner. Ihre Zähne glänzten wie frisch vom Zahnarztstuhl, doch die Eckzähne hoben sich vampirmäßig von den anderen ab. Ihre Nase hatte eine Krümmung, nur eine leichte, aber sie fiel einem auf, auch durch die vielen Sommersprossen rundherum. Und ihre Augenbrauen waren sehr markant, fast dick. Als wollte sie ein Statement setzen gegen all diese bleistiftdünn-gezupften Augenbrauen, die man sonst so sah.

Und dann waren da ihre Augen. So dunkel, als könnten sie einen aufsaugen wie ein schwarzes Loch. Mich hatten sie schon gefangen. Ich zappelte zwar noch. Aber sie lachten schon. Sie lachten mich aus. Es war unglaublich, dieses Mädchen konnte nur mit den Augen lachen. Ihr Mund blieb dabei so cool wie eine Eisbox im Hochsommer.

Trotzdem war es nicht nur ihr Aussehen. Sie war zwar schön, aber nicht gerade die erste schöne Frau, die mir im Leben begegnete. Ich überlegte, wie alt sie wohl war. Auf jeden Fall älter als ich.

Es war etwas anderes: eine Energie in ihr, etwas Unvorhersehbares und ein Funkeln im Blick, das – da war ich sicher – nur mir gelten konnte. Das alles konnte kein Zufall sein. Diese Begegnung *musste* eine Bedeutung haben!

Sie sagte: »Klauen? Für den Spruch hast du eigentlich eine Ohrfeige verdient.«

Ich stützte mich auf die Ellbogen und tat so, als würde ich ein Gähnen unterdrücken. »Ach ja?«

Und zack, hatte ich eine sitzen. Es war eine elegante fließende Bewegung, die sie machte, so als würde sie einen Pfannkuchen wenden. Sie haute auch nicht zu fest zu, sondern –

eher genau angemessen, ich war ihr ja nicht an die Wäsche gegangen oder so. Meine Wange brannte ein bisschen, aber nur ein bisschen. Wir wechselten einen langen Blick. Dann sagte sie: »Ich hab gesehen, wie dein Portemonnaie *runtergefallen* ist. Also hab ich es aufgehoben. Um es zurückzustecken.«

»Bevor irgendein böser, böser Mensch vorbeispaziert und es noch klaut, oder wie?« Ich rieb mir die Wange – aber nur um nicht unhöflich zu sein, nachdem sie sich solche Mühe mit ihrer Ohrfeige gegeben hatte.

»Ganz genau«, sagte sie.

»Das ist wahrscheinlich die bescheuertste Ausrede, die ich jemals gehört habe.« Ich musste mich dazu zwingen, ihr nicht auf die Brüste zu starren. Wenigstens hatte sie dieses Tanktop an. Sonst wäre ich in dem Moment wahrscheinlich gestorben vor Aufregung.

Sie knallte mir mein Portemonnaie auf den Bauch, sodass ich mich aufsetzen musste, um nicht nach Luft zu japsen. Dann stand sie aus der Hocke auf und ging einfach weiter.

»Willst du keinen Finderlohn für deine Heldentat?«, rief ich ihr hinterher.

»Dir auch noch ein wunderschönes Leben!«, rief sie zurück. Ohne sich umzudrehen. »Hoffentlich sehen wir uns nie wieder. Die Welt ist ja zum Glück groß genug!«

Es war ein unvergesslicher Anblick, wie sie da so wegstolzierte. Ich musste einfach hinterher. Das war wie mit den Bienen und den Blumen. Ich konnte gar nicht anders.

Mal abgesehen davon hatte ich auf dem Rücken gelegen. Bei der Hose, die ich trug, war es tatsächlich möglich, dass mein Geldbeutel von selbst aus der Tasche gefallen war.

4

Der Seestadl war eine große, leer stehende Scheune, gut versteckt im Park. Vor der Scheune lag ein mit Kies ausgelegter Platz, der umgeben war von großen Bäumen. Wenn man zwischen Bach und Wiesen darauf zulief, sah das Ganze lange aus wie ein Waldstück. Erst wenn man näher kam, entdeckte man die Scheune. An dem Tag war dort ziemlich viel los, ungewöhnlich viel. Hauptsächlich Typen mit Dreadlocks und Cargoshorts, aber auch ein paar Mädchen, manche mit Walkie-Talkies. Und zwei Tätowierte in kurzärmliger Security-Uniform liefen das Gelände ab – Bodybuilder mit Armen so dick, als hätten sie sich ein paar Melonen unter der Haut versteckt.

Ich war dem Mädchen unauffällig gefolgt, wahrscheinlich ein bisschen zu unauffällig, denn in dem Gewühl auf dem Gelände hatte ich sie aus den Augen verloren. Ein Lastwagen lud gerade eine Reihe *Dixie*-Klos ab und ein Absperrzaun wurde um den Vorplatz der Scheune aufgestellt. Das Mädchen musste hier aber irgendwo noch sein. Durch die weit offenen Tore konnte man in der Scheune eine Bühne sehen und riesige Lautsprecher. Ein Typ ganz in Schwarz mit Zigarette im Mund richtete die Lampen aus, nach Anweisungen eines Kollegen, während ein anderer die Kabel am Boden sicherte, sodass man nicht darüber stolperte. Währenddessen wurde an der gegenüberliegenden Scheunenwand aus mehreren Modulen eine Bar aufgebaut, mit Pfandannahme-Bereich und Spülmaschinen und einer Unmenge an Kühlschränken.

Als hinter mir jemand hupte, drehte ich mich um. Ein Glatzkopf schaute aus dem Fahrerfenster eines Pick-up-Trucks. »Wo soll der hin?« Er deutete mit dem Daumen auf seinen Anhänger, so eine rollende Currywurstbude.

Ich wollte schon antworten, dass ich keine Ahnung hätte, aber ich kam nicht dazu, denn da ertönte ein Pfiff. Ein Typ mit Gelfrisur und Vollbart machte eine Handbewegung in Richtung Absperrgitter. Der Glatzkopf nickte, hob den Arm, und als der Pick-up auf den Vorplatz fuhr, schlenderte der Typ mit dem Vollbart zu mir rüber. Er hatte ein *Leatherman* am Gürtel und *Carhartt*-Klamotten an, das Hemd offen, damit man auch den schönen Waschbrettbauch sah. Der Typ war ein paar Jahre älter als ich, aber wie alt genau, konnte ich nicht sagen. Er war noch jung, aber schon erwachsen und mit seinem Bart, den Muskeln und dem Ryan-Gosling-Grinsen definitiv eine ganz andere Hausnummer als ich.

»Kann ich dir helfen?«, fragte er. Er klang echt hilfsbereit.

»Ich suche jemanden«, sagte ich. »Ich weiß nicht, wie sie heißt. Sie ist so neunzehn, zwanzig, ungefähr so groß wie ich, dunkle, lange, wilde Haare, Sommersprossen. Ziemlich heiß.«

Der Typ grinste. »Ziemlich *heiß*? Was meinst du denn damit? Ist *dir* gerade ziemlich heiß? Oder nur, wenn du an sie denkst?«

Ich spürte, wie ich rot wurde. Das war natürlich saublöd. »Weißt du, wen ich meine?«, fragte ich, nachdem ich mich geräuspert hatte.

»Ich glaube schon.«

»Ich hab sie gerade kennengelernt. Dahinten.« Ich deutete in die Richtung, aber der Typ drehte sich nicht mal um.

Er schaute mich nur an – so als überlegte er gerade, ob er mich auslachen oder mir ein Schlaflied vorsingen sollte. »Aber du weißt nicht, wie sie heißt?«, fragte er so in den Tag hinein, ohne wirklich eine Antwort zu erwarten.

Ich gab sie ihm trotzdem: »Genau. Und das würde ich gerne ändern.«

Der Typ schüttelte amüsiert den Kopf. »Also wenn du die meinst, von der ich glaube, dass du sie meinst, dann ist sie gerade weggefahren, was besorgen.«

»Hat *die* auch einen richtigen Namen?«

»Ja, aber den sag ich dir nicht. Weil es ja vielleicht einen Grund hat, dass *sie* ihn dir vorhin nicht gesagt hat. Aber wenn du heute Abend noch mal herkommst, stehen die Chancen ziemlich gut, dass du sie wiedersiehst.«

»Was ist denn hier los heute Abend?«

»Hm. Arctic Soul, Psychedelic Country, ein bisschen old-fashioned Blues.« Er sagte das so, als müsste er sich verkneifen, da noch was hinterherzuschicken – so was ganz Erwachsenes wie: *Wenn du mal groß bist und nicht nur Lady Kaka hörst, verstehst du vielleicht, was ich meine.*

Dabei wusste ich von Musik wahrscheinlich mehr als der Typ. Nicht ganz freiwillig vielleicht, aber mein Vater besaß allein dreitausend Langspielplatten. Und für seine CDs hatte er ein eigenes Kellerabteil. Der war so ein Freak, was Musik anging, da war Musikunterricht in der Schule fast schon Erholungsurlaub. Und Musiklehrer sind ja schon Freaks. »Wow«, sagte ich und legte eine Verwunderung in meine Stimme, als wäre ich gerade erst zur Welt gekommen. »Und wer spielt?«

»Seasick Steve, Sturgill Simpson, Júníus Meyvant. Also, auch wenn du *sie* nicht wiedersiehst – Kommen lohnt sich auf jeden Fall. Um acht geht's los. Aber bring einen gefälschten Ausweis mit, wenn du was trinken und nicht schon um Mitternacht wieder heimgeschickt werden willst.«

Ich bedankte mich für den Tipp und wollte schon gehen, da sagte er noch: »Hey. Wenn du mir deinen Namen sagst, richte ich ihr aus, dass du hier warst.«

Damit hatte ich nicht gerechnet. »Paul«, sagte ich erfreut.

»Gut, Paul. Viel Erfolg!« Er lachte wieder. Doch bevor ich ihn fragen konnte, wobei, war er schon bei dem Glatzkopf, der jetzt seine Imbissbude abkuppelte.

Den Nachmittag verbrachte ich an der Isar, nicht weit vom Englischen Garten – auf einer Kiesbank in der Sonne und nur mit diesem Mädchen im Kopf. Den *halben* Nachmittag verbrachte ich bestimmt damit, mir einen Namen für sie auszudenken. Mein Favorit war *Valerie,* wie das Lied von Amy Winehouse.

In der zweiten Hälfte des Nachmittags malte ich mir aus, wo meine Valerie wohnte, was sie so machte und dass sie wahrscheinlich schon seit Jahren auf so jemanden wie mich wartete. Obwohl ihr die Männer natürlich die Tür einrannten, von ihr aber sofort wieder mit ein paar Karatekicks hochkant rausgeschmissen wurden. In meiner Vorstellung wohnte sie in so einem riesigen Loft in einem Industriegebiet, in der obersten Etage, von der man aufs Dach klettern und die ganze Stadt überblicken konnte. Natürlich wohnte sie allein, keine nervenden Eltern oder so, und eine Wand war voll verspiegelt und hatte so einen Ballettbalken davor, an dem sie in ihrer glitzerblauen Trainingshose und dem Tanktop ein bisschen Hip-Hop-

Tanz trainierte, wenn sie nicht gerade nackt aus der Dusche kam. Das träumte ich jedenfalls so vor mich hin, und Jonas und den ganzen anderen Scheiß hatte ich darüber total vergessen. Auf einmal war alles wieder gut. Mein ganzes Leben stimmte, wenigstens in diesem Augenblick. Paris gab es zwar immer noch, aber es lag nicht mehr neunhundert Kilometer entfernt, sondern gefühlte neunhunderttausend. Auch mein Großvater war wieder bei mir, wie ein unsichtbarer Glücksbringer, der auf meiner Schulter hockte, wenn ich ihn brauchte.

Außerdem war es ein unglaublich heißer Tag, ein perfekter Sommertag – und das schon so früh im Juni, da konnte man fast gar nichts anderes glauben, als dass der restliche Sommer genauso wird. Auf jeden Fall war es zu heiß, um sich Sorgen zu machen. Die ließen sich gerade bequem zur Seite schieben – fast so, als wären sie einem dankbar dafür: *Wir sehen uns bei Regen wieder, okay?*

Wenn ich es vor Hitze nicht mehr aushielt, ging ich ins Wasser und ließ mich von der Strömung bis ans Ende der Kiesbank treiben – an all den Leuten vorbei, die mehr oder weniger nackt in der Hitze vor sich hindösten. Oder lachten. In einem Buch lasen. Ein Bier tranken. Sich küssten. Einen Hund streichelten. Am Ende der Kiesbank war ich dann wieder hellwach und eierte wie schockgefroren über die blendend weißen Kieselsteine zurück an meinen Platz. Irgendwas war anders. Ich brauchte eine Weile, bis mir einfiel, was. Ich hatte kein Handy dabei. Nichts unterbrach meine Gedanken, während ich so, tropfnass an der Isar entlang, an meinen Platz zurückkehrte.

Und da musste ich dann doch wieder an Paris denken. An die Seine. Das war nämlich noch so was, das ich nicht verstand an der Stadt. Die Seine! Alle machten einen Riesenaufstand um diesen Fluss, auch meine Mutter. Wie romantisch, ach, und diese kleinen Bücherbuden am Ufer, und die Brücken erst, schau dir mal den Pont Neuf an. Meine Güte, echt!

Wenn ich meine Stadt um einen Fluss herum baue, dann brauche ich eben ein paar Brücken, wenn ich keine nassen Füße kriegen will. Sonst hab ich *zwei* Städte. Nüchtern betrachtet, war die Seine in Paris nichts weiter als eine ausgerollte Mullbinde aus Wasser, eingerahmt in Stein und Beton.

An der Isar dagegen kommt man an Stromschnellen vorbei, es gibt Uferstreifen und Kiesbänke, die man zu Fuß erreichen kann, es gibt Fische, *in* der Stadt! Und hey, im Sommer schwimmen dort auch Menschen – die Hälfte davon nackt, weil es ihnen egal ist, was die andere Hälfte davon hält. Und am Ufer wird gegrillt. Weil das Ufer eben nicht zubetoniert ist, sondern aus Erde, Gras und Bäumen besteht, und die Kieselsteine schimmern in einem so hellen Weiß, dass es hier nie richtig dunkel wird.

Das ist mal ein Fluss! Der liegt auch mitten in der Stadt. Aber es ist eben keiner, der Anzug und Krawatte trägt.

In dem Moment beschloss ich, einfach hier zu bleiben. Zumindest bis mein Vater von seinem Dreh zurückkam. Vielleicht würde ich ihm ja doch noch meinen kleinen Vortrag halten: dass ich ab jetzt bei ihm wohnen würde und so weiter. Aber bis dahin machte ich einfach Urlaub.

Das war mein Plan. Es war mir egal, dass in Paris nach dem Pfingstwochenende keine Ferien waren und in drei Tagen die Schule wieder anfing und meine Mutter spätestens dann Alarm schlagen würde – falls ich bis dahin nicht wieder bei ihr aufgetaucht wäre. Drauf geschissen. Ich hatte jetzt Ferien!

Und Ferien waren natürlich undenkbar ohne Ferienflirt.

5

Als ich zurückkam, war die Schlange vorm Seestadl etwa zehn Meter lang, immer so drei, vier Leute nebeneinander, alle recht entspannt. Der Typ, mit dem ich mittags geredet hatte, regelte den Einlass. Ich schnappte seinen Namen auf. Er hieß Leif. Er schien für jedes Grüppchen ein paar Worte übrig zu haben. So als wären nicht die Musiker, sondern er der eigentliche Star des Abends – der gerade Autogramme verteilte, während ein Mädchen an der Kasse Geld entgegennahm und dafür Stempel auf Handrücken drückte und Leif heimlich anhimmelte.

Das Publikum war so zwischen zwanzig und – ich weiß nicht – sechzig, siebzig? Die Jüngeren waren allerdings in der Überzahl. Viele Gelfrisuren und Vollbärte, so wie Leif einen hatte, das war ja gerade in. Manche hatten noch ihre Hosen auf Hochwasser gekrempelt. Die älteren Semester trugen eher Jeans und Cowboystiefel, passend zur Musik. Bei den Mädels hatte ich das Gefühl, dass jede zweite eine Pilotensonnenbrille auf der Nase oder im Haar stecken hatte. Dazu die üblichen Piercings, und irgendwie hatte fast jede eine bunte Tätowierung, am Schulterblatt oder so, jedenfalls schön sichtbar, wenn ihnen gerade zufällig das T-Shirt verrutschte.

Das Mädchen, das ich suchte – Valerie – hatte kein Tattoo

gehabt, jedenfalls kein sichtbares. Nur eine kleine längliche Narbe auf der Schulter. Wie ein weiß glänzender Schaumstreifen in einem hellen Cappuccino.

Ich wartete am Zaun. Der Vorplatz war jetzt komplett abgesperrt – bis auf einen Notausgang, wo einer der uniformierten Bodybuilder Stellung bezogen hatte. Valerie sah ich nirgends. Nur ein Barmädchen mit weißer Bluse, die mit einem Karton klirrender Sektgläser in die Scheune eilte.

Ein paar Hungrige kauften sich die ersten Bratwurstsemmeln an der Imbissbude und wischten sich den Senf ab, der auf ihre Finger getropft war. Gelegentlich ging auch mal eine *Dixie*-Klotür auf, und man konnte die Erleichterung sehen, die sich in einem Gesicht abzeichnete, wenn es wieder an der frischen Luft war. Es war ein schöner Abend – warm, hell, noch keine Spur von Dämmerung. Als hätte die Nacht, genau wie die Leute in der Warteschlange, alle Zeit der Welt.

Als es eine Flaute an der Kasse gab, ging ich rüber. Leif trug nicht mehr sein Roadie-Outfit, sondern schwarze enge Jeans und ein schwarzes Hemd darüber – das natürlich weit genug aufgeknöpft war, dass man seine gebräunten Brustmuskeln bewundern konnte, wenn er denn schon aus Anstandsgründen sein Sixpack verschleiern musste.

Ich gebe zu, ich weiß nicht, worauf ich neidischer war: auf seine Muckis oder seinen Vollbart? Es liefen ja viele so durchtrainiert rum wie Cristiano Ronaldo. Sogar Justin Bieber machte einen auf Muskelmann – und Vollbart war ja fast schon Pflicht. Ich hätte mir gerade mal ein Hitlerbärtchen stehen lassen können. Keine Ahnung, ob das jemals wieder in Mode kommt.

»Hey – unser Romeo!«, sagte Leif mit einem Grinsen in der Stimme. »Wenn du deine Julia suchst, die ist drinnen.«

»Hast du ihr gesagt, dass ich heute Mittag hier war?« Ich zahlte für den Eintritt und ließ meine Hand von dem Mädchen an der Kasse abstempeln.

»Ja. Aber finden musst du sie schon selber! Sonst geht doch die ganze *Romantik* flöten.«

»Hat sie denn was gesagt?«

»Sagen wir mal, sie hat es zur Kenntnis genommen.«

»Das klingt ja nicht sehr vielversprechend.«

»Hast du was anderes erwartet?«

»Na ja. Erwartet vielleicht nicht, aber erhofft.«

Leif warf mir einen Großer-Bruder-Blick zu und seufzte. »Dafür tu ich jetzt einfach so, als wärst du schon achtzehn. Ist doch nett von mir, oder?«

Ich bedankte mich artig, dann sagte ich: »Sie heißt nicht zufällig wirklich Julia, oder? Das war nur so eine ironische Anspielung, von wegen *Romeo und Julia* – richtig?«

Leif schüttelte den Kopf, wie um das Grinsen loszuwerden, das ihm jetzt auf den Lippen lag. »Nein, sie heißt nicht wirklich Julia. Aber du kannst es ruhig mal mit ein paar Shakespeare-Zitaten bei ihr versuchen, da müsste sie sich auskennen, sie hat nämlich gerade ihr Abi gemacht.«

Was Shakespeare betraf, kannte ich dummerweise nur dieses eine *Hamlet*-Zitat, als Hamlet gerade über Selbstmord nachdenkt. Also thematisch nicht gerade ein Brüller, um locker ein Gespräch zu eröffnen. »Du scheinst sie ja recht gut zu kennen«, sagte ich. »Hast du vielleicht noch einen Tipp auf Lager?«

»Genieß die Musik!« Damit wandte Leif sich den nächsten Besuchern zu und dirigierte sie zur Kasse, wo mir das Mädchen gerade ein abschätzig mitleidiges Lächeln zuwarf, auf das man eigentlich auch immer gut verzichten kann. Netterweise fing sie nicht an, sich zu übergeben, als ich sie sicherheitshalber fragte: »Du weißt nicht zufällig, über wen wir da gerade geredet haben, oder? Wie sie heißt, meine ich?«

Als klar war, dass sie selbst dann nicht antworten würde, wenn ich noch bis zur nächsten Eiszeit wartete, ging ich rein. Drinnen war es dunkel, heiß und stickig, und man musste zickzack gehen, um auf dem Weg zur Bar nicht angerempelt zu werden. Als ich endlich drankam, klebte mein T-Shirt schon an meinem Rücken, und das Atmen kam mir vor, als würde ich an einem Föhn saugen. Dafür war das Bier erfreulich kalt und schmeckte trotz Plastikbecher.

Nur arbeitete Valerie leider auch nicht an der Bar. Also schlug ich mich zur Bühne durch, auf der nur ein Hocker, ein Mikro und ein Drumset zu sehen waren. Bis ein Mann eine alte akustische Gitarre an einen Verstärker anschloss. Da gab es schon mal den ersten Applaus.

Es war aussichtslos, das Mädchen hier zu finden. Zu dunkel, zu viele Leute, zu laut.

Und dann wurde es noch lauter, als ein Mann in Latzhosen, Baseballcap und weißem Rauschebart auf die Bühne stieg und sich die Gitarre schnappte. Von da an gab es kein Zurück mehr. Wie eine Welle schoben sich die Zuschauer von hinten heran – bis ich das Gefühl hatte, in Treibsand zu versinken. Ich fragte mich, wo auf einmal all die Leute herkamen – und auch noch so schnell. Gegen diesen Strom von Menschen war es unmöglich, anzukommen. Erst als ich mich nicht mehr dagegen wehrte, schaffte ich es irgendwann zur Seite, wo es an der Wand ein bisschen Freiraum gab. Dort klemmte ich mich hinter einen Typen mit Lederweste und einem Rücken so breit wie eine Tischtennisplatte – der anscheinend das Gleiche beschlossen hatte wie ich: dass die Bar hier definitiv der beste Ort war, um das Konzert zu genießen.

Vielleicht würde ich ja auch mit etwas Glück und gutem Trinkgeld aus dem Barkeeper etwas über Valerie herausbekommen. Ich bestellte mir also mein zweites Bier und lehnte mich bemüht lässig an die Theke, um wenigstens ein bisschen mit den ganzen Vollbartmodels hier mithalten zu können. Dann schaute ich auf die Rücken der Menschenmenge vor der Bühne und hoffte, dass sich bald die Richtige zu mir umdrehen würde. Ich redete mir jedenfalls ein, dass auch sie irgendwann mal Durst kriegen musste. Ziemlich sicher sogar, bei der Hitze hier musste jeder mal Durst kriegen.

Leider. Denn plötzlich hörte ich: »Na, wenn das kein Zufall ist! Kommt jetzt gleich eine Durchsage – dass der kleine Paul seine Mami verloren hat und hier auf sie wartet?«

Ich gab mir Mühe, nicht zu ihm rüberzusehen, sondern schaute stur auf meinen Becher, als ich sagte: »Wie wär's, du trinkst einfach dein Bier und ich trink meines?«

»Ich hab ja noch gar kein Bier«, sagte Jonas. »Aber hey, ich wollte nur höflich sein, ein bisschen Konversation treiben.«

»Nett von dir. Ich sag's dem Weihnachtsmann. Gibt bestimmt ein paar Extrageschenke dafür.« Ich trank mein Bier aus und fragte mich, wohin ich mich verziehen könnte. Vielleicht nach draußen, auf eine Bratwurstsemmel oder einen Hotdog.

»Was ist los? Du siehst nicht gerade glücklich aus«, sagte er.

Ich warf ihm einen Blick zu. »Woran das wohl liegt …?«

Jonas grinste. Er winkte dem Barkeeper und streckte zwei Finger in die Höhe. Kurz darauf hatte er zwei Bier vor sich. Er zahlte mit einem Zwanziger, nickte Gandhi-haft, dann schob er einen Becher zu mir rüber. »Bei der Hitze soll man ja viel trinken. Haben doch unsere Eltern immer gesagt. Na los, bevor ich's mir anders überlege.«

Ich ließ den Becher unberührt.

»Dann eben nicht!« Jonas kippte seinen Becher auf ex. Danach verzog er das Gesicht, als hätte er sich gerade auf die Zunge gebissen, und stützte sich mit den Ellbogen auf die Bar. Er zeigte wieder auf den Becher, den er mir hingeschoben hatte. »Letzte Chance!«

»Nein danke. Ich will nicht schuld sein, wenn du hier verdurstest.«

»Na gut.« Er nahm auch diesen Becher und prostete mir demonstrativ zu. Er trank ihn zwar nicht ganz aus, aber fast.

»Möchtest du darüber reden?«, fragte ich.

»Worüber?«

»Über das, was dich bedrückt.«

»Was bedrückt mich denn?«

»Na das, weswegen du heute Morgen schon total bekifft warst und jetzt das Bier runterkippst, als kämst du direkt aus der Wüste.«

»Es sind Pfingstferien, da darf man ja wohl noch ein bisschen feiern, oder? Und selbst wenn ich ein Problem hätte, mit dir würde ich garantiert nicht darüber reden.«

»Gut. Darauf hätte ich nämlich auch keine Lust, ich wollte nur auf Nummer sicher gehen.«

Als der Barkeeper zu uns rüberschaute, hielt Jonas seinen Becher hoch und fragte mich: »Auch noch eins?«

Diesmal nickte ich.

»Zwei!«, rief Jonas dem Barkeeper zu. Dann fragte er mich: »Und, wer ist die Glückliche?«

»Was?«

»Na die, die dich sitzen gelassen hat, weil sie noch rechtzeitig zur Vernunft gekommen ist. Du hängst doch hier nicht umsonst so einsam an der Bar rum.«

»Machst du doch auch«, sagte ich.

»Hm. Stimmt. Jedenfalls fast.« Er deutete auf mich.

»Du bist herzlich eingeladen, wieder abzuhauen!«

»Mach ich auch«, sagte er. »Sobald unser Freund hier seinen Job erledigt hat.« Er deutete auf den Barkeeper, der mit unseren Bieren rüberkam, und legte wieder einen Zwanziger auf die Theke.

Als ich noch einen Fünfer drauflegte, weil ich mich von Jonas nicht einladen lassen wollte, lachte der Barkeeper. Er sagte: »Was wird das denn, ein Heiratsantrag? Bei so viel Trinkgeld krieg ich ja fast schon ein schlechtes Gewissen!« Er zauberte drei Schnapsgläser unter der Theke hervor und füllte sie mit Tequila.

»Sag mal, kennst du zufällig so eine hübsche Dunkelhaarige, die hier arbeitet?«, fragte ich. »Ihre Haare sind wahnsinnig wild, wie ein Wasserfall. Und sie ist nicht nur hübsch. Sie ist unglaublich hübsch.«

»Hier arbeiten nur hübsche Mädchen«, sagte der Barkeeper. Er war so ein südländischer Typ und trug ein weißes T-Shirt mit übergroßem V-Ausschnitt, aus dem sein Brusthaar schön hervorquellen konnte. Dazu ausgewaschene Jeansshorts, hochgekrempelt und mit ein paar kunstvollen Löchern drin.

Ich erzählte ihm kurz und knapp, wie ich Valerie getroffen hatte und dass ich sie jetzt hier suchte, doch bisher leider erfolglos. »Der Türsteher scheint sie zu kennen, verrät mir aber ihren Namen nicht.«

»Leif?«, fragte der Barkeeper amüsiert.

Ich nickte. »Weißt du, wen ich meine?«

»Klar.« Er lachte. »Zoe!« Dann stießen wir mit unseren Gläsern auf die Harte-Jungs-Tour an, ohne Salz und Zitrone wie die anderen Luschen, und der Barkeeper sagte: »Auf dass ihr zwei heute noch Händchen haltend Richtung Vollmond wandert!«

Zoe also! Wir kippten unsere Tequilas. Nachdem ich wieder einigermaßen Luft bekam, fragte ich: »Warum verrätst *du* mir ihren Namen und Leif nicht?«

Der Barkeeper räumte die Schnapsgläser weg. »Er ist ein Freund von mir. Der manchmal auf dem Schlauch steht, was sein Leben angeht. Vor allem sein Liebesleben. Deswegen helf ich ihm hier mal auf die Sprünge.« Er machte ein paar Rockern, die anstanden, ein Zeichen, dass er gleich bei ihnen wäre. Dann zwinkerte er mir noch zu – und ging rüber, um ihre Bestellung aufzunehmen.

Ich kam nicht mehr dazu, ihn zu fragen, wo ich Zoe hier am ehesten finden könnte. »Was meint der denn damit?«, fragte ich Jonas. »Dass *er* Zoe nicht leiden kann? Hast du das verstanden?«

Jonas grinste. »Wenn, würd ich's dir nicht verraten. Aber hast du Lust auf'n Joint?« Er trank sein Bier aus. »Saufen soll auf die Dauer ja total ungesund sein.«

6

Wir schlängelten uns durch die Menschenmasse zum Hinterausgang und raus auf den Vorplatz. Das letzte Licht der Abenddämmerung glimmte über den Bäumen. Jonas verschwand in einem *Dixie*-Klo und kam kurz darauf wieder ins Freie.

Ich sagte: »Du glaubst doch nicht ernsthaft, ich rauch einen Joint, den du da in der Pissbude gedreht hast!«

»Nein.« Er zog ein Zigarettenetui aus seiner Hosentasche, in dem sich ein buntes Ein-Euro-Feuerzeug und mehrere Selbstgedrehte befanden. »Aber so einen vielleicht. Vorsicht, die sind pur.«

»Wow, kein Tabak – da achtet aber einer auf seine Gesundheit. Wollen wir die hier einfach so rauchen?«

»Warum nicht?«

»Und wenn wir blöd angequatscht werden?«

»Dann quatschen wir eben blöd zurück. Das kannst du doch gut.«

»Das sagt der Richtige.«

Jonas grinste und zündete sich eine der Selbstgedrehten an und danach konnte ich mich natürlich auch nicht lumpen lassen. Als ich inhalierte, hatte ich das Gefühl, meine Lunge würde erst explodieren, um dann sofort in einem schwarzen

Loch zu verschwinden. Jonas schenkte mir ein ähnlich mitleidvolles Lächeln wie zuvor das Mädchen an der Kasse. In Sachen Coolness hatte ich anscheinend noch Nachhilfe nötig. Bei dem Barkeeper zum Beispiel. Oder Leif.

»Ich hab doch gesagt, die sind pur.« Jonas hatte sein Telefon aus der Tasche gezaubert und wischte über das Display.

Nachdem ich etwa tausend Jahre später wieder sprechen konnte, sagte ich: »Weißt du eigentlich, wie unhöflich das ist?«

»Du klingst ja schon wie meine Mutter.« Jonas schaute noch nicht mal von seinem Handy hoch. »Bist du etwa einer von diesen Anti-Technik-Freaks geworden, die keine Handys mehr benutzen und nicht mehr ins Internet gehen?«

»Hä?«

»Na weil du kein Telefon dabeihast.«

Ich rieb mir das Gesicht. Das war wie ein Weckruf, der zu spät kam: Ich hatte vergessen, mir ein Neues zu besorgen! »Ist 'ne längere Geschichte«, sagte ich.

»Ist sie auch interessant? Oder nur länger?«

»Warum bist *du* eigentlich verlassen worden?«, fragte ich zurück.

»Wer sagt denn, dass ich verlassen wurde?«

»Na ja, ich mach hier einen auf Prinz und such mein Aschenputtel. Du bist anscheinend wirklich alleine hier. Warum sonst würdest du ausgerechnet mich auf einen Joint einladen?« Ich zog ein paarmal an der Selbstgedrehten und grinste, wie man eben so grinst, wenn man lange nichts mehr geraucht hat. Dann verbrannte ich mir die Finger.

Jonas steckte sein Telefon weg. Er seufzte.

»Ich bin nicht verlassen worden. Weil wir nie ein Paar waren, nur Freunde.«

»Oh«, sagte ich.

»Ja. Das trifft es so ziemlich auf den Punkt.«

»Lass mich raten. Sie wollte, dass ihr Freunde bleibt. Aber du hast deinen Justin-Bieber-Blick aufgesetzt und gefragt, ob sie nicht dein Baby sein könnte.«

Anstelle einer Antwort zauberte Jonas ein Lächeln auf seine Lippen, das richtig melancholisch wirkte im Mondschein. Aber vielleicht war das auch nur das Gras, das meine Sinne benebelte. Ich ließ den Joint zu Boden fallen und versuchte, ihn auszutreten. Doch mein Fuß wollte ihn einfach nicht treffen. Auf einmal hatte ich ein ungutes Gefühl.

»Na komm, lass mich mal«, sagte Jonas. »Gibt's in Paris nichts zu rauchen? Du bist ja total knülle.«

»Bestimmt. Aber ich weiß nicht, wo.«

»Was? Verarschst du mich? Ich leb hier auf dem Dorf und hab was. Du lebst in Paris, Mann!«

»Ja«, sagte ich. »Ist 'ne Wahnsinnsstadt! Ich hab noch nie so gute Paprikas gegessen wie letzten Winter in Paris. Oh Mann! So eine Paprika hätte ich jetzt gerne! Die Qualität kriegst du hier gar nicht. Und an jeder Straßenecke steht ein Mülleimer! Die Wahrscheinlichkeit, in Paris in Hundescheiße zu treten, ist deutlich geringer als hier. Vielleicht nicht ganz so gering wie in Singapur – aber dort wird man ja schon wegen einem Pups ausgepeitscht, das will man doch auch wieder nicht.«

Jonas sagte: »Ich glaub, das war dein letzter Joint heute!«

»Wo sind eigentlich Luis, Kebron und Vito? Apropos Joint.«

»Verreist. Und jetzt nimm dich mal zusammen, so stark ist das Zeug auch wieder nicht!«

»Ich muss unbedingt was trinken! Oder essen! Oder lieber trinken? Oh Gott! Ich kann mich nicht entscheiden!«

Jonas sagte: »Dann schauen wir doch mal, ob der Onkel Doktor da drüben noch 'ne Currywurst übrig hat.«

»Danke!« Ich hatte keine Ahnung, warum ich mich bedankte. Ich war zu sehr damit beschäftigt, gerade zu gehen, was ähnlich erfolglos verlief wie das Jointaustreten. Ich war schon froh, dass ich auf dem Weg zum Imbisswagen nicht umfiel. »Der Sänger hat auf einmal 'ne andere Stimme«, sagte ich. »Kann das sein?«

Jonas grinste. »Oder die Stimme hat'n anderen Sänger ...«

Er bestellte eine Bratwurstsemmel für mich und einen Hotdog für sich. Es war die wohl beste Bratwurstsemmel, die ich bis dahin gegessen hatte. Mir schossen Tränen in die Augen. Hauptsächlich wegen des scharfen Senfs, aber ein paar von den Tränen waren auch Freudentränen. Ich hätte den Verkäufer am liebsten umarmt vor Glück. Ich machte ihm mehrere Komplimente, für die Bratwurstsemmel natürlich, aber auch für seine Frisur beziehungsweise seinen Mut zur Glatze, bei all den Vollbartträgern hier.

Aber raus flog ich wohl deswegen, weil ich es einfach nicht mehr schaffte, zu essen, ohne mich dabei vollzusabbern. Ich weiß dann nur noch, dass ich unglaublich fasziniert davon war, wie viel Kraft der eine Bodybuilder hatte, der mich nach draußen schob. Auch ihm machte ich mehrere Komplimente – was ihn ebenfalls nicht begeisterte, er dachte wohl, ich wollte ihn verarschen. Woraufhin ich ihn fragte, ob er denn überhaupt kein Hirn hätte – ich verarsch doch bitte niemanden, der aussieht wie einer von den Klitschkos.

Meine nächste Erinnerung ist dann, wie ich auf einer Wiese liege. Das war eigentlich ganz schön. Der Vollmond schien über mir, es roch nach Heu und Sommer und ich konnte die

Schritte meines Großvaters hören, ich hätte sogar schwören können, dass er mir gleich eine Rispe Weintrauben reichte, die er gerade mit eigenen Händen gepflückt hatte. Doch dann schlich sich der Gedanke in mein Hirn, dass es wohl gar kein Marihuana war, was ich geraucht hatte, sondern was Härteres. Und dass mir jetzt die gleiche Karriere bevorstand wie diesen Junkies vor der Methadonausgabestelle bei uns in der Straße. Und dass das auch nur die gerechte Strafe dafür war, dass ich mich früher immer über die lustig gemacht hatte.

Da bekam ich auf einmal Panik. Allerdings war ich zu k.o., dieser Panik irgendwelche Taten folgen zu lassen. Glücklicherweise fiel mir dann ein, dass die Methadonausgabestelle gar nicht mehr in *meiner* Straße lag. Und dass ich deswegen gar kein Junkie werden konnte – weil ich in Paris keinen Schimmer hatte, wo ich überhaupt an Drogen kommen sollte. Da war die Panik wieder vorbei.

Bis mir einfiel, dass ich ja gar nicht mehr zurückwollte nach Paris. Da war sie wieder da.

Anstelle meines Großvaters schob sich Jonas' Gesicht unter den Vollmond.

»Soll ich dir was verraten?«, sagte ich.

»Du hast dir in die Hose gepisst?«

»Hab ich?«

»Ich verarsch dich nur. Bist du wirklich so breit?«

»Ja. Ich glaub, mein Herz schlägt nicht mehr.«

»Wann hattest du denn mal eins?«

»Was haben wir da bitte geraucht?«

»Nur Gras.«

»Das kann nicht sein.«

»Doch! Gut, es ist vielleicht ein bisschen genmutiert.«

Ich schluckte. Aber mein Mund war so trocken wie die Wüste, meine Zunge fühlte sich an wie Schmirgelpapier. »Sind wenigstens noch ein paar Rentner unterwegs?«, fragte ich. »Denen ich den Rollator klauen könnte?«

»Selbst wenn«, sagte Jonas, »die würden dich jetzt richtig fertigmachen, glaub ich. Hier, zieh da mal dran. Ist was anderes. Was zum Runterkommen.«

Ich nahm ihm den Joint ab und zog daran. Ich war einfach zu willenlos, um etwas anderes zu tun. Obwohl das vielleicht besser gewesen wäre. Denn danach ging bei mir endgültig das Licht aus.

7

Und plötzlich war es wieder taghell. Das war erst mal das Einzige, das ich erkannte. Ich brauchte eine Weile, bis ich merkte, dass ich auf einer Couch lag, allerdings der falschen. Beziehungsweise dass ich in der falschen Wohnung lag.

Die mir aber gleichzeitig seltsam vertraut erschien. Warum das so war, verstand ich nicht. Dafür fühlte sich mein Kopf zu sehr an, als hätte ich ihn in eine Waschmaschine gesteckt und aus Versehen auf Extraschleudern gedrückt.

Dann zischte es. Der Geruch von bratendem Speck wehte zu mir rüber. Nicht nur mein Kopf, auch mein Magen wusste noch nicht so genau, was er davon halten sollte. Erst als ich Jonas hörte – »Oh, wird da jemand wach?« –, konnte ich mich wieder orientieren.

Jonas stand am Herd. Der Herd wiederum stand in unserem alten Wohnzimmer. Aber es war nicht *unser* Herd, sondern so ein schickes Hightech-Teil. Und das Wohnzimmer war auch kein Wohnzimmer mehr, sondern hatte sich in eine riesige Wohn-Koch-Lounge-Landschaft verwandelt, wie aus einem exklusiven Möbelkatalog.

Was das Ganze noch verwirrender machte, war die Ähnlichkeit mit der jetzigen Wohnung meines Vaters. Die zwei Wohnungen sahen aus wie verschieden große Suiten eines Luxushotels. Beide sehr, sehr schick. Aber wenn man sich mit einem Buch aufs Sofa hocken würde, bekäme man nach zehn Minuten wahrscheinlich schon Depressionen, weil alles irgendwie viel zu clean war.

»Trink das!«, sagte Jonas.

Ein Wasserglas wartete auf dem Couchtisch neben einer *Aspirin*-Packung auf mich. Ich betrachtete es eine Weile ungläubig. Es war als Geste eigentlich viel zu nett, um wahr zu sein. Aber auch nach einer Minute Anschauen stand das Wasserglas mit den Kopfwehtabletten immer noch vor mir. Also bewegte ich vorsichtig ein Bein, bis der Fuß den Boden berührte, und setzte mich umständlich auf. Dann drückte ich zwei Brausetabletten aus der Packung ins Glas und das Wasser fing an zu brodeln – so laut wie ein Feuerwerk.

»Wie bin ich hier gelandet?«, fragte ich.

Jonas grinste. »Woran kannst du dich denn noch erinnern?«

»Eine Wiese. Und dein Gesicht.«

»Weißt du noch, wie du dorthin gekommen bist – auf diese Wiese?«

Ich machte den Fehler, zu nicken. Aber nur einmal. »Der Typ mit den Muskeln hat mit mir Speerwerfen geübt.« Ich trank den Kopfwehcocktail. »Und ich war der Speer.«

Jonas schlug so routiniert wie ein Fernsehkoch zwei Eier in eine Pfanne. »Ich hab ein Video gedreht von unserem Heimweg. Hat aber erst fünf Likes. Kannst du dir später anschauen, jetzt wird gegessen!«

»Ich weiß nicht, ob das so eine gute Idee ist.«

»Willst du dich noch länger schlecht fühlen? Oder schon mal anfangen, damit aufzuhören?«

Ich schleppte mich zur Frühstückstheke, kletterte auf einen Barhocker und hielt mich mit beiden Händen an der Theke fest, um nicht gleich wieder runterzufallen. Jonas gab Salz und Chili über die Eier und streute noch Schnittlauch drauf. Dann servierte er sie uns wie aus einem Kochbuch gezaubert mit dem Speck und Toast und ein paar Tomaten am Tellerrand.

»Langsam krieg ich Angst«, sagte ich. »Du bist auf einmal so … anders.« Ich fing an zu essen. »Und kochen kannst du auch noch!«

Jonas wischte sich die Hände an einem Küchentuch ab, bevor er zu Messer und Gabel griff. »Tja. Hättest du nicht gedacht, was? Aber bei Spiegeleiern von Kochen zu reden, ist vielleicht ein wenig übertrieben.«

»Wo sind eigentlich deine Eltern?«

»Im Urlaub.«

Nach ein paar Bissen fühlte ich mich nicht mehr ganz so wie in einem Flugzeug, das gerade in ein Luftloch fällt. Ich konnte sogar schon erahnen, dass draußen ein herrlicher Tag war: Sonne, blauer Himmel – einer dieser Tage, die einem die ganze Welt versprachen oder immerhin die halbe, jedenfalls in nüchternem Zustand. »Was ist los mit dir?«, fragte ich. »Hast du 'ne tödliche Krankheit oder so was und musst noch schnell mit der Welt Frieden schließen?«

Jonas biss in seinen Toast und sagte kauend: »Kannst du dich wirklich nicht mehr erinnern?«

»An was?«

»An das, was ich dir gestern gesagt hab zum Beispiel.«

»Was hast du denn gesagt?«

»Nichts, was ich jetzt noch mal wiederholen werde.«

»Hm. Nein, keine Ahnung. Das hat sich wohl in Rauch aufgelöst. Kein Wunder bei dem Gras gestern.«

Jonas musterte mich kritisch. Dann schien er mir zu glauben und wirkte ziemlich erleichtert. Er stand auf und stellte die Pfanne ins Spülbecken, ließ Wasser reinlaufen und nahm die Kanne von der Wärmeplatte einer Kaffeemaschine.

»Darauf spendier ich dir doch glatt einen Kaffee«, sagte er. Die Maschine sah so alt und gleichzeitig nagelneu aus, als hätte man sie direkt aus den 70er-Jahren hierher gebeamt. »Milch, Zucker?«

Ich nahm ihn schwarz – und ausgerechnet der Kaffee brachte bei mir das Fass zum Überlaufen. Immerhin merkte ich es noch rechtzeitig. Ich legte das Besteck auf den Teller und schob den Teller beiseite. »Ist das Klo noch dort, wo es früher war? Oder auch umgezogen, wie die Küche hier?«

»Das ist jetzt nicht dein Ernst, oder? Das waren Bio-Eier«, sagte Jonas. »Von glücklichen Hühnern!«

»Ich kann sie auch hier ins Spülbecken kotzen.«

Jonas seufzte. »Im Flur, zweite Tür rechts.«

Danach ging es mir besser. Es war zwar noch ein weiter Weg, bis ich mich wieder wie siebzehn fühlte. Aber wenigstens fühlte ich mich schon nicht mehr wie siebenundvierzig. Nüchtern war ich allerdings noch lange nicht. Jonas hatte an der Bar noch eine Flasche Wodka gemopst, die uns als Reiseproviant für den Heimweg gedient hatte. Auch wenn ich nicht die kleinste Erinnerung daran hatte, nur einen Tropfen davon getrunken zu haben. Nicht mal das Video von mir, das Jonas unter *Forever Arschloch* ins Netz gestellt hatte, half mir auf die Sprünge. Aber vermutlich war ich wegen des Wodkas so fertig. Der Anblick meines lallenden Ichs in den Weiten des Internets war natürlich egomäßig auch nicht gerade hilfreich. Also beschloss ich, eine Runde durch den Englischen Garten zu joggen – um meinen Kater auszuschwitzen. Und gleichzeitig mein Selbstwertgefühl wieder ein bisschen aufzumöbeln.

Aber ich kam gerade mal bis zum Monopteros, wo sich ein paar japanische Touristen mit den Säulen im Hintergrund gegenseitig fotografierten. Sie machten mir lächelnd Platz. Doch ich winkte ab und stützte mich auf die Knie, um ihnen zu bedeuten, dass sie nur weiter ihre Fotos machen sollten.

Als mein Seitenstechen einigermaßen erträglich wurde, schleppte ich mich zum Eisbach. Ich erinnerte mich dunkel daran, dass der nicht umsonst so hieß. Dort zog ich mich bis auf die Boxershorts aus und überließ mich der Strömung. Es war genau das Richtige, um sich ein bisschen selbst zu kasteien wie ein Mönch im Mittelalter. Die Kälte rammte sich in mein Hirn und wrang meine Seele aus wie ein schmutziges Handtuch. Bis ich irgendwann nach Luft schnappend wie eine auftauende Weihnachtsgans wieder am Ufer lag.

Danach ging es mir ein bisschen besser – aber immer noch nicht gut genug. Wenigstens waren meine Klamotten noch da, wo ich sie hingelegt hatte. Das war schon mal ein erster kleiner Lichtblick an diesem Tag. Ich feierte das mit einer Cola, die ich mir an einem Kiosk am Parkeingang kaufte. Damit spazierte ich zur Brücke vorm *Haus der Kunst* und schaute den Eisbachsurfern zu. Oder vielmehr schaute ich den Touristen zu, die den Eisbachsurfern zuschauten.

Ich fragte mich, ob ich jetzt selber ein Tourist war – weil ich nicht mehr hier lebte. Alles fühlte sich anders an. Vertraut und doch fremd – wie die Wohnung, in der jetzt Jonas wohnte. Irgendwie daneben. Wie der Anblick einer Exfreundin, der einem immer noch einen Stich versetzt. Ich weiß nicht, ob das alles nur an meinem Kater lag. Auf einmal hatte ich genau den Blues, von dem der Mann mit der *John-Deere*-Baseballcap und dem Rauschebart am Abend zuvor gesungen hatte. Nur diesmal hörte ich den Blues nicht, ich fühlte ihn.

Jeder Kieselstein auf den Parkwegen schien wie eine Erinnerung zu sein, die ich nicht mehr haben durfte. Dabei kam es mir vor wie höchstens vorgestern, dass mein Vater mir hier das Fahrradfahren beigebracht hatte. Ich würde seine Warnung, die er immer aussprach, wenn wir an dem kleinen Wasserfall vorbeikamen – dass man hier *auf gar keinen Fall* baden dürfe! –, wahrscheinlich noch meinen eigenen Kindern vorbeten. Hätte er jetzt neben mir gestanden, hätte er wahrscheinlich wieder mit dieser Geschichte angefangen: dass da mal ein Junge gestorben war – umklammert von seinem Vater, der noch versucht hatte, ihn rauszuziehen.

So stand ich also vor diesem Wasserfall und die Erinnerung an meinen Vater war auch nicht unbedingt stimmungssteigernd. Überhaupt: Der Tod war sinnlos und das Leben viel zu früh vorbei. Toll.

Und als Trost gab es nur den Blues.

Mein Kopf kam mir vor wie ein, ich weiß nicht – wie ein Kinderzimmer, das man mal dringend aufräumen musste. Alles, was ich gestern auf dem Konzert gewollt hatte, war, dieses Mädchen – Zoe – wiederzusehen. Zoe, die mit ihrer Stimme ein warmes Kribbeln durch meine Adern gejagt hatte, wie einen angenehmen Stromstoß. Deren Zähne glänzten wie weiße Isarkieselsteine. Und deren Augen mich auslachten, ohne dass auch nur ein Muskel zuckte in ihrem Gesicht. Ich lehnte mich an einen Baum und fragte mich, wie es wohl sein würde, wenn ich meine Hände in diesen Wasserfall aus Haaren tauchte.

Ich würde es nie herausfinden. Etwas war schiefgelaufen. Ich will jetzt nicht Jonas die Schuld dafür geben. Also, nicht die ganze. Doch irgendwie war mir der Schwung abhandengekommen. Gestern Abend. Auf meiner Suche.

Als ich die Wegkreuzung erreichte, wo es rechts über die Brücke mit dem Holzgeländer ging, hatte ich immer noch den Blues. Ich hockte mich auf die Parkbank am Bach. *Rein zufällig* war es auf einmal genauso spät wie gestern Mittag, als Zoe hier vorbeigekommen war. Ich hatte zwar keine Ahnung, was ich ihr jetzt sagen könnte, damit sie wenigstens stehen blieb – aber ... warum sollte sie heute überhaupt noch mal vorbeikommen?

Weil ich hier wie ein entlaufenes Hündchen auf sie wartete und mir das schön in den Kram passen würde? Es war eher unwahrscheinlich, dass Zoe darauf spekulierte, mich hier wiederzutreffen, so wie ich das tat. Ich sah ja nicht übel aus – also normalerweise, heute wahrscheinlich schon. Ich war vielleicht nicht so männlich wie Leif mit seiner Turmspringerfigur und dem Ryan-Gosling-Vollbart, doch ein Traktor hatte mich jetzt auch nicht überfahren, es gab definitiv hässlichere Typen.

Doch selbst die hässlichen Typen ließen wahrscheinlich die Mundwinkel nicht so hängen wie ich in meinem Blues. Jedes Mädchen, das hier vorbeikäme, müsste eigentlich sofort Reißaus nehmen, bei so einer Laune. Jedes vernünftige Mädchen jedenfalls. Und da gab es ja auch noch diesen Altersunterschied, der uns trennte. Plus: So wie *sie* aussah, konnte ich schon froh sein, wenn sie sich überhaupt noch an unsere Begegnung gestern erinnerte.

Also, wir zwei auf einer einsamen Insel kurz vor Weltuntergang – dann hätte ich sicher eine Chance bei ihr gehabt. Aber an einem Durchschnittssonntag im Englischen Garten, bei der Konkurrenz an gut aussehenden reichen Söhnchen? *Dafür* fehlte mir gerade das Selbstvertrauen.

Eigentlich fehlte es mir schon seit einem Jahr. Im Alltag ließ sich das ganz gut verdrängen. Ich war noch nie ein großer Aufreißer gewesen. Aber vor einem Jahr hatte ich meine Jungfräulichkeit verloren – was ja normalerweise ein Grund zum Feiern ist. Allerdings nicht bei mir. So ungefähr das Beste daran, dass ich schon mal Sex hatte, war, dass ich wenigstens den Stress nicht mehr hatte, mein erstes Mal endlich hinter mich zu bringen. Von einem erfüllten Liebesleben war ich jedoch Lichtjahre entfernt.

Das lag auch nicht an meiner Exfreundin. Ihr ging es da wohl ähnlich. Deswegen hatten wir uns letztlich auch getrennt. Bei uns ist einfach der Funke nie richtig übergesprungen. Unsere Beziehung war ein bisschen wie Silvester. Da freut man sich ja auch auf die Raketen, aber sind sie mal in der Luft, ist es meistens doch nicht so dolle.

Jedenfalls, seit dem Sex mit meiner Ex, die damals noch meine Freundin war, war ich total verunsichert, was diese ganze Mann-Frau-Nummer anging. Lag es an mir? Hatte ich nicht das Herz dafür? Sondern nur irgendeine Pumpe in der Brust, die vielleicht den Alltag regeln konnte, aber dann war Schluss? Hatte das Jonas nicht auch gesagt – dass ich kein Herz hätte?

Mein Selbstvertrauen war also generell schon im Keller. Und heute kam auch noch der ganze katerbedingte Weltschmerz dazu. Dass ich *gestern* ein Mädchen wie Zoe überhaupt angesprochen hatte, war mir da schon ein Rätsel gewesen. Aber jetzt? Jetzt kam es mir wie ein Kiffertraum vor.

Eigentlich hätte ich in meinem Zustand gleich heimgehen können. Wenn ich mich irgendwo noch zu Hause gefühlt hätte. In Sachen Frauen jedenfalls brauchte ich mir vorläufig keine Hoffnungen zu machen. Da sprang höchstens noch so ein mitleidiges Lächeln raus, wie gestern von dem Mädchen an der Kasse.

Aber Blues hin oder her – anscheinend hat man manchmal trotzdem Glück. Ich wusste vielleicht nicht, was ich sagen sollte, wenn Zoe vorbeikäme. Aber ich musste auch gar nichts sagen.

8

Sie sagte etwas: »Oh, hat da jemand Kopfweh?« Ihre Stimme mit dem rauschenden Unterton riss mich wie ein Rettungsring aus diesem Meer aus Schwermut, in dem ich gerade unterging. Ich richtete den Blick auf sie, sah ihr herausforderndes, spöttisches Gesicht – und es war, als würde alles um sie herum blasser werden. Nur eine Spur, fast unmerklich, aber so, als käme sie aus einer anderen Dimension, in die sie mich hinüberzog, bis auch um mich herum alles verblasste. Plötzlich gab es eine direkte Verbindung zwischen uns, und nur zwischen uns beiden. Wie aus dem Nichts war sie einfach da. Und sie war mehr als die Blicke und Worte, die wir wechselten.

»Na ja«, stammelte ich etwas ratlos, aber umso glücklicher.

Diesmal hatte sie ein kariertes Cowboyhemd an, so ein hautenges mit Perlmuttknöpfen – die sich bewegten, wenn sie atmete. Als würden ihre Brüste einem zuzwinkern. Sie nicht anzustarren war wie eine schwere göttliche Prüfung. »Geschieht dir ganz recht«, sagte sie mit einem Lachen, so wuchtig wie eine Bowlingkugel. »Bei dem, was du gestern gebechert hast.«

»Woher weißt du das?«

»Sagen wir mal so – man konnte dich irgendwann nicht mehr übersehen.«

Mir fiel auf, dass ihre Jeans ein paar Nummern zu groß war. Nicht dass das schlecht aussah, im Gegenteil. Nur war es keine dieser Boyfriend-Cut-Jeans aus der Damenabteilung. Diese hier war ihr wirklich zu groß – und mir schoss ein Bild durch den Kopf, wie Zoe heute früh vielleicht neben so einem Channing-Tatum-Typen aufgewacht war, der ihr eine Nacht lang das Kamasutra rauf und runter gebetet hatte.

»Ich hab dich gestern die ganze Zeit gesucht«, sagte ich, wieder um ein paar Pfund nüchterner.

»Die *ganze* Zeit?«

»Na ja, vielleicht nicht die ganze Zeit.« Der Anblick ihrer Jeans versetzte mir einen Stich. Aber ich konnte auch nicht wegschauen.

»Vielleicht solltest du mal zum Arzt?«, sagte Zoe. »Wenn du mich nicht finden konntest. Und dich von oben bis unten durchchecken lassen.«

»Wieso, wo warst du denn?«

»Du hast mich wirklich nicht gesehen?«

»Ich kann mir nicht vorstellen, dass ich dann weggeschaut hätte.«

»Und ich hab schon gedacht, Karsten wär plötzlich hübscher als ich.«

»Wer?«

»Der Barkeeper.«

»Ach der. Der hat mir immerhin gesagt, wie du heißt.«

»Und? Hast du dir das auch merken können, nach deinem Wodkabad?«

»Zoe«, sagte ich.

»Wow. Da wird mir ja gleich ganz schwindlig. Bei so viel Aufmerksamkeit.«

Zoe setzte sich neben mich auf die Bank. Zwischen uns war noch mindestens ein Meter Luft. Und es war schon heiß! Aber die Luft zwischen uns fühlte sich noch mal zehn Grad wärmer an.

»Hab ich mich wirklich so sehr danebenbenommen?«, fragte ich.

»Hm? Ich fand's eigentlich ganz süß. Aber mit mir wolltest du ja auch keine Schlägerei anfangen ...«

»Was!«

»Weißt du das nicht mehr? Der Security-Typ? Du hast ihn mehrmals gefragt, ob seine Muskeln echt seien.«

Ich straffte mich ein bisschen. »Nein, ich meine, *was* hast du gerade gesagt? *Süß?*«

»Besser als *zum Kotzen*, oder?« Zoe lachte.

»Aber auch nur knapp.«

Ein Jogger lief an uns vorbei, wie eine Erinnerung daran, dass die Welt noch größer war als die Parkbank, auf der wir saßen. Aber diese Parkbank reichte mir gerade völlig.

»Warum hast du mich denn gesucht?«, fragte Zoe. »Um meine Personalien aufzunehmen? Damit du mich anzeigen kannst? Weil ich angeblich dein Portemonnaie klauen wollte?« Jetzt kamen wieder ihre Vampir-Eckzähne zum Vorschein, und ihre schwarzen Augen fixierten mich spöttisch, ohne auch nur mit den Wimpern zu zucken.

Hinter den Bäumen auf der anderen Seite des Bachs waren noch mehr Jogger unterwegs – und Pärchen, tobende Kinder, Rentner. Aber all diese Menschen hätten auch verstaubte *Lego*-Figuren in irgendeinem Keller sein können. Was mich anging jedenfalls.

»Eigentlich wollte ich mich bei dir entschuldigen«, sagte

ich.«Aber jetzt, wo du *süß* zu mir gesagt hast, sind wir, glaub ich, quitt.«

Zoe warf einen kurzen Blick auf ihre Armbanduhr. Auch das war eine Männeruhr, eine, die wie hundert Jahre alt aussah, ganz simpel, mit einer Schweizer Fahne auf dem Zifferblatt.

Sie fiel mir jetzt erst auf. Es war zum Wahnsinnigwerden. Keine Ahnung, was mich eifersüchtiger machte, die Jeans oder die Uhr, aber ich war schon nahe dran, zu fragen, welcher Verehrer ihr die denn geschenkt hätte – ich konnte mir das gerade noch verkneifen. Stattdessen sagte ich: »Wo hast du denn gestern gesteckt? Ich hab dich wirklich gesucht.«

»Ich hab mich um die Musiker gekümmert.« Zoe lehnte sich zurück und schaute mich von der Seite an. Ihr Blick war jetzt eine Mischung aus skeptisch, amüsiert und entspannt. Als wäre sie beim Zappen zufällig auf eine interessante Sendung gestoßen. Aber die Entscheidung, ob diese Sendung interessant genug war, um weiterzuschauen, die hatte sie noch nicht gefällt.

Ich dagegen musste mich regelrecht dazu zwingen, wenigstens ab und zu mal den Blick abzuwenden. Doch Zoe war auch nicht irgendein Mensch, der neben mir saß. Sie war wie ein Ausrufezeichen unter lauter Punkten. Sie schien mir der realste, lebendigste Mensch zu sein, der mir bis dahin begegnet war. Ich musste fast nach Luft schnappen vor Aufregung. Gleichzeitig nervte mich das unglaublich, dass sie mich so gefangen nahm. Also sagte ich:»Ach so, deswegen die Jeans. Ich hab mich schon gefragt, warum die so groß ist.«

Zoe legte die Stirn in Falten. »Was?«

»Na die Jeans, die du da anhast! *Das* ist übrigens süß – wie du die Stirn in Falten legst. *Ich* bin nicht süß.«

Sie lachte. »Was ist denn mit meiner Jeans?«

»Nichts«, sagte ich. »Die ist toll – ich frag mich bloß, ob das deine ist oder ob es vielleicht zu deinem Job gehört, die Jeans für irgendwelche Musiker einzulatschen. Damit sie schön bequem sind, wenn das Konzert losgeht.«

Zoes Lachen wurde zu einem Lächeln und verschwand dann ganz aus ihrem Gesicht. »Du bist ganz schön neugierig«, sagte sie. Kein Vorwurf, nur eine Feststellung.

Die natürlich stimmte. »Ja, stimmt.«

Und dann wechselte sie einfach das Thema: »Hat dir das Konzert gestern gefallen?«

»Was ich davon mitbekommen habe, schon.«

»Wenn der Kater *so* schlimm ist, dann hör nächstes Mal lieber auf deine Eltern. Alkohol ist nichts für kleine Jungs.«

Es war dieser Spruch, der mir Hoffnung machte. Wenn sie das ernst gemeint hätte – das mit dem *kleinen Jungen* –, dann wäre sie wahrscheinlich schon längst aufgestanden und gegangen.

»Au!«, sagte ich. »Erst *süß* – dann *kleine Jungs*. Soll ich dir ein Messer besorgen? Damit du mir den Rest geben kannst?«

»Ich glaub, so wie du gerade beieinander bist, brauch ich dafür kein Messer.«

»Du hättest mich mal heute Morgen sehen müssen.«

Ihre Augen lachten mich wieder aus. »Auf so einen Anblick kann ich ganz gut verzichten.«

Von mir aus hätten sie mich ewig auslachen können.

»Hältst du hier eigentlich immer deinen Mittagsschlaf?«, fragte Zoe.

»Was?«

»Na, weil wir uns schon wieder hier begegnen?«

»Ich wollte *eigentlich* 'ne Runde joggen.«

»Aber die Bank war dann doch gemütlicher, oder wie?«

»Na ja. Ich hab gehofft, dass ich dich hier sehe«, sagte ich.

Da hörten ihre Augen auf, mich auszulachen. Sie sahen mich jetzt eher mitfühlend an. Nicht mit der Sorte Mitleid wie von dem Mädchen an der Kasse gestern – nein, es war ein ganz ehrlicher Ausdruck. Und dann zauberte Zoe sich wieder ein Lächeln ins Gesicht. »Jetzt wär mir fast wieder ein *süß* rausgerutscht.«

Mir wurde langsam klar, dass ich mir umsonst Hoffnungen gemacht hatte. Nur ganz aufgeben wollte ich diese Hoffnung auch wieder nicht. »Wie gesagt, ich wollte mich bei dir entschuldigen. Aber wenn du so weitermachst, von wegen *süß* und so, dann wird da noch eine Entschuldigung von dir fällig!«

Wieder nahm sie mich ins Visier: wie eine Zielscheibe, während man seine Pistole durchlädt. »Wie heißt du überhaupt?«, fragte sie.

Sie wollte meinen Namen wissen!

Ich kam mir vor, als wäre ich gerade zum Ritter geschlagen worden. Ich räusperte mich. »Paul. Hat Leif dir eigentlich ausgerichtet, dass ich dich gesucht habe? Er wollte mir partout nicht deinen Namen verraten. Hat da ein ganz großes Ding draus gemacht.«

Zoe nickte. »Ja, der gute alte Leif.« Sie biss sich auf die Lippe. Dann sagte sie: »Paul?« Es war, als würde sie sich meinen Namen prüfend auf die Zunge legen, wie eine Scheibe Schinken, die einem der Metzger zum Probieren gibt. »Wenn ich fünf Jahre jünger wäre, Paul, und ich wär jetzt auf dem Schulweg oder so, dann würde ich vielleicht sogar eine Stunde blaumachen für dich. Aber leider muss ich arbeiten.«

»Du bist doch nie fünf Jahre älter als ich!«

»Nein, aber ich schätz dich mal auf siebzehn. Mit vierzehn stand ich total auf Siebzehnjährige.«

»Oh. Das heißt ja, ich gefall dir!«

»Nicht übermütig werden. Sagen wir mal, ich finde dich –«

»Nein, bitte nicht!«

Sie lächelte mir zu. »Vielleicht versuchst du ja heute Abend noch mal dein Glück?« Sie stand auf. »Etwas nüchterner diesmal.«

Dann ging sie. Ohne ein weiteres Wort. Aber mehr hätte sie auch nicht sagen müssen.

9

Leider war es eine klassische Wellenbewegung. Erst war ich unten, wegen Jonas – dann obenauf, als ich Zoe zum ersten Mal traf. Dann kam das Konzert: der Rauswurf und der Kater heute Morgen. Dann wieder Zoe. Und nach einem Hoch kommt? Genau.

Doch nachdem ich Zoe wiedergesehen hatte, war meine Laune einfach zu gut. Dass es mit mir jemals wieder bergab gehen könnte? So ein Käse! Ich machte mir zwar nichts vor. Dass sie mich für den Abend auf das Festival eingeladen hatte, war ein gutes Zeichen – mehr nicht, ein Strohhalm. Aber immerhin ein Strohhalm!

In der Wohnung meines Vaters durchwühlte ich erst mal meinen Koffer. Ich brauchte was Anständiges zum Anziehen. Es durfte nicht zu schick sein, aber auch nicht gammlig. Zoe sollte erkennen: Dem Typ bedeute ich etwas, aber er steht auch nicht zehn Stunden vorm Spiegel, um das rüberzubringen.

Also stellte ich mich nur zwei Stunden davor. Als ich einigermaßen zufrieden war, hatte ich immer noch zwei Stunden, bis das Konzert anfing. Die verbrachte ich vorm Fernseher. Wär ja auch schade um das schöne Ding gewesen, wenn es die ganze Zeit ungenutzt geblieben wäre. Ich schaute mir einen

Ryan-Gosling-Film an, den ich im Regal meines Vaters gefunden hatte: *The Place Beyond The Pines*. Um mir vielleicht ein paar Flirt-Tricks vom guten alten Ryan abzuschauen. Nur starb er in dem Film dummerweise nach dreißig Minuten schon, es gab also nicht viel zu lernen. Gut war er trotzdem, der Film. So gut, dass ich erst am Ende bemerkte, wie lange er gedauert hatte. Ewig. Ich kam also zu spät zum Konzert, und Zoe war wieder nirgendwo zu sehen.

Dafür war die Schlange vorm Eingang kürzer. Leif grinste, als er mich erkannte, und ich rechnete schon damit, dass er mich diesmal einfach durchwinken und höchstens noch sagen würde: »Geht aufs Haus, Kumpel. Und viel Spaß mit Zoe! Sie hat mir alles erklärt. Sie wartet schon mit zwei kalten Bierchen im VIP-Bereich. Ja! Den haben wir extra noch für dich eingerichtet ...« Doch stattdessen sagte er – und das auch eher reserviert: »Na, wieder nüchtern?«

Ich nickte und schluckte *mein* kumpelhaftes Grinsen sofort wieder runter.

Leif sagte: »Du hast dich ziemlich danebenbenommen gestern.«

»Echt?«

»Kannst dich wohl nicht mehr erinnern, hm?«

»Na ja, nicht an alles.«

»Das liegt am Alkohol«, sagte er so humorlos wie ein Verkehrspolizist. »Kannst du dich noch erinnern, dass du hier rausgeflogen bist?«

Ich kam mir vor wie ein Fünftklässler, der von einem Zehntklässler drangsaliert wird. Also tat ich das, womit ich schon als Fünftklässler ganz gut gefahren war: Ich bemühte mich um Betroffenheit und setzte ein Lächeln auf, das ich gewöhnlich für alte Damen, die ich über die Straße führte, reservierte. »Ja«, sagte ich so inbrünstig, dass mir mein Bedauern fast zu den Ohren rauskam.

»Gut«, meinte Leif – und ich hielt das schon für die weiße Fahne, mit der er mich gnädig durchwinken wollte. Doch dann sagte er: »Denn wer einmal fliegt, bleibt draußen. Das ist die Regel. Tut mir leid, aber du hast dich umsonst so hübsch gemacht.«

Ich fragte mich kurz, ob das ein Witz sein sollte. Aber Leif sah nicht so aus. Tief in seinem Herzen hätte er wahrscheinlich wirklich einen guten Verkehrspolizisten abgegeben. Trotzdem fragte ich sicherheitshalber noch mal nach: »Ist das jetzt dein Ernst? Du lässt mich nicht rein?«

Er schüttelte den Kopf. Er machte sich nicht mal die Mühe, ein bisschen Mitleid in seinen Blick zu legen. Wie die dumme Kuh an der Kasse, die mich schon wieder so blöd anglotzte.

»Woher kommt denn diese Regel?«, fragte ich. »Aus einem Glückskeks?«

Leif seufzte. Wenigstens brach sein Pokerface jetzt mal auf. »Nur so ein Tipp, Paul. Paul, richtig? Oder ist dir Paulchen lieber? Glaubst du etwa, dass du mit blöden Sprüchen doch noch reinkommst, Paulchen?«

Darauf fiel mir leider nur ein Kommentar ein, der mir in dieser Situation auch nicht viel gebracht hätte, also heuchelte ich weiter Betroffenheit: »Und wenn ich mich entschuldige? Würde das was helfen?«

»Ich fürchte nicht«, sagte Leif.

»Was ist mit einem großzügigen Trinkgeld? Sagen wir, zwanzig Euro?«

»Willst du mich etwa bestechen?«

Ich hasste diese rhetorischen Fragen. Ich sagte: »Ich würde gern mehr locker machen, aber ich muss ja noch den Eintritt zahlen.«

Wieder kam dieses gekünstelte Seufzen aus seiner Brust. Es gibt Menschen, die mag man einfach nicht. Die mag man nicht und das wird nicht besser. Ich kannte das von Jonas. Vielleicht war ich Leifs Jonas – oder wurde es gerade eben. Was mich anging, war Leif auf jeden Fall dabei, meinem Jonas den Rang abzulaufen.

Er sagte: »Ich mach es mal kurz – weil ich mich so schnell langweile. Du kommst hier heute nicht mehr rein, mein Junge!«

Jetzt gönnte ich mir ausnahmsweise mal einen Seufzer, das *mein Junge* war einfach zu viel. Ich schaute an Leif vorbei in die Scheune, wo der Security-Typ stand, der mich gestern rausgeworfen hatte – der, dessen Arme so dick waren, dass sie förmlich danach schrien, dass er endlich auf allen vieren durch die Gegend spazierte. Dann wandte ich mich wieder an Leif. Ich bemühte mich um einen sachlichen Tonfall – der mir enorm schwerfiel: »Eigentlich will ich nur kurz mit Zoe sprechen. Kann ich dir vielleicht mein Portemonnaie dalassen? Als Pfand. Und ich such sie schnell?«

Leif lachte darüber wie über einen alten Witz, den man mal sehr gut gefunden, aber inzwischen zu oft gehört hatte. »Ich sag dir, warum das nicht geht«, sagte er. »Weil du sie dann hierherschleppst. Damit sie mich überredet, dich doch reinzulassen. Dann sage ich Nein, sie holt den Boss – und dem kann ich ja schlecht vorschreiben, wen er hier reinlässt und wen nicht. Und zum Schluss steh ich ganz allein hier und darf das Wort *Arschloch* rückwärts buchstabieren. Nein danke!«

»Und wenn wir das Ganze einfach abkürzen? Dann wärst du ganz nebenbei auch noch zwanzig Euro reicher. Ich erhöh sogar auf vierzig. Allerdings müsstest du mich dann zum halben Preis reinlassen.«

Leif schüttelte den Kopf.

Keine Ahnung, wie viel er verdiente. Vierzig Euro kann man ja eigentlich immer ganz gut brauchen. Aber er blieb dabei. Es gab kein Durchkommen.

Trotzdem musste ich es noch mal versuchen. Es ging einfach nicht anders. Ich sagte: »Leif. Stell dir vor, in dreißig Jahren fragen mich meine Kinder: Papa? Was hast du eigentlich vor dreißig Jahren am achten Juni gemacht? Soll ich ihnen dann vielleicht antworten: Ach wisst ihr, Kinder, da war ich auf der Suche nach meiner Traumfrau. Aber es gab da diesen Türsteher, der hat mich nicht zu ihr gelassen. Und da bin ich wieder gegangen. Ich meine, wie steh ich denn dann vor meinen Kindern da?«

»Ganz ehrlich, Paul? Es ist mir egal, wie du vor deinen Kindern dastehst – oder liegst, sitzt, pupst oder Purzelbäume schlägst. Mach einfach das Beste draus. Du kommst hier nicht rein – aber es ist ein herrlicher Abend, zum Beispiel perfekt für einen Spaziergang unter dem Vollmond. So was kann auch alleine richtig schön sein!«

Der Typ war unglaublich. »Das ist wirklich dein letztes Wort?«, fragte ich.

Leif sagte nichts mehr, so als wollte er mit seinem Schweigen unterstreichen, dass es tatsächlich sein letztes Wort gewesen war. Er drehte sich kurz um, und der Typ mit den Muskeln kam näher und fixierte mich, als wollte ich ihm seinen Pudding wegessen.

Trotzdem musste ich es einfach noch mal versuchen: »Leif. Das hier ist Schicksal. Verstehst du das nicht? Das ist eine dieser berühmten Weggabelungen im Leben. Wenn ich da falsch abbiege, kann ich mich eigentlich auch gleich aufhängen. Und darauf hab ich nun mal überhaupt keine Lust. Deswegen musst du mich einfach reinlassen!«

Inzwischen hatte auch der zweite Security-Mann hinter Leif Stellung bezogen. Er war wie aus dem Nichts gekommen. Als hätte sich einer der Gäste plötzlich in den *Unglaublichen Hulk* verwandelt und bloß das Grün vergessen.

»Viktor kennst du ja schon«, sagte Leif. »Und das hier ist Juri. Die beiden sind übrigens keine Stripper, die irgendwelchen Hausfrauen den Abend versüßen, wie du gestern vermutet hast. Nur um das noch mal klarzustellen, du scheinst da oben nicht der Schnellste zu sein.« Leif tippte sich an den Kopf. »Es gibt auch einen Grund, warum die zwei zum Beispiel nicht bei *Abercrombie & Fitch* arbeiten. Da darf man zwar seine Muskeln herzeigen, aber die Kunden nicht vermöbeln. Also würdest du jetzt – und das ist das erste und das einzige Mal, dass ich in diesem Zusammenhang das Wort *bitte* benutze – bitte die Fliege machen!«

Ich versuchte, meinen Ärger runterzuschlucken, was gar nicht so leicht war, dann sagte ich: »Wow! Na dann haben wir ja alle Russenklischees beisammen, oder? Oder wollt ihr noch kurz einen Porno drehen?« Ich schaute die beiden Fleischberge an. »Nein? Gut. Darf ich wenigstens *Bizeps* und *Trizeps* zu euch sagen?«

Ich durfte es anscheinend nicht, und einen Moment lang sah es so aus, als wäre es jetzt an mir, das Wort *Arschloch* rückwärts zu buchstabieren. Also entschied ich mich für einen taktischen Rückzug. Ich wollte sowieso noch prüfen, ob man bei den *Dixie*-Klos vielleicht über den Zaun klettern konnte.

Dummerweise ging das nicht. Noch dümmer war, dass ich weder Zoes Telefonnummer hatte noch ein Telefon, um sie anzurufen. Ich hatte ja gestern vorgehabt, mir noch ein billiges Prepaid-Smartphone zu besorgen, es dann aber wieder vergessen. Und als Jonas mich daran erinnert hatte, waren die Geschäfte schon geschlossen und ich sowieso viel zu dicht. Und heute war Pfingstsonntag.

So war das eben mit den Wellenbewegungen. Nach jedem Hoch kommt ein Tief.

Doch zum Glück kommt nach einem Tief auch wieder ein Hoch. Der Barkeeper machte gerade eine Zigarettenpause. Nicht weit von den *Dixie*-Klos. Ich sprach ihn durch den Zaun hindurch an: »Hey, pssst – bist du zufällig auch noch sauer auf mich, wegen gestern?«

Er drehte sich zu mir um und kräuselte die Augenbrauen, wie um seinen Blick scharf zu stellen. Dann lachte er. »Bei dem Trinkgeld, das ihr mir gegeben habt? Das wär jetzt wirklich nicht nett von mir, oder?«

Ich schloss kurz dankbar die Augen und atmete erleichtert durch. Dann sagte ich: »Hast du zufällig Zoe gesehen?«

»Ja. Gerade eben.« Der Barkeeper stutzte. »Warte mal! Sag jetzt nicht, dass Leif dich nicht reinlassen will.«

Genau das sagte ich ihm. Und so stand fünf Minuten später Zoe am Eingang und schaute Leif an, als hätte er einen Schneeball in einen Kinderwagen geworfen. Ich musste mich beherrschen, dass ich ihm nicht die Zunge rausstreckte.

Zoe war einfach umwerfend. Noch strahlender als heute Nachmittag. Sie hatte jetzt ein Kleid an, so ein kurzes Sommerkleid, das ihr passte wie ein Superheldenkostüm. Sogar Leif schien davon beeindruckt, auch wenn er sich das nicht anmerken lassen wollte. Die Security-Typen waren da schon längst davongetrabt. Zoe hatte ihnen wahrscheinlich zwei Stück Zucker gegeben.

Sie strahlte jedenfalls eine Energie aus, der man sich lieber nicht entgegenstellte. Aber ein Triumphzug wurde es dann leider doch nicht. Nachdem sie sich eine Weile mit Blicken duelliert hatten, reichte Leif Zoe sein Telefon und sagte: »Hier. Du kannst Ecki anrufen. Aber sag ihm auch, dass *er* sich dann an den Eingang stellen kann, *ich* mach Schluss für heute.«

»Und wieso, du Torwächter?«

Leif gab wieder einen Seufzer von sich – was scheinbar sein Markenzeichen war, vielleicht aber bloß in Stresssituationen.

»Damit du dir treu bleibst?«, sagte Zoe weiter. Als würde sie ihm einen Eimer Wasser über den Kopf gießen. Dann äffte sie ihn auch noch nach: »*Wer einmal fliegt, bleibt draußen – das ist die Regel?* Blablabla, echt! Kommst du den Leuten immer noch mit dieser Samurai-Nummer?«

Ich war den Tränen nahe vor Glück. Leif nicht. Er schaute Zoe an, als würden die Sorgen der ganzen Welt auf seinen breiten Schultern lasten. Dann sagte er wie ein Held am Filmende: »Willst du Ecki jetzt anrufen, Zoe? Du kannst das gern mit ihm besprechen.«

Zoe lachte, aber nicht freundlich, sie schüttelte den Kopf. »Oh, entschuldige bitte, Obi Wan!« Der Spott in ihrer Stimme war vermutlich noch auf der Bühne zu vernehmen, trotz der Countryklänge dort. »Weißt du, was? *Du* kannst Ecki anrufen. Soll er sich doch um die Musiker kümmern. *Ich* mach Feierabend!« Damit wandte sie sich mir zu. »Na komm!«

Das ließ ich mir natürlich nicht zweimal sagen. Und so spazierte ich mit Zoe in den Sommerabend. Wohlgemerkt: *mit* Zoe, nicht allein.

Es war warm, der Vollmond schien. Und ich überlegte sogar kurz, ob ich Leif über die Schulter noch ein Danke zurufen sollte. Aber ich wollte mein Glück auch nicht überstrapazieren.

10

Zoe stand ziemlich unter Strom. Worüber ich mich natürlich freute – denn sie war ja sauer auf Leif. Ich nahm mir also vor, ihr dabei zuzuhören, wie sie etwas Dampf abließ, ab und zu würde ich dazu mitfühlend nicken, und wenn sie noch *mehr* Trost brauchte, wäre ich ja auch gleich zur Stelle.

Das Dumme war nur: Sie wollte gar nicht getröstet werden. Sie hatte sich am Hintereingang der Scheune noch einen Rucksack geben lassen, in dem sie ihre Ersatzklamotten und ihr Schminkzeug verstaut hatte. Jetzt gingen wir mehr nebeneinanderher, als dass wir *miteinander* irgendwohin spazierten – und auf einer kleinen Brücke, die zum Biergarten am See führte, machte Zoe halt.

Es war ein hübsches Plätzchen: Unter uns floss ein Bach in den See, die Bäume spiegelten sich im Wasser, der Geruch von Spareribs wehte einladend zu uns herüber. Nicht weit von uns spielte ein einsames Akkordeon tapfer gegen das Kreuzfeuer aus Scheunen-Country und Biergartengeplapper an. Eigentlich war das hier der perfekte Ort, um noch ein bisschen rumzuknutschen, bevor man sich entscheidet, wo man letztlich hingeht.

Doch ein falsches Wort und Zoe hätte mich auf Nimmerwiedersehen stehen gelassen. Das spürte ich. Es hätte mich auch nicht gewundert, wenn sie dem Akkordeonspieler sein Instrument weggenommen und es in den See gepfeffert hätte. Zoe war einfach unglaublich sauer. In diesem Moment sprach nur eines *für* mich: nämlich dass sie nicht auf *mich* sauer war. Ich verkniff mir also jegliche Anspielung bezüglich Rumknutschen auf romantischen Parkbrücken – und hielt brav meinen Mund, bis Zoe etwas sagte.

Es dauerte nicht allzu lang.

»Was!« Sie musterte mich wie einen Zeugen Jehovas an der Haustür. Dieses *Was!* klang schon fast wie eine Aufforderung, ihr einen Grund zu geben, mich zum Teufel zu jagen.

Aber irgendwas *musste* ich ja darauf antworten, also sagte ich: »Ich hab das Gefühl, ihr seid schon mal freundlicher zueinander gewesen. Du und Obi Wan da drüben.«

Wahrscheinlich hätte ich ihr genauso gut ein Bein stellen können. Zoe schaute mich an, als gäbe es hinter mir vielleicht noch einen zweiten, so was wie den *besseren* Paul, den sie gerade – erfolglos – suchte. Dann senkte sie wortlos den Blick, als würde sie sich in ein Zimmer voll trüber Gedanken zurückziehen. Es war, als hätte sie diese unsichtbare Verbindung zwischen uns gekappt, die ich heute Mittag gespürt hatte.

Ich musste irgendetwas tun, um sie aufzuheitern, aber was? In einem Musical hätte ich jetzt angefangen zu singen und ihr was vorgetanzt. In einem Musical. Im echten Leben konnte ich eigentlich nur auf meinen Gnadenschuss warten. Nur kam dann doch noch ein Lächeln in Zoes Gesicht. Wie Sonne nach einem Tag Regen! Ich musste mich beherrschen, dass ich nicht tatsächlich anfing zu singen vor Erleichterung. Jetzt war ich es, der »Was?« sagte.

Zoe strahlte auf einmal richtig. Als wären wir alte Bekannte, die sich nach viel zu langer Zeit endlich wiedersahen. Das kam mir zwar auch ein wenig komisch vor. Aber hey – es war definitiv besser, als dass sie mich zum Teufel jagte.

»Komm mit!«, sagte sie und ging voran in den Biergarten und dort zielstrebig auf die Essensausgabe zu.

Ich folgte ihr und zückte sicherheitshalber schon mal mein Portemonnaie. Doch Zoe schüttelte nur den Kopf. Ich blieb ein, zwei Meter hinter ihr und verstand deshalb nicht, was sie mit der Verkäuferin redete. Die beiden kannten sich anscheinend. Worum es ging, erfuhr ich allerdings ein paar Minuten später, als mir ein Fünf-Liter-Eimer Senf in die Hand gedrückt wurde.

Ich hatte zwar keine Ahnung, was das sollte, aber Zoe trommelte bester Laune einen kurzen Tusch auf den Deckel des Eimers – mit zwei Pinseln, die eigentlich zum Grillfleisch-Marinieren gedacht waren. »Na komm!«, sagte sie, als wäre ich ein bisschen schwer von Begriff.

Aber *wohin* sie wollte, war mir sowieso egal, Hauptsache, ich war dabei. Und so folgte ich ihr wie ein dressiertes Pferdchen und hielt nur mal kurz den Senfeimer hoch. »Haben wir nichts vergessen? Zum Beispiel ein paar Würstchen?«

»Du bist wirklich süß!«, sagte Zoe.

»Oh Mann!«

»Was?«

»Du könntest wenigstens ab und zu auch mal ein *cool* einstreuen.«

Zoe warf mir wieder diesen Blick zu, der mich auszulachen schien, ohne dass ihr Gesicht dabei auch nur zuckte. Nur ihre Augen funkelten vor Tatendrang. Ich folgte ihr zu den Parkplätzen und von dort die Straße runter bis zur Unterführung. Über uns verlief wie eine Narbe der Mittlere Ring durch die ganze Breite des Englischen Gartens. Zoe blieb vor einem alten *Mercedes*-Coupé stehen. Es parkte direkt vor der Unterführung am Straßenrand, ein wirklich schöner Wagen. Es war kein Oldtimer, mit dem man wie James Bond durch Monte Carlo fährt, aber er war alt genug, um mich zu beeindrucken: vielleicht frühe 80er-Jahre, metallic-grün. Top in Schuss. Eine Straßenlaterne schien, irgendwie passend, wie ein Bühnenscheinwerfer darauf.

Zoe ließ ihren Rucksack auf den Boden gleiten. Ich brauchte eine Weile. Dann fiel auch bei mir der Groschen. Ich setzte den Senfeimer ab. »Das ist nicht dein Ernst«, sagte ich.

»Oh doch!« Zoe drückte mir einen Pinsel in die Hand und schnappte sich dafür den Senfeimer, dann stieg sie auf die Kühlerhaube des *Mercedes*. Sie stemmte einen Fuß auf das Autodach, um die Balance zu halten, und zog den Deckel vom Eimer. Sie warf ihn wie ein Frisbee in meine Richtung, ich konnte gerade noch ausweichen. »Na komm!«, sagte sie. »Worauf wartest du?«

»Ist das nicht ein bisschen kindisch?«, fragte ich. »Senf?«

»Dir ist schon klar, wem das Auto hier gehört, oder?«

»Oh ja. Aber danke, dass du mir auf die Sprünge helfen wolltest.«

Zoe tunkte lächelnd ihren Pinsel in den Eimer und verpasste mir eine Breitseite mittelscharfen Hausmachersenf. »Red nicht so viel und mach dich endlich mal nützlich! Das hier ist so ziemlich genau der passende Strafzettel für einmal Jemanden-nicht-Reinlassen als Türsteher.«

»Ich hab das doch nicht böse gemeint mit dem *kindisch*«,

sagte ich. »Im Gegenteil, ich fühl mich auf einmal so richtig erwachsen neben dir und deinem Abitur.«

Ich fing an zu pinseln, als Zoe kopfschüttelnd Senf aus dem Eimer auf die Windschutzscheibe tropfen ließ. Auch wenn mir die Karre fast ein bisschen leidtat. Dann sprang Zoe von der Kühlerhaube und machte sich auf der Beifahrerseite an der Windschutzscheibe zu schaffen. »Jetzt sag mir nicht, dass dir das keinen Spaß macht!«

Ich grinste.

»Na also«, sagte sie, und wir verteilten gut gelaunt den Senf, bis man nichts mehr im Wageninneren erkennen konnte. Als wir mit der Windschutzscheibe fertig waren, schnappte ich mir den Eimer und stieg aufs Autodach. »Ich hab irgendwie das Gefühl, du machst das hier nicht das erste Mal.« Ich träufelte eine ordentliche Ladung auf die Heckscheibe.

Zoe zwinkerte mir zu. »Bei diesem Auto schon.«

Ich kraxelte etwas polternd von der Motorhaube zurück auf die Straße. Ich pinselte glücklich weiter. Aus unserem Nebeneinander war also doch noch ein Miteinander geworden. Zum Schluss knöpften wir uns die Seitenfenster vor. »Hattet ihr mal was miteinander?«, fragte ich.

»Wer, ich und das Auto?«

»Schon gut. Ich hör schon auf.«

»Ist vielleicht besser.«

»Sagte die Frau mit dem Senfeimer.«

Ich drückte ihn Zoe in die Hand. Sie tunkte ihren Pinsel ein und tupfte mir diesmal auf die Nasenspitze etwas Senf. »Vergiss die Rückspiegel nicht!«, sagte sie und gab mir den Eimer zurück. Dann schlenderte sie auf die Wiese hinter dem Gehsteig.

»Und du?«

Zoe drehte sich um und streckte theatralisch die Arme aus. »Ich muss mal wohin. Reicht das als Info?«

Sie strahlte mich an, und ich spürte, wie ich rot wurde. Als sie sich ins Gebüsch verzog, fing ich an, leise vor mich hin zu pfeifen.

Als Zoe wieder neben mir stand, merkte ich, dass sie mich für mein Pfeifen auslachte, genauso leise.

Ich legte meinen Pinsel weg. Zoe deutete schließlich auf den *Mercedes*. Man konnte nirgendwo mehr ins Wageninnere schauen. Der Senf fing auch schon an zu trocknen, weil es so warm war. Es war wirklich unglaublich warm in dieser Nacht.

Unser Werk war vollbracht. Wir begutachteten es stolz. »Was meinst du?«, fragte Zoe. »Wollen wir noch den Stern abknicken?« Es war ein *Mercedes*, der noch einen Stern auf der Kühlerhaube hatte.

Ich warf Zoe einen Blick zu, um zu prüfen, wie ernst sie es meinte. »Jetzt, wo du es sagst«, antwortete ich, »wundere ich mich, dass du ihm nicht auf die Motorhaube gepinkelt hast.«

Zoe haute mir mit dem Handrücken auf den Arm.

»Nein«, sagte ich gespielt nachdenklich. »Ich finde, die Senfdusche ist irgendwie angemessen für den Ärger, den er uns bereitet hat. Außer natürlich, du hast noch ein paar andere Rechnungen mit ihm offen?«

Zoe musterte mich, dann lächelte sie. »Dafür hätten wir jetzt sowieso keine Zeit mehr! Schau mal, wer da kommt!«

Ich rechnete mit Leif, als ich mich umdrehte. Nicht mit einem Streifenwagen. Er bog etwa hundert Meter entfernt um die Ecke und kam direkt auf uns zu. Als ich mich wieder zu Zoe umdrehte – war sie schon weg. Ihr Rucksack auch. Ich fragte mich noch, wohin mit dem Eimer und den beiden Pinseln – die Sachen hielt ich komischerweise wieder in den Händen, ich hatte mich automatisch danach gebückt, was natürlich saudumm war. Aber bevor ich darüber ins Grübeln geraten konnte, steckte Zoe zum Glück den Kopf aus dem Gebüsch.

»Willst du denen jetzt erklären, was wir gerade gemacht haben – oder worauf wartest du?«

Ich lief los. In erster Linie lief ich natürlich Zoe hinterher und erst dann vor dem Polizeiwagen davon. Irgendwann ließ ich sogar den Eimer und den Pinsel fallen, apropos Intelligenz. Und auf Höhe der Tennisplätze hatte ich Zoe eingeholt. Wir kamen an einem vergitterten Kiosk vorbei und an zwei Eisstockbahnen. Dann waren wir im nördlichen Teil des Englischen Gartens, der sich von hier noch kilometerweit an der Isar entlangzog.

Zoe rannte so routiniert wie eine Vierhundertmeterläuferin querfeldein durch die Dunkelheit über eine große Wiese auf eine Baumgruppe zu. Der Polizeiwagen fuhr ebenfalls in den Park. Doch er blieb wie ein träge schleichender Hai auf dem Kiesweg, der zum Fluss runterführte, und dort entfernte er sich langsam von uns. Aber Zoe war da schon längst auf einen der Bäume geklettert und nach vier, fünf Griffen schimpansengleich im dichten Blätterwerk verschwunden.

Das sah so leicht aus, dass ich sogar kurz daran dachte, ihr nach oben zu folgen. Doch dann versteckte ich mich lieber *hinter* dem Baum. Falls ich festgenommen wurde, sollte das nicht noch peinlicher werden.

Aber wir hatten Glück. Als die Rücklichter des Polizeiwagens nicht mehr zu erkennen waren, sagte ich in das Blätterdickicht hinauf: »Was machen wir als Nächstes? Eine Tankstelle überfallen?«

Die Blätter raschelten und ein Ast über mir wippte so stark, als würde er dem Polizeiwagen noch hinterherwinken wollen. Dann machte es *Fump*. Zoe landete elegant wie eine Amazone im Gras neben mir. »Nein«, sagte sie und lächelte dabei wie ein glücklicher Dieb.

11

Sie wollte lieber baden gehen.

Baden!

Gut, es war wirklich eine außergewöhnlich warme Nacht, und wir waren beide verschwitzt nach unserem kleinen Wettrennen mit der Polizei. Es war also nicht *total* abwegig, jetzt baden zu gehen.

Ich bekam nur bei dem Gedanken daran schon einen Ständer. Und es war Vollmond. Ich war mir nicht sicher, was Zoe dazu sagen würde. Aber wahrscheinlich würde sie nur lachen.

Also spazierten wir quer über die Wiese in Richtung Isarufer, und ich war richtig glücklich. Nicht nur, weil Zoe sich jetzt gleich ausziehen würde. Klar, auch deswegen. Aber mit ihr war die Welt plötzlich eine riesige Schatzkammer geworden. Und ich hatte den Schlüssel dazu, direkt neben mir.

Wir stiegen eine Böschung runter und gelangten in eine kleine Kiesbucht. Ich hätte jeden Baum hier am Ufer umarmen können vor Glück. Natürlich spielte Zoe auch mit mir. Aber hey! Ich spielte gerne mit.

Ich zog mir die Schuhe aus und steckte einen Fuß ins kalte Wasser. Ein paar Meter vor uns mündete der Eisbach in die Isar, rauschend, reißend, mit weißen Schaumkronen. Der Fluss kam mir in der Dunkelheit noch kälter vor als heute Mittag. Einen Kilometer weiter lag wie die Mauer einer Ritterburg das Isarwehr – ein erhabener Anblick im Mondlicht. Aber so nebensächlich wie eine leere Streichholzschachtel, wenn ein Mädchen wie Zoe neben einem stand.

Zoe, deren Kleid plötzlich auf ihrem Rucksack landete. Und die keinen BH trug. Ich verschluckte mich fast. Jetzt war ich doch ganz froh um das kalte Wasser. Ich fragte mich kurz, ob das so eine Art Prüfung werden sollte. *Mal schauen, wie lange dieser Typ es schafft, nicht auf meine Brüste zu starren?*

Es war schon schwer genug gewesen, als sie noch was anhatte. Hätte Zoe ihren Slip auch noch ausgezogen, wäre ich vermutlich in Ohnmacht gefallen.

Aber vielleicht dachte sie sich auch gar nichts dabei. Vielleicht mochte sie mich einfach und vertraute mir, obwohl wir uns kaum kannten – was aber keine Rolle spielte. Weil sie mich harmlos fand.

Was okay war. Im Vergleich zu ihr war ich das bestimmt. Boxershorts sind da leider verräterisch.

Um keinen allzu notgeilen Eindruck zu erwecken, zwang ich mich, daran zu denken, wie ich hier als Kind auf meinem Laufrad immer stehen bleiben musste, wenn ich meinen Vater beim Joggen begleitete. Dies war auch eine der Stellen, vor denen er mich immer gewarnt hatte. Aber natürlich nie im Zusammenhang mit einem schönen Mädchen.

Als ich Zoe davon erzählen wollte, war sie schon im Wasser. Sie schwamm weit genug an der Stromschnelle vorbei, die der Eisbach wie eine Schneise in die Isar rammte. Ich folgte ihr, holte Zoe aber erst in der Flussmitte ein. Dort ging uns das Wasser nur noch bis zum Bauch. Die Strömung war hier angenehm. Wenn man dagegen anschwamm, blieb man immer etwa auf derselben Höhe.

Einmal stellten wir uns hin, nahmen uns an der Hand und marschierten ein paar Meter dagegen an – als würden wir auf einen Berg klettern. Dann ließen wir uns auf dem Rücken von der Strömung zurücktreiben – über uns der Mond, der silberne Fluss um uns herum und an den Ufern die windstillen Bäume.

Statt zurückzuschwimmen, schwammen wir zum näheren gegenüberliegenden Ufer, um nicht noch weiter abgetrieben zu werden. Selbst im knietiefen Wasser war es noch schwer, Halt zu finden – barfuß auf den rutschigen, klobigen Steinen –, und wir gaben uns wieder die Hand, um uns gegenseitig zu stützen. Dann spazierten wir die Strecke, die wir abgetrieben worden waren, auf einem kleinen ausgelatschten Trampelpfad wieder zurück.

»Komm«, sagte Zoe. »Wir laufen noch ein Stück weiter und gehen dort ins Wasser. Dann landen wir drüben ungefähr an der Stelle, wo unsere Sachen liegen.«

Ich nickte, obwohl ich durchaus auf unsere Klamotten verzichten konnte. Nach der Abkühlung gab ich wieder eine einigermaßen anständige Figur ab in meinen Boxershorts. Schade war nur, dass wir auf dem Trampelpfad hintereinanderher gehen mussten und Zoe mir den Vortritt überließ: weswegen ich ihr nicht mehr unbemerkt auf ihren nassen Slip starren konnte. Aber man kann eben nicht alles haben.

»Du musst übrigens auf die Stromschnelle aufpassen«, sagte ich. »Dort, wo wir reingegangen sind. Die ist gefährlich.«

»Echt? Sieht gar nicht so aus.«

»Das Wasser ist tiefer dort, man kann nicht stehen, und die Strömung zieht einen runter.«

Ich wusste das von meinem Vater. Er hatte mal einen auf Stuntman gemacht, als ich noch klein war, um mir das zu zeigen, als abschreckendes Beispiel sozusagen. Er hatte mir damals einen gehörigen Schrecken damit eingejagt.

Zoe drehte sich noch mal um, bevor sie ins Wasser ging. »Dann nehmen wir vielleicht nächstes Mal ein Paar Schwimmflügel für dich mit, oder?«

Sie lächelte. Sie hatte eine Gänsehaut, die ich so deutlich sehen konnte, als hätte ich ein Zielfernrohr vor Augen. Gleichzeitig knabberte ich noch erfreut an dem *nächsten Mal,* das sie erwähnt hatte. Da tauchte sie schon bis zum Hals ins Wasser ein und schwamm gegen die Kälte anlachend voraus. Ich stürzte mich ebenfalls in den Fluss, hätte aber eher jaulen können vor Kälte. Dann schwamm ich hinter Zoe her, auf die gegenüberliegende Kiesbucht zu.

Wahrscheinlich versuchte Zoe, schneller zu schwimmen, weil ihr kalt war. Diesmal schaffte sie es nicht mehr, auszuweichen. Es war zwar nur der letzte Ausläufer der Eisbachströmung, aber immer noch reißend und tief genug. Plötzlich war ihr Kopf weg. Dann wieder da. Und wieder weg.

Das Problem waren hier nicht nur die Strömung und die Tiefe, sondern auch die Kälte, wenn man schon eine Weile im Wasser war, so wie wir jetzt. Man konnte sich einfach nicht mehr so gut bewegen. Und bei den vielen Schaumkronen an der Wasseroberfläche verschluckte man sich schnell. All diese Zutaten zusammen und man hatte das Rezept für eine richtig schöne Panik. Und eine Panik war schon in ruhigem Gewässer ungünstig. Aber hier war eine Panik noch mal was ganz anderes, sagen wir mal, eine echte Herausforderung.

Nicht dass das eine große Heldentat von mir war. Ich

schwamm ja zum Glück nur ein paar Meter hinter Zoe und konnte sie am Arm packen und mit mir ziehen. Als ich klein war, hatten meine Eltern große Angst gehabt, dass ich ihnen mal ertrinken könnte. Deshalb hatten sie mich von einem Schwimmkurs in den nächsten gejagt, inklusive Rettungsschwimmer.

Irgendwann hatte ich so viele Bronze-, Silber- und Goldabzeichen gesammelt, dass ich in meiner Badehose schon aussah wie ein Bundeswehrgeneral in seiner Ausgehuniform. Doch heute war ich natürlich sehr dankbar für diese Schwimmkurse.

Zoe schnappte nach Luft, als wir wieder stehen konnten, und ich blieb bei ihr und hielt sie fest, bis sich ihr Atem wieder beruhigt hatte. Ich nutzte das nicht mal aus, um auf ihre Brüste zu schielen. Ich war selber noch zu aufgeregt und außer Atem. Ich führte sie ans Ufer. Wir froren beide.

»Das ist ja *wirklich* gefährlich!«, keuchte Zoe.

Ich nahm sie in den Arm. Es passierte einfach so, als hätte ich auf Autopilot geschaltet. »Hab ich doch gesagt«, antwortete ich.

Zoe ließ sich von mir festhalten, als wäre alles andere völlig abwegig. »Ich dachte, du wolltest mir nur Angst machen.« Sie drückte sich an mich. Wahrscheinlich war es der Schreck. Und weil ihr kalt war.

»Warum das denn?« Ich nahm sie noch fester in den Arm.

»Weiß ich nicht«, sagte sie.

»Zoe, Zoe, Zoe!«

Da löste sie sich von mir und schaute mich an. Ihr Augenblick der Demut war um. »Was?«, sagte sie herausfordernd. Sie hatte wieder ihren spöttischen Blick aufgesetzt.

»Ich sag dir *Was*. Falls du mal wieder in einen Strudel gerätst und ich bin nicht dabei. Lass dich runterziehen, unten ist der Sog am schwächsten. Da kannst du dann raustauchen!«

Ich klaubte mein T-Shirt auf und trocknete mir das Gesicht ab.

»Bist du jetzt sauer?«, fragte Zoe.

»Weiß ich nicht«, sagte ich irritiert. Ich wusste nicht, was ich fühlte. Vielleicht war ich ein bisschen sauer. Weil sie meine Warnung nicht ernst genommen hatte.

Dann nahm Zoe mir das T-Shirt ab und fing an, mich damit abzutupfen. Ganz sanft. Meine Brust, meine Schultern, meine Arme. Dabei lächelte sie fast scheu.

»Immer noch sauer?«, fragte sie leise.

Ich schüttelte den Kopf, ich brachte kein Wort mehr über die Lippen. Ich zog sie wieder an mich. Dann nahm ich mein Hemd und trocknete sie ab. Ich konnte sehen, wie ihre Gänsehaut langsam verschwand. Und Zoe sah mir dabei zu, wie ich sie anschaute. Ich ließ das Hemd zu Boden fallen. Zoes Finger krochen unter den Bund meiner Boxershorts. »Die ist ganz nass«, sagte sie. Dann fielen meine Shorts zu Boden. Ich tastete nach Zoes Slip. Und schließlich standen wir nackt voreinander.

Kalt war uns jetzt nicht mehr. Ich wollte etwas sagen, aber Zoe legte mir einen Zeigefinger auf die Lippen. Es war eine Geste wie aus einem alten Schwarz-Weiß-Film. Allein dieser Zeigefinger auf meinen Lippen war eine Berührung, die ich nie vergessen werde. Ich hätte sterben können in dem Moment, es wäre mir egal gewesen!

Na ja, nicht ganz. Es war erst der Anfang, und was danach kam, hätte ich nur ungern versäumt. Zoe legte ihre Hände um meinen Hals. Auch das war nur der Hauch einer Berührung. Und auch die werde ich nie vergessen.

Dann küsste sie mich. In einer langsamen Bewegung, fast wie in Zeitlupe, kamen ihre Lippen näher und küssten mich. Zoe drückte sich wieder an mich. Ich spürte ihren Körper, ihre Brüste, den schmalen Strich ihrer Schamhaare. Aber vor allem spürte ich diesen Kuss. Der nicht zu beschreiben ist. Ich wünschte, ich könnte es.

Wir küssten uns und hielten uns. An der Luft war es wieder so warm, dass ich das kalte Wasser fast schon vergessen hatte. Auch mein Herz raste noch wilder als ein paar Minuten zuvor, als ich Zoe aus dem Fluss gezogen hatte. Ich griff nach ihrer Hand, schnappte mir im Vorbeigehen ihren Rucksack und ihr Kleid.

In Paris wäre ich in so einer Situation aufgeschmissen gewesen. Doch hier kannte ich mich aus, das war jetzt natürlich praktisch. Wo der Eisbach in die Isar fließt, gibt es eine Art Landzunge zwischen den beiden Flüssen. Eine versteckte Brücke führt dorthin. Von der Spitze dieser Landzunge konnte man die Kiesbucht sehen, wo wir ins Wasser gegangen waren und uns gerade eben noch geküsst hatten. Man konnte die Baumgruppen dahinter sehen und die verlassenen Parkbänke, die jetzt im Mondschein so silbern glänzten wie der Fluss. Hier war man durch die Sträucher am Uferrand recht gut geschützt vor Blicken.

So standen wir da, barfuß mit Sand zwischen den Zehen, und Zoe breitete ihr Kleid auf dem Boden aus wie einen roten Teppich. Dann küssten wir uns wieder. Und dieser zweite Kuss fühlte sich so an, als hätten wir alle Zeit der Welt. Als gäbe es nur uns.

Auch diesen Kuss werde ich nie vergessen. Selbst wenn er noch übertroffen wurde von dem, was danach kam. Danach?

War ich nicht mehr derselbe Mensch. Ich war zwar auch kein anderer Mensch. Aber ich war irgendwie – *mehr* Mensch als vorher.

12

Später lagen wir nebeneinander im sandigen Gras, Zoe in meinem Arm. Der Fluss rauschte an uns vorbei, die Luft war warm wie Watte, der Vollmond ein Stück weitergezogen, Sterne blitzten über uns auf. Ich fühlte mich wie ein König nach einer gewonnenen Schlacht. Alle Rätsel dieser Welt ergaben plötzlich einen Sinn! Das Leben war nicht nur schön, es war großartig!

Bis Zoe sagte: »Paul? Du darfst dich aber nicht in mich verlieben!«

Damit war sie ein bisschen zu spät dran. Doch das wollte ich mir natürlich nicht anmerken lassen, also sagte ich: »Du bist ja ganz schön eingebildet. Wegen dem bisschen Sex?«

Zoe lachte. Dann sagte sie: »Da bin ich ja beruhigt.«

Ich war das nicht mehr. Ich tat nur so. Wir schwiegen eine Weile. Es war ein schönes Gefühl, einfach so mit ihr dazuliegen, sie im Arm zu haben, den Himmel anzuschauen. Ich versuchte, mich darauf zu konzentrieren. Ganz auf den Moment. Ich sagte: »Hier ist mal ein Pärchen mit seinem Hund spazieren gegangen.«

»Was?«

»Frühmorgens. Der Hund ist ins Wasser und schaffte es nicht mehr raus. Da ist die Frau hinterher. Um ihren Hund zu retten.

Und schaffte es auch nicht mehr raus. Also ist der Mann, der seine Frau nicht zurückhalten konnte, auch hinterher, um seine Frau zu retten. Und auch er schaffte es nicht mehr raus.«

Zoe drehte sich auf die Seite und stützte sich auf den Ellbogen. Ich sah ihr skeptisches Gesicht und sagte: »Keine Sorge, die Geschichte hat ein Happy End. Ein Fahrradfahrer kam vorbei und hat alle drei aus dem Wasser gezogen. Doch als das Pärchen wieder einigermaßen bei Sinnen war, war der Typ schon verschwunden. Das hat mir mein Vater erzählt, als ich ihn als Kind gefragt habe, ob es Superhelden auch in echt gibt. Er hat gesagt, vermutlich ja – weswegen sonst wäre der Typ so schnell wieder verschwunden? Superhelden dürfen ihre Tarnung ja nicht aufgeben, und der hier wollte vielleicht einfach nur ein bisschen Fahrrad fahren, bevor sein Arbeitstag losging, und deswegen hatte er sein Kostüm wohl nicht angehabt.«

Zoe lächelte. »Das hat dir dein Vater erzählt?«

»Ja. Und daran muss ich manchmal denken, wenn ich hier bin. Darf ich dich mal was fragen?«

»Wenn es nichts Persönliches ist«, sagte Zoe und kniff mich beiläufig in die Seite.

»Na ja, wie man's nimmt.«

»Lass mich raten. Du willst wissen, auf welcher Schule ich gewesen bin. Und was ich jetzt vorhabe nach dem Abi. Ob ich anfange zu studieren – hier in München oder anderswo – und *was* ich studieren will ... Oder fragst du mich erst mal nach meiner Lieblingsfarbe?«

»Nein. Ich weiß ja, dass du nicht so auf Small Talk stehst. Ich wollte nur wissen, wie viele Kondome du dabeihast.«

»Ach so!«, sagte Zoe. »Also. Solange du nicht irgendwelche Wundermittel geschluckt hast, sollten die reichen.« Sie wischte sich eine Haarsträhne aus dem Gesicht und klemmte sie sich hinters Ohr. Dann stützte sie ihren Kopf auf der Hand ab. »Oder wolltest du eigentlich was anderes wissen?«, fragte sie amüsiert. »Zum Beispiel, warum ich überhaupt Kondome dabeihabe?«

»Na, das erklärt sich ja von selbst. Wir waren heute Abend verabredet, du hast dir gewisse Hoffnungen gemacht, und die sind dann glücklicherweise in Erfüllung gegangen. So was nennt man vorausschauendes Denken. Find ich gut.«

Zoe lachte wieder. »Ja, genau!«

Wenn sie dieses *Ja, genau!* ernst gemeint hätte, wäre es so ziemlich die Antwort gewesen, die ich mir heimlich gewünscht hatte.

Aber natürlich meinte sie es nicht ernst. Sie sagte, etwas zu übertrieben besorgt: »Du findest das hoffentlich nicht unromantisch. Das mit den Kondomen.«

»Na ja. Weiß ich gar nicht.«

»Dann überleg mal. Das sagt immerhin ziemlich viel über dich als Mann aus.«

»Oh, ich bin zum Mann befördert worden? Kein *süß* mehr?«

»Ich mein es ernst«, sagte Zoe.

»Hm«, machte ich, um ein bisschen Zeit zu schinden. »Na, wer steht schon auf Geschlechtskrankheiten? Oder auf Kinder mit siebzehn? Außerdem wär das ziemlich undankbar, wenn *ich* ein Problem damit hätte, dass du Kondome dabeihast.«

»Trotzdem würdest du gerne wissen, ob ich *immer* welche dabeihabe. Oder? Nicht nur, wenn ich mir gerade Hoffnungen auf einen Traumprinzen wie dich mache.« Sie küsste mich auf den Bauch, dann kam sie mit ihrem Gesicht ganz nah an meines.

»Hm«, brummte ich. »Du kannst auf jeden Fall ziemlich gut mit den Dingern umgehen.«

Zoe setzte sich jetzt hin. Ich war etwas unsicher, ob sie sich gleich davonmachen würde. Aber sie blieb sitzen. »Hör mal, Paul. Versteh mich nicht falsch, aber – das hier ist für mich keine Hölderlin-Nummer, irgendein schicksalhaftes Ritual zweier Menschen, die schon immer zusammengehörten und sich endlich gefunden haben. Nein, das hier, also wir zwei, das ist Spontansex im Freien. Mehr nicht, aber auch nicht weniger. Und schön politisch korrekt mit Kondom – damit man hinterher kein schlechtes Gewissen haben muss. Alles klar?«

»Absolut.«

»Das heißt jetzt nicht, dass wir uns nie mehr wiedersehen. Aber ich erwarte auch keinen Heiratsantrag von dir. Ist das okay für dich?«

»Klar«, sagte ich. Ich konnte schon immer ganz gut lügen.

»Ehrlich?«, fragte Zoe ernst.

»Zoe?« Ich schaute sie lange an. »Ich wollte wirklich nur fragen, *wie viele* Kondome noch da sind.«

Natürlich war auch das gelogen. Doch was blieb mir anderes übrig? Ich wollte sie nicht vergraulen. Ich hatte auch kein Problem damit, dass sie Kondome bei sich trug. Ich war vielleicht kurz ein bisschen irritiert gewesen. Aber das war ja nur vernünftig von ihr. Ich hatte keine dabei. Außerdem hatten wir uns gerade kennengelernt. Da konnte ich wohl kaum erwarten, dass sie *mir* einen Heiratsantrag machte. Ich durfte jetzt nicht drängeln. Also hielt ich meinen Mund. Und das Thema war begraben. Nur wenn Zoe dann wieder ein Kondom auspackte, machte sie sich jedes Mal ein bisschen über mich lustig. Aber nett.

Zwischendurch redeten wir, über dies und das. Es war herrlich. Die ganze Nacht. Erst als es schon anfing, heller zu werden, schliefen wir ein. Ohne dass ich es merkte. Ich merkte erst, dass ich geschlafen hatte, als ich plötzlich wieder wach wurde. Es war, als würde ich *in* einem Traum aufwachen, um mich zu vergewissern, dass er noch nicht zu Ende war.

Die Luft war frisch geworden. Das Licht hatte etwas Sanftes. Als läge ein blauer Schleier auf der Welt. Ich deckte Zoe mit meinem Hemd zu, das inzwischen getrocknet war, und legte wieder einen Arm um sie. Ich fragte mich, was sie wohl träumte. Ich hatte ein bisschen Angst davor, dass sie aufwachte – und dann nur noch schnell wegwollte. Ich kannte dieses Gefühl am nächsten Morgen.

Doch noch schlief Zoe, und ich hätte jetzt ewig so daliegen können. Jetzt gerade gab es nur sie und mich und diesen Augenblick. Was in einer Minute sein würde, schien noch Jahrhunderte weit weg. Und nur was uns betraf, war von Bedeutung.

Ich konnte mir in dem Moment nichts Besseres vorstellen, als einfach immer nur Zoe anzuschauen. Ich musste nicht mal wissen, was in ihr vorging. Solange sie nur bei mir blieb. Es war, als wäre alles, was nicht mit meinem Glück zusammenhing, von mir abgefallen.

Ich fühlte mich *richtig* frei, wahrscheinlich zum ersten Mal in meinem Leben. Es gab keine Eltern, keine Schule, Geld spielte keine Rolle. Klamotten waren sowieso sinnlos. Sogar ein Telefon hätte nur gestört. Ich fühlte mich wie ein Gott in meiner eigenen Welt. Alle anderen Götter konnten von mir aus machen, was sie wollten – solange sie mich nur in Ruhe ließen. Mich und Zoe.

Dann fing der Himmel am anderen Flussufer an zu leuchten und die Sonne stieg groß und rot über die Baumwipfel. Die Vögel wurden leiser. Die Nacht war vorbei. Und ein Lichtstreifen fiel auf Zoes wildes braunes Haar.

Sie bewegte sich in meinem Arm. Ich hielt den Atem an. Alles war jetzt möglich. Als sie die Augen öffnete, schaute sie mich kurz an, so als müsste sie sich erst orientieren. Aber nur kurz. Dann schlug sie vor, dass wir noch mal schwimmen gingen. Was wir dann auch machten … nach einer Runde Guten-Morgen-Sex. Der Tag fing also ganz gut an.

Irgendwann schlenderten wir über die menschenleeren Wiesen zu den Tennisplätzen, wo wir ein Rent-a-Bike fanden. Ich nahm Zoe auf dem Gepäckträger mit. Es war ein Feiertag und auch die Gehsteige waren menschenleer um sechs Uhr früh. Nur ab und zu fuhr ein Auto an uns vorbei.

Wir entdeckten an einer Kreuzung eine offene Bäckerei und drehten nach ein paar Metern mit schwankendem Fahrrad lachend um und aßen Croissants an einem Bistrotisch auf dem Gehsteig und tranken Kaffee dazu. Wir waren die einzigen Gäste, und eine der Verkäuferinnen kam nach draußen, um eine Zigarette zu rauchen.

»Wie lebt es sich eigentlich in Paris?«, fragte Zoe.

»Was?«

»Na ja. Jeder träumt doch davon, mal wegzugehen. Also, im Vergleich zu hier – wie lebt es sich da? Ich kenn Paris nur als Touristin.«

Ich dachte einen Moment lang darüber nach. Ich war natürlich schon öfter nach Paris gefragt worden. Aber meinen alten Freunden hatte ich darauf nur Bullshit erzählt. »Die Stadt ist toll – aber so richtig angekommen bin ich nie. Paris ist ein ziemlicher Schock, wenn man Frankreich nur als Dorf mit ein paar Weinbergen kennt. Und einer Straße, die an ein paar alten Burgen vorbei zum Meer führt. Paris ist ziemlich intensiv. Oft fühle ich mich dort selber noch wie ein Tourist. Was ich sagen will, ist – vielleicht fragst du da den Falschen.«

Ich schaute sie an. Sie sagte nichts. Sie wartete, ob ich noch was zu sagen hatte.

»In der Schule läuft es ganz okay. Sonst würde mich meine Mutter wahrscheinlich umbringen, immerhin bin ich zweisprachig aufgewachsen. Aber – vielleicht bin ich einfach zu spät *dazu*gekommen. Nächstes Jahr ist ja alles schon wieder vorbei. Die Schule, mein ich.«

»Hast du keine Freunde dort?«, fragte Zoe.

»Nicht wirklich.«

»Eine Freund*in?* Da gibt's doch sicher die ein oder andere, die sich sehen lassen kann, an deiner Schule.«

»Na ja. Die eine oder andere schon.«

»Aber?«

»Nichts *aber*. Ich weiß nicht. Als ich noch hier gelebt habe, mein bester Freund und ich – wir kannten uns seit dem Kindergarten. Wir konnten noch nicht mal richtig essen, da waren wir schon Freunde. Ich weiß nicht mal, *wie* wir Freunde geworden sind, so lange ist das her. Wahrscheinlich saßen wir beide mal im Sandkasten, er mit 'ner Schaufel, ich mit 'nem Eimer, und keiner von uns hat es geschafft, das dem anderen wegzunehmen. Also haben wir uns gedacht, scheiße, dann werden wir eben Freunde. Und irgendwann kam dann noch einer dazu. Und noch einer. Und dann noch einer. *Plopp plopp plopp.* Wie Unkraut, das aus dem Boden schießt – als hätten wir ein paar Ableger bekommen. *Das* war für mich immer

Freundschaft. Schon ewig da. Wie alte Höhlenzeichnungen. Das hab ich in Paris nicht.«

»Dann konzentrier dich auf die Mädels!«

»Willst du mich schon wieder loswerden?«

Zoe lachte. Dann sagte sie: »Ich weiß, was du meinst. Alte Freundschaften sind was Besonderes. Aber das heißt nicht, dass alle Freundschaften alt sein müssen. Auch nicht alle guten. Es gibt verschiedene Arten von Freundschaft. Manche dauern vielleicht nur ein paar Tage. Und können genauso viel wert sein.«

»So hab ich das noch gar nicht gesehen.«

»Na, dann sag mal brav Danke. Dass ich dich an meiner Weisheit teilhaben lasse.«

»Danke. Und woher kommt diese Weisheit? Hast *du* viele Freunde? Obwohl, warte! Ich nehm die Frage zurück. Sonst kommst du noch auf dumme Gedanken und lässt mich hier stehen.«

Zoe schaute mich an. »Das muss ich aber leider«, sagte sie. »Bringst du mich noch zum Bus?«

»Wo musst du denn hin?«

»Na, nach Hause. Du nicht?«

»Hab ich irgendwas Falsches gesagt?«, fragte ich.

Sie schüttelte den Kopf. »Überhaupt nicht.« Dann ließ sie mich ein bisschen zappeln, bevor sie fragte: »Hast du heute Nachmittag schon was vor?«

Da schlug mein Herz wie eine Kirchenglocke.

»Wir könnten da weitermachen, wo wir vorhin aufgehört haben?« Zoe lächelte.

»Du meinst, mit Badengehen?«

»Was hast du denn gedacht?«

»Klingt gut«, sagte ich.

Wir spazierten zur Haltestelle. Ich legte einen Arm um sie. Als sie dasselbe bei mir machte, hätte ich aufheulen können vor Glück.

Wir küssten uns, bis der Bus vor uns hielt. Zoe stieg ein, und ich rief ihr noch hinterher: »Wie heißt du eigentlich? Also, mit Nachnamen?«

Sie drehte sich zu mir um und warf mir diesen spöttischen Blick zu. »Wieso – wollen wir uns jetzt siezen?«

Mit einem Zischen ging die Tür zu. Zoe setzte sich ans Fenster. Dort schenkte sie mir noch ein Lächeln.

Dann fuhr der Bus an und Zoe war weg.

TEIL ZWEI

13

So stand ich da. Wie festgewachsen am Straßenrand. Als hätte Zoe einen Magneten auf mich gerichtet, der auch noch wirkte, als der Bus nicht mehr zu sehen war: eingetaucht im Englischen Garten, verschluckt von den Bäumen dort, das Motorknattern verstummt, die Dieselwolke verflogen.

Alles war wieder frühmorgendlich still. So wie vorher. Nur dass Zoe nicht mehr neben mir war. Auch wenn ich sie fast noch spürte. Roch. Lachen hörte. Seufzen. Oh Mann! Sie hatte mich ganz schön am Haken. Diesen Tag in meinem Leben würde ich gegen nichts auf der Welt eintauschen. Ich konnte es kaum erwarten, sie heute Nachmittag wiederzusehen.

Wie müde ich eigentlich war, merkte ich erst, als ich mich wieder bewegte: Meinen Körper zu drehen war, wie einen Baumstamm zu wälzen; das Gehen fühlte sich an, als würde ich durch Wasser waten; meine Augen brannten; mein Kopf war schwer. Nur mein Herz schlug, als würde es in Kaffee schwimmen.

Ich ließ mich müder als tot auf die Couch fallen, und doch konnte ich nicht einschlafen. Wenn ich die Augen schloss, sah ich Zoe vor mir. Bis mir schwindlig wurde! So, als wäre ich zum ersten Mal betrunken. Und auf einmal fühlte ich mich wieder so voller Kraft, dass ich unbedingt etwas tun wollte, tun *musste* – bevor ich noch explodierte –, um diese Energie loszuwerden, die plötzlich in mir war. Aber kaum aufgestanden, war ich wieder so müde, dass es mich fast umhaute.

Also ließ ich mich zurück auf die Couch fallen und lachte erst mal, mindestens fünf Minuten, einfach so vor Freude, und hätte mich jemand dabei gesehen, hätte er vermutlich einen Krankenwagen gerufen. Ich hätte es ihm jedenfalls nicht übel genommen.

Als ich mich wieder halbwegs eingekriegt hatte, rollte ich mich auf die Seite und betrachtete das Wohnzimmer: Alles war um neunzig Grad verschoben – der riesige Fernseher, die Designerlampen, die Küchentheke mit den Barhockern auf den Granitfliesen. Manchmal ist ein Perspektivwechsel ja ganz hilfreich. Jedenfalls begriff ich da, dass dies immer die Wohnung meines Vaters bleiben und nie auch mein Zuhause werden würde. Genauso wie die Wohnung in Gentilly zwar die Wohnung meiner Mutter, aber nie meine geworden war.

Doch das war völlig okay in diesem Augenblick. Ich hatte meinen Frieden damit, ganz unerwartet, all mein Schmerz war verpufft – als hätte mir irgendein chinesischer Wunderheiler gerade den Rücken wieder eingerenkt. Ich hätte weinen können vor Glück. Vielleicht brauchte ich wirklich einen Krankenwagen.

Irgendwann schlief ich ein. Diesmal träumte ich sogar was. Von Zoe – nichts Konkretes –, ich träumte eher von dem Gefühl, das ich mit ihr hatte: dieses Eingehülltsein in ihrer Gegenwart, dieses Lebendigsein, Zuzweitsein – und am frühen Nachmittag wachte ich auf, als hätte ich ein ganzes Jahr geschlafen, so gut fühlte ich mich.

Ich sprang unter die Dusche, zog mir was Frisches an. Stylte mich – nicht zu aufwendig, aber doch angemessen. Ich hatte noch genug Zeit. Ich würde auf die Sekunde genau an unserem Treffpunkt sein, ohne auch nur einen Hauch aus der Puste zu kommen.

Unterwegs hob ich mit der Kreditkarte meines Vaters genügend Cash ab für einen sorgenfreien Abend. Ich war bereit, Superman zum Armdrücken zu fordern und gnädig gewinnen zu lassen – ich machte mich mit dem Gefühl einer gelassenen Unbesiegbarkeit auf in den Englischen Garten.

Zoe hatte als Treffpunkt die kleine Brücke hinter dem Seestadl vorgeschlagen – von wo aus wir aufgebrochen waren, um uns an Leif beziehungsweise stellvertretend an dessen Auto zu rächen. Um vier Uhr nachmittags war sie an der Scheune mit dem Veranstalter verabredet, um sich ihren Lohn bar auszahlen zu lassen. Danach würde sie zu mir rüberkommen, hatte sie gesagt.

Das Festival war vorbei. Ich konnte Leif sehen, wie er beim Abbau mithalf. Er gab dem Fahrer des Pick-up Handzeichen, um ihm beim Ausrangieren des Imbisswagens zu helfen. Hinten wurden die *Dixie*-Klos mit einem Kran auf einen Lastwagen verladen. Die Bühnenbauer zerlegten die Bühne wieder in ihre Einzelteile. Die Boxen und Verstärker wurden weggetragen, die Bar abgebaut, die Kühlschränke auf Sackkarren zum Heck eines Transporters geschoben.

Die Leute schwitzten in der Sonne. Musik lief keine. Nur das Akkordeon spielte wieder vor dem überquellenden Biergarten am See. Es spielte seinen eigenen Blues. Und es war immer dasselbe Lied.

Auch um fünf Uhr nachmittags war Zoe noch nicht da.

Ich hatte mit einer Verspätung gerechnet, eine halbe Stunde oder so, aber danach wurde ich langsam nervös. Ich beschloss, dass es okay wäre, wenn ich mich jetzt mal bei ihr meldete – ganz locker natürlich, ohne Druck: *Hey, wo steckst du?*

Aber das ging nicht, weil ich die Serviette nicht fand, auf der ich mir heute Morgen in der Bäckerei Zoes Telefonnummer notiert hatte. Es war eine Katastrophe! Ich suchte alle meine Taschen ab, mehrmals, obwohl ich wusste, in welche ich die Serviette gesteckt hatte. Ich wusste auch, *dass* ich sie eingesteckt hatte, bevor ich losgegangen war.

Ich musste sie am Geldautomaten verloren haben – als ich das Portemonnaie aus der Tasche zog. Ich verfluchte mich dafür. Heute war Pfingstmontag – Feiertag. Hätte ich es am Samstag nicht vertrödelt, mir irgendein billiges Prepaid-Phone zu kaufen, wäre mir das gar nicht erst passiert. Auch dafür verfluchte ich mich jetzt. Dann verfluchte ich noch meine Mutter, die mein Handy aus dem Fenster geworfen, und das Arschloch, das es danach auch noch geklaut hatte. Wenn all das nicht passiert wäre, hätte ich jetzt wie jeder normale Mensch ein Telefon gehabt. Ein Telefon, in dem Zoes Nummer abgespeichert wäre.

Um sechs Uhr abends war sie immer noch nicht da. Ich schaute mich natürlich nach ihr um: vor der Scheune, in der Scheune – wo der Abbau schon fast beendet war –, allerdings hielt ich immer einen gewissen Sicherheitsabstand zu Leif.

Ich schaute auch in den Biergarten und zum Bootsverleih, wobei ich aber in Sichtweite der Brücke blieb – weil ich da noch hoffte, dass Zoe mit einer spöttischen Entschuldigung auf den Lippen plötzlich auftauchen würde. Aber das passierte nicht.

Um halb sieben hockte ich mich auf das Brückengeländer, verhakte die Füße in den Querstreben und gestand mir schließlich ein, dass Zoe mich versetzt hatte. Diese Erkenntnis brannte wie eine Ohrfeige.

War ich so ein Idiot? War das nur ein naiver Tagtraum gewesen? Dass ich davon ausgegangen war, Zoe würde sich wie selbstverständlich hier mit mir treffen?

In meiner Gedankenwelt waren wir an dem Tag wie unsichtbar miteinander verbunden gewesen. In *meiner* Welt. Ich hätte es nicht für möglich gehalten, dass Zoe nicht kommen könnte. Ich hatte nicht mal daran gedacht – bis zu diesem Moment. Und auf einmal stürzten alle Zweifel des Universums auf mich ein. Ich fragte mich plötzlich, ob das vielleicht doch keine Flirterei, sondern Berechnung gewesen war, dass sie mir ihren Nachnamen nicht zugerufen hatte, bevor die Bustür zuging. Vielleicht sah sie das alles hier voraus und wollte nicht gefunden werden? Vielleicht war das gar nicht ihre richtige Telefonnummer auf der Serviette gewesen. Nicht mal das konnte ich jetzt herausfinden.

Doch! Ich hatte ihr die Festnetznummer meines Vaters gegeben. Sie musste etwas auf Band gesprochen haben, einen Grund, warum sie nicht kam. Irgendetwas musste passiert sein! Sie war nicht der Typ, der einen einfach so sitzen lässt. Wenn sie das zwischen uns so leicht genommen hätte, hätte sie mir aus dem Bus – bevor die Tür sich schloss – etwas zugerufen wie: *Kann auch sein, dass ich heute nicht komme ...* Etwas in der Art. Oder sie hätte wenigstens eine Nachricht auf dem Anrufbeantworter meines Vaters hinterlassen.

Sonst kam nur noch infrage, dass sie mich – aus den Augen, aus dem Sinn – quasi vergessen hatte. Weil ich ihr nicht wichtig genug war. Aber *das* konnte ich mir wirklich nicht vorstellen. Ihr *musste* etwas dazwischengekommen sein! Alles andere war einfach ausgeschlossen.

Das Problem war nur: Wenn ich jetzt zurück in die Wohnung meines Vaters lief, um den Anrufbeantworter abzuhören – war ich nicht mehr hier an der Brücke. Falls Zoe doch noch vorbeikam. Und dann würde sie vermutlich denken: *Wenn er nicht mal auf mich wartet ... dann eben nicht!*

In dem Augenblick entdeckte ich glücklicherweise Jonas. Er war mit dem Fahrrad unterwegs.

Dass ich mich mal freuen würde, ihn zu sehen, hätte ich auch nicht gedacht. Er hatte nasse Haare, Badeshorts an und ein Handtuch um die Schultern. Er kam vermutlich vom Eisbach.

Ich lief zu ihm und erwischte ihn, als er langsamer wurde wegen der vielen Spaziergänger, die sich auf Höhe des Biergarteneingangs stauten. »Du musst mir einen Gefallen tun!«, keuchte ich.

»Was?« Er war so überrascht, dass er fast zu treten vergaß und sich gerade noch mit einem Fuß abstützte, bevor er mit seinem Fahrrad zur Seite kippte.

»Gib mir mal dein Telefon!«

Jonas musterte mich mit einem kunstvollen Stirnrunzeln.

»Bitte!«, schob ich hinterher, bevor er noch auf die Idee kam, einfach weiterzufahren.

Schließlich knöpfte er eine Hemdtasche auf, zog sein Handy raus und reichte es mir – aber so, als würde ihn das alles sehr viel Kraft kosten. »Keine 0900er-Nummern!«

Ich antwortete nicht darauf, sondern drückte ihm meinen Wohnungsschlüssel in die Hand. Jonas betrachtete ihn, als wäre er eine tote Maus, die da am Schwanz zwischen seinen Fingern baumelte.

»Was soll ich denn damit?«, fragte er.

»Du musst nachschauen, ob bei meinem Vater eine Nachricht auf dem AB ist. Das Telefon steht auf dem Couchtisch. Wenn ja, hör sie ab und ruf mich bitte sofort an! Weißt du deine Nummer auswendig?« Ich deutete auf sein Telefon.

»Wie bitte?«

»Es ist ein Notfall! Wirklich.«

Er lachte kurz auf. »Spinnst du? Ich leih dir doch nicht mein – das kannst du total vergessen!«

»Du hast was gut bei mir.«

»Ach ja, was denn, ein gemischtes Eis?«

»Egal was!«

Er war schon drauf und dran, nach seinem Telefon zu greifen, aber er hatte sein Fahrrad zwischen den Beinen, was das etwas erschwerte. Er hielt in der Bewegung inne. »Egal was?«

Ich nickte.

»Lass mich raten – es geht wieder um dieses Mädchen?«

»Ja. Ist die Code-Sperre aktiviert?«

Jonas schüttelte den Kopf.

»Alles klar. Dann bis gleich!« Ich erwartete noch eine Widerrede, aber nach einem letzten fragenden Blick auf meinen Schlüssel, bevor er ihn einsteckte, fuhr Jonas weiter. Er schlängelte sich an den Passanten vorbei und verschwand dann hinter einer Kurve, die der Gehweg um den See machte.

Ich tippte mich ins Internet. Auf gut Glück gab ich *Zoe* und *München* in die Suchmaschine ein, während ich auf Jonas' Anruf wartete, und stieß unter anderem auf ein Restaurant, ein Autohaus, einen Massagesalon, ein paar halbprofessionelle

Models, aber auf nichts, das nach der Zoe aussah, die ich suchte. Genauso erfolglos war ich in den sozialen Netzwerken und im Online-Telefonbuch. Es wäre auch zu schön gewesen, zu einfach, und nach einer Viertelstunde rief ich voller Ungeduld bei meinem Vater an, nur um überhaupt was zu tun.

Jonas hob tatsächlich ab. Er meldete sich mit vollem Mund.

»Sag mal, isst du gerade was?«, fragte ich.

»Nur ein *Snickers*. Ich hatte Hunger!«

Ich atmete tief durch. »Hast du den AB schon abgehört?«

»Hm-m«, kaute er. »Drei Nachrichten von deiner Mutter, eine von deinem Vater. *Wegen* deiner Mutter. Das war alles.«

Die hatte ich jetzt also auch noch am Hals. Ich legte auf und versuchte, nicht darüber nachzudenken – und auch nicht darüber, warum Zoe mir nicht wenigstens eine Nachricht hinterlassen hatte. Stattdessen wischte und tippte ich mich durchs Internet, bis ich Fahrplan und Haltestellen des 54er Busses fand, der durch den Englischen Garten fuhr. Es war der Bus, in den Zoe heute Morgen gestiegen und mit dem sie vermutlich auch hierher zu den Konzerten gefahren war.

Die Strecke war einigermaßen überschaubar. Ich freute mich ganze zwei Sekunden darüber. Es gab zu viele Umsteigemöglichkeiten. Sie hätte überall wohnen können.

Das Telefon klingelte wieder. Ich ging ran.

»Man verabschiedet sich übrigens, bevor man auflegt! Vor allem, wenn man mit dem telefoniert, der einem sein Telefon geliehen hat!«

»Ich hab gedacht, du isst gerade«, sagte ich.

»Ich hab dir immerhin noch ein *Snickers* übrig gelassen. Und jetzt hätte ich gern mein Handy zurück.«

Ich nickte – bis mir einfiel, dass Jonas damit kaum was

anfangen konnte am anderen Ende der Leitung. »Ich muss hier noch was erledigen, dann bring ich's dir.«

»Was? Hey!«

Ich legte auf und trabte rüber zur Scheune. Es half nichts, ich musste Leif fragen. Ich erwischte ihn am Eingang, gerade noch. Er steckte sich die Arbeitshandschuhe in die Seitentaschen seiner Cargoshorts. Er trug wieder seine Roadie-Klamotten. »Die Bar hat schon zu«, sagte er.

»Hast du Zoe gesehen?«, fragte ich.

Er grinste. Aber so, als hätte er eine Nacktschnecke verschluckt. Man merkte richtig, dass er auf diese Frage gewartet hatte. Vielleicht war er deswegen noch geblieben. Mir fiel erst hinterher auf, dass er der letzte war von all den Helfern hier an der Scheune.

»Hm?«, sagte er genüsslich. »Hab ich Zoe gesehen? Meinst du, hier auf diesem Planeten oder hier bei uns am Eingang? Hier am Eingang seh ich sie nicht.« Er ging einen Schritt auf mich zu. »Vielleicht ist ihr ja der Senf ausgegangen und sie holt gerade Nachschub?«

Nun war es nicht so, dass ich mit einer liebevollen Umarmung gerechnet hätte. Aber Leif war dummerweise der Einzige, den ich kannte, der Zoe kannte. Außer dem Barkeeper, und der war schon weg – und auch den hätte ich nur über Leif ausfindig machen können.

Also nahm ich vorsichtshalber schon mal meine Sonnenbrille ab.

14

Doch Leif legte mir nur eine Hand auf die Schulter – wie ein Trainer, der seinen Kapitän ins Gespräch nimmt, bevor er ihn zurück aufs Spielfeld schickt. »Paul, richtig? Du redest nicht lange um den heißen Brei, das find ich gut. Da steh ich auch nicht drauf. Aber du musst dich schon etwas präziser ausdrücken. Ich schätze mal, du wolltest *eigentlich* wissen, ob ich Zoe *heute* schon mal gesehen habe?«

»*Eigentlich* möchte ich nur ihre Telefonnummer.«

»Hm. Sag bloß, die hast du immer noch nicht?«

»Hab sie verloren. Ist 'ne dumme Geschichte.«

»Ja. Das denk ich mir. Weißt du, was noch so eine dumme Geschichte ist? Als ich gestern zu meinem Auto bin, war es mit Senf zugekleistert. Was sagt man dazu, hm?«

Ich sagte lieber nichts dazu.

Das war auch nicht nötig. »Wahrscheinlich war das nicht deine Idee«, sagte Leif. »Trotzdem nehm ich dir das richtig übel. Verstehst du das?«

Ich verstand das tatsächlich. Ich hätte an seiner Stelle wohl auch nicht darüber gelacht. Aber sollte ich ihm deswegen in den Arsch kriechen?

Das brachte ich einfach nicht übers Herz. Ich versuchte es

mal mit Sachlichkeit: »Könntest du mir trotzdem ihre Nummer geben?«

»Du meinst, aus reiner Nächstenliebe? Weil du sie willst und ich sie vielleicht habe. Ich fürchte, nein. Ich erklär dir auch, warum. Ich hab sie dir gestern – oder war das vorgestern? – nicht gegeben, weil du, na ja, du hättest ja auch irgend so ein Verrückter sein können, der ihr sonst was antun will. Die Sorge muss ich natürlich nicht mehr haben. Jetzt weiß ich ja, dass du höchstens mal einen über den Durst trinkst oder mit Senf um dich schmeißt. Egal, nenn mir *einen* Grund, warum ich dir Zoes Nummer geben sollte!«

»Weil du dich *heute* vielleicht bestechen lässt?«

Leif lachte. Es war kein gestelltes Lachen, es hatte höchstens einen leicht sarkastischen Unterton. Was ich für ein gutes Zeichen hielt. So, als würde er gleich mit einem *Schwamm drüber!* zwei Bier aus einer Kühlbox zaubern.

Stattdessen knallte er mir voll eins auf die Zwölf.

Ich war total perplex.

Ich hatte die Faust sogar kommen sehen. Aber der Anblick war so unwirklich – so, als würde Leif sie auf halbem Weg doch noch grinsend sinken lassen.

Ich fasste mir an die Nase. Es hatte nicht mal wehgetan. Also nicht in dem Moment. Doch mir war plötzlich sehr heiß. Und ich hatte Blut an den Fingern. Nicht viel, bloß ein bisschen. Ich war einfach nur baff. Ich fuhr mit der Zunge über meine Zähne. Da war auch noch alles dran. Die Lippe schmeckte ebenfalls ein wenig nach Blut, aber das war's eigentlich schon.

Immerhin hatte ich meine Sonnenbrille nicht umsonst abgenommen.

»Das war für den Senf«, sagte Leif. »Damit das nicht mehr

zwischen uns steht. Was meinst du – haben wir das jetzt aus der Welt geschafft?«

Ich starrte ihn bloß an, immer noch sprachlos. Ich hatte mich in der Grundschule zum letzten Mal geprügelt. Ich wusste einfach nicht, was ich von dieser Aktion halten sollte. Nur dass ich auf keinen Fall damit einverstanden war – das wusste ich.

Leif schien das zu ahnen. »Nein?« Denn danach versetzte er mir einen Magenschwinger, und der hatte es wirklich in sich.

Jetzt konnte ich nichts mehr sagen. Ich hatte auf einmal keine Luft mehr in den Lungen und keine Möglichkeit, wieder an welche zu gelangen, auch wenn sie direkt vor meiner Nase auf mich wartete. Das Einatmen funktionierte einfach nicht mehr.

Ich ging wie in Zeitlupe vor Leif in die Knie. Genau genommen nur auf ein Knie. Wie vor einem König, den man um Gnade bittet. Es war eine ganz beschissene Körperhaltung, aber ich war gerade zu keiner anderen fähig.

»Sind wir *jetzt* quitt?«, fragte Leif. »Ja?« Er packte mich an den Armen. »Gut!« Dann half er mir auf die Füße, ohne dass ich das gewollt hätte. »Also, ich soll dir Zoes Nummer geben?«

Ich nickte und fühlte mich dabei, als würde ich ihm meine Großmutter verkaufen. Ach was – als würde ich sie ihm schenken! Aber ich war schon dankbar, dass ich wieder atmen konnte. Oder wenigstens *ein*atmen.

»Die hatte ich mal«, sagte Leif. »Ich hab sie gelöscht. Ich war ein bisschen sauer wegen meinem Auto, weißt du.«

Als ich auch wieder ausatmen konnte, hüstelte ich: »Wegen dem bisschen Senf?«

Leif schien fast ernsthaft darüber nachzudenken. »Paul …

Vielleicht bist du einfach zur falschen Zeit am falschen Ort. Vergiss Zoe. Ich tu dir einen Gefallen damit, wenn ich dir ihre Nummer nicht gebe.«

»Sag mir wenigstens ihren Nachnamen!«

»Glaubst du, ich kenn ihren Nachnamen – nur weil ich mal mit ihr gevögelt habe?«

Diese Worte taten fast noch mehr weh als der Schlag, den er mir verpasst hatte. Natürlich kamen sie nicht ganz überraschend. Dass zwischen ihm und Zoe mal was gelaufen war, hatte jeder sehen können der bei ihrem Streit dabei war. Aber das so von ihm zu hören war noch mal eine ganz andere Nummer. Doch gerade gab es Wichtigeres. Ich verstaute den Gedanken daran erst mal ganz hinten in meinem Schädel.

»Weißt du, wo sie wohnt?«, fragte ich. Ich musste ihm einfach diese Fragen stellen. Und sei es nur, um ihn damit so zu nerven, dass er sich vielleicht verplapperte.

Tat er aber nicht. »Du bist wirklich erbärmlich!«, sagte er.

Ich fühlte mich auch so. Aber *das* – war einfach eine Prise Salz zu viel, da hatte ich die Schnauze voll. Auch wenn ich in der Grundschule schon kein großer Schläger gewesen war. Dafür konnte ich immerhin ganz gut Fußball spielen.

Ich trat Leif mit voller Wucht in die Eier.

Oder besser gesagt, in die Gegend dort, leider erwischte ich ihn nicht richtig. Das war dann der Anfang vom Ende, jedenfalls für mich an diesem frühen Abend. Ich hielt mir zwar die Arme vors Gesicht, wie die Boxer im Fernsehen – und als ich wieder am Boden lag, rollte ich mich ein wie ein Igel. Und eines musste man Leif lassen: Er trat nicht zu, er schlug nur. Aber es war kein Punktrichter nötig, um hinterher zu entscheiden, wer von uns gewonnen hatte.

Ich war nicht mal moralischer Sieger. Also blieb ich liegen und sah noch, wie Leif außer Atem einen Arbeitshandschuh aufsammelte, der ihm wohl aus der Tasche gefallen war. Dann marschierte er davon. In dem Augenblick kam es mir so vor, als hätte Leif mir Zoe weggenommen. Die Schläge waren da fast nebensächlich. Er war schuld daran, dass sie nicht gekommen war. Selbst wenn das nicht stimmte, fühlte es sich so an. Und es machte mich unglaublich wütend.

Es war ein bisschen so wie heute früh, nur mit verkehrtem Vorzeichen: Ich spürte auf einmal diese Energie, diese Wut in mir, die aus mir rausdrängte, und ich wollte aufstehen und dem Arsch hinterherrennen – um ihm dann die Abreibung seines Lebens zu verpassen. Aber kaum bewegte ich mich, war es, als hätte man mich in einen Windkanal gesteckt: Es gab da diesen Widerstand und ich kam nur in Zeitlupe voran und das auch nur ein paar Millimeter weit.

Also blieb ich erst mal liegen. Ich weiß nicht, wie viel Zeit verging. Es war immer noch hell. Irgendwann spielte ich mit dem Gedanken, ob ich hier vor der Scheune vielleicht auch schlafen könnte – warum nicht? K.o. genug war ich definitiv.

Leif hatte ich nicht vergessen. Ich schwor mir, dass das mit dem Senf erst der Anfang war. Die nächste Abreibung kriegte definitiv nicht sein Auto.

Doch Zoe war weg und ich konnte nichts dagegen tun. Nur mich mit Mühe auf die Seite drehen und mir einen Ellbogen unter den Kopf schieben – das konnte ich gerade noch. Die kleinen Schottersplitter, die sich in meine Wange gedrückt hatten, ließ ich kleben. Nach und nach fielen sie von mir ab. Nach und nach verging auch das Gefühl, mich übergeben zu müssen. Ich war nur noch wütend über meine Unbeweglichkeit, so sehr, dass ich plötzlich mit den Tränen zu kämpfen hatte. Da ging Jonas neben mir in die Knie.

Wahrscheinlich war er meine Rettung. Sonst hätte ich wirklich losgeheult. Stattdessen sagte ich: »Du schon wieder! Ach ja, du willst ja dein Handy zurück.«

»Vergiss mal das Handy!«

»Ich hoff, es ist nicht kaputt.« Ich fummelte es im Liegen aus meiner Hosentasche. »Nein. Glück gehabt.«

Er grunzte genervt, steckte das Ding aber ein. »Brauchst du Hilfe?«, fragte er.

»Jetzt nicht mehr.«

»Sicher?«

»Na ja, bevor du dich meinetwegen schlecht fühlst –« Ich streckte meine Hand aus und ließ mir von ihm hochhelfen. »Wie seh ich aus?«, fragte ich.

»Du warst noch nie 'ne Schönheit. Mann! Dieses Mädchen muss ja wirklich der Hammer sein, wenn du dich sogar um sie prügelst!«

»Ja. Ist sie. Aber prügeln, ich weiß nicht – das war gerade mehr so eine einseitige Angelegenheit.« Ich machte einen vorsichtigen Schritt. Dann noch einen.

»Geht's?«, fragte Jonas.

»Ja.«

Er lief neben mir her, als müsste er mich jeden Augenblick auffangen. »War das der Türsteher?«

Ich nickte. Ich erzählte Jonas, was passiert war, dass ich Zoe unbedingt finden musste, dass aber meine einzige Spur zu ihr leider über Leif führte. »Irgendwas ist da faul«, sagte ich. »Also, er hat sie vielleicht nicht lebendig begraben oder so – aber der war so sauer, da muss noch mehr dahinterstecken. Irgendwas ist zwischen denen gelaufen. Und dann ist irgendwas schiefgelaufen. Richtig schief. Warte mal!«

Wir kamen zum U-Bahn-Ausgang. Schräg gegenüber war der Geldautomat. Ich suchte den Boden davor ab. Aber die Serviette mit der Telefonnummer lag hier nicht.

Oder nicht mehr. Als wir weitergingen, sagte ich: »Nicht dass er jetzt Blut geleckt hat und sich Zoe doch noch vorknöpft. Leif, mein ich. Weil wir das mit dem Senf gemacht haben.«

Jonas sperrte die Haustür auf. »Jetzt spendier ich erst mal 'ne Runde *Aspirin*!«

»Danke«, sagte ich. »Ich komm schon zurecht.« Ich fühlte mich ungefähr dreißig Kilo schwerer und doppelt so verkatert wie gestern.

Jonas drückte auf den Aufzugknopf und hielt mir die Tür auf, als der Aufzug da war. »Das glaub ich kaum. Und wir wollen ja nicht, dass du in deinem Zustand aus Versehen die falschen Tabletten nimmst. Nachher kriegst du deine Periode nicht mehr, hast aber noch immer Kopfweh.«

Ich suchte nach meinem Schlüssel. »Du willst also mal Krankenschwester werden!« Jonas beobachtete mich eine Weile vor der Wohnungstür – wie ich meine Taschen umkrempelte. »Scheiße«, sagte ich. Ich stützte mich am Geländer ab und setzte mich vorsichtig auf die Treppe.

»Das heißt Krankenpfleger, du Penner.« Jonas schwenkte meinen Schlüssel vor mir in der Luft. Dann sperrte er die Wohnungstür auf, half mir wieder auf die Füße und führte mich zur Couch. Es dauerte mindestens eine Minute, bis ich dort einigermaßen entspannt sitzen konnte.

Jonas hockte sich zu mir und legte mir ein älteres Handy

in den Schoß.»Das ist unser Ersatzgerät. Leih ich dir. Es hat 'ne Flat, kannst dich also austoben. Aber bitte keine Pornos runterladen, oder lösch sie wenigstens hinterher. Nicht dass ich noch Ärger mit meiner Mutter krieg.«

»Ach ja, was hat sie denn draufgesprochen?«, fragte ich. »*Meine* Mutter.«

»Nur dass sie unheimlich sauer ist. Und mit deinem Vater reden wird.«

»Und mein Vater?«

»Er? War auch unheimlich sauer – weil er mit deiner Mutter reden musste.«

»Nichts Konkretes – kein Ultimatum, oder so?«

»Nein.«

Gut. Wenigstens etwas.

Jonas öffnete eine Küchenschublade nach der anderen, bis er die Kopfwehtabletten gefunden hatte. Dann drückte er ein paar davon in ein Glas und ließ Wasser darüberlaufen.»Ich bleib lieber noch ein bisschen bei dir. Du könntest eine Gehirnerschütterung haben. Ich weiß, normalerweise braucht man ein Gehirn dafür, aber sicher ist sicher.« Jonas stellte mir den Kopfwehcocktail hin und ich kippte ihn runter. Dann fing Jonas an zu grinsen, ganz langsam.

»Was?«, fragte ich.

»Na ja, einen Gefallen hab ich ja schon gut bei dir. Wegen dem Handy. Aber ich hab so das Gefühl, dass ich heute noch einen zweiten aus dir rausquetschen werde.«

»Du weißt, wo Zoe wohnt!«

»Nein.«

»Ihren Nachnamen? Ihre Telefonnummer?«

»Nein, also das jetzt auch wieder nicht. Ich mein nur, weil

ich da gerade die Raymond-Chandler-Bücher im Regal sehe. Hast du die mal gelesen?«

»Was? Ja. Mein Vater hat mir fünf Euro pro Buch gegeben. Damit ich auch mal was anderes lese als Comics.«

»Wow. Und ich Idiot hab immer freiwillig gelesen. Ich wusste doch, ich mach irgendwas falsch.«

»Was hat Zoe mit Raymond Chandler zu tun?«

»Na, der schreibt doch über diesen Privatdetektiv. Was macht der als Erstes, wenn er auf Vermisstensuche ist?«

»Er spricht mit jemandem, der die vermisste Person kennt«, sagte ich. »So weit war ich auch schon. Aber Leif wollte nicht auspacken. Ich weiß, in dem Fall macht man ein paar Scheine locker. Auch so weit war ich schon. Er lässt sich nicht bestechen.«

»Vielleicht waren es einfach nicht genügend Scheine«, sagte Jonas. »Vielleicht solltest du es mal mit einem ganzen Geldbeutel probieren. Am besten mit dem hier ...« Er legte einen Geldbeutel auf den Couchtisch.

Ich klappte ihn auf. Es waren sechs Hunderter und noch ein paar kleine Scheine drin. Aber nicht nur das. Auch noch eine Bankkarte, eine Kreditkarte, ein Führerschein, ein Fahrzeugschein und ein Personalausweis. Dazu der übliche Kleinkram, der sich sonst noch in Geldbeuteln befindet: U-Bahn-Ticket, Notizzettel, Visitenkarten und so weiter.

Jonas sagte: »Das hat man wohl davon, wenn man so rumhampelt. Muss ihm aus der Tasche gefallen sein.«

15

Meine Kopfschmerzen waren erträglicher geworden, seit ich Leifs Geldbeutel in der Hand hielt. Sogar mein Körper fühlte sich nicht mehr ganz so an wie ein gebrauchter Sandsack. Ich war mir nur nicht sicher, ob ich jemals wieder aufstehen könnte, wenn ich mich einmal hinlegte, also kämpfte ich mich hoch und kochte Kaffee – auch wenn Jonas meinte, ich sollte mich lieber ausschlafen. Und während das Kaffeewasser durchlief, suchte ich online nach Leifs Telefonnummer. Ruhig schlafen würde ich erst wieder, wenn ich wusste, was mit Zoe war.

Unter Leifs Namen waren keine Nummern gelistet. Ich trank einen Becher Kaffee, schwarz, ohne alles. Drauf geschissen! Wir waren sowieso noch nicht fertig miteinander.

Ich schleppte mich durch einen lauen Frühsommerabend zur U-Bahn. In Giesing stieg ich wieder aus und wankte an mehreren grell beleuchteten Baustellen vorbei – wo wie überall in der Stadt neue, supermoderne Wohnblöcke entstanden –, bis ich etwa zehn Minuten später vor einer Tiefgarageneinfahrt stehen blieb. Vier sechsstöckige Häuser im Betonbaukastenstil der 70er-Jahre befanden sich dahinter. Es war schon fast sympathisch, dass Leif in einem dieser stinknormalen Häuser wohnte. Aber nur fast.

Die Bewegungsmelder ließen die Wegbeleuchtung angehen, als ich das Grundstück betrat. Es war schon dunkel, zehn Uhr durch. Ich klapperte die Häuser ab, bis ich die Hausnummer hatte, die zu der Adresse auf Leifs Personalausweis passte. Ein paar Rollläden waren heruntergelassen, ein paar Fenster dunkel, aber die meisten erleuchtet, entweder lampengelb oder fernsehblau. Auf manchen Balkonen flackerten auch Kerzen zu leisen Gesprächen und Gläsergeklirr. Es war ein schöner Abend. Für den Rest der Stadt.

Unter Leifs Namensschild stand ein zweiter Nachname, in geschwungener Handschrift geschrieben: mit *Edding* auf *Leukoplast,* das an den Rändern schon wieder abblätterte. Vielleicht eine Mitbewohnerin. Ich drückte auf die Klingel und nach einer Minute klingelte ich noch mal. Als ich die Hoffnung schon aufgeben wollte, ertönte endlich eine Stimme aus der Gegensprechanlage.

Es war tatsächlich eine Frauenstimme, aber kalt wie Wodka, und sie klang auch schon älter: »Ja!« Das *Ja* war nicht als Frage gemeint, eher als Befehl, zu sprechen. Ich war anscheinend nicht der Einzige hier, dessen Laune im Keller war.

»Ist Leif da?«, fragte ich.

»Hör ich mich an wie Leif – oder wie sein Dienstmädchen? Ruf ihn an, wenn du was von ihm willst!«

»Ich hab seine Nummer nicht.«

Die Frau zögerte kurz. »Ich nehm weder euer Zeug noch irgendwelche Bestellungen entgegen! Also verschwinde!«

»Ich hab aber etwas, das Leif mit Sicherheit interessiert!«

»Aber mich interessiert es nicht! Vielleicht hab ich mich nicht klar genug ausgedrückt. Macht eure Deals woanders. Wenn du noch länger brauchst, bis du das kapierst, lass ich es dir von der Polizei erklären. So, und zum Abschluss noch mal für die ganz Blöden – *verschwinde!*«

»Ich meine seinen Geldbeutel«, sagte ich. »Nicht irgendwelche Drogen. Er hat ihn verloren. Wenn Sie mir nicht glauben, hören Sie einfach mal zu.« Ich zog Leifs Personalausweis heraus und las der Frau seinen Namen, Geburtstag, Geburtsort, seine Staatsangehörigkeit, Körpergröße und Augenfarbe vor. Die Adresse sparte ich mir – ich stand ja direkt davor –, auch die Ausweisnummer und den anderen Kleinscheiß. Ich sagte: »Soll ich weitermachen? Ich hätte hier auch noch seinen Führerschein?«

Anstelle einer Antwort brummte der Türsummer. Ich stemmte mich gegen die Glastür und stolperte in ein verwinkeltes, fensterloses Treppenhaus – in dem es auch noch dunkel blieb, als ich das Licht anknipste. Ich kickte einen Baumarktprospekt, der auf einer Treppenstufe zum Hinfallen einlud, unter die Briefkästen zu den Flyern der Pizzalieferanten. Dann nahm ich den Aufzug in den obersten Stock – Leifs Namensschild war in der obersten Klingelreihe gewesen.

Es war ein guter Aufzug, um Platzangst zu bekommen: klein, kein Spiegel – nur ein düsteres Lämpchen – und kein Notrufsystem. Aber er spuckte mich brav wieder aus – in einen Flur, der genauso düster war, aber wenigstens etwas größer. Er war um das Treppenhaus herumgebaut – und das Treppengeländer hatte genau die richtige Höhe, um jemanden mit einem Abschiedssalto nach unten zu stürzen. Das ganze Haus war etwas unheimlich. Es hatte nichts Heruntergekommenes an sich. Es roch sogar nach Putzmittel und die Wände waren erst vor Kurzem gestrichen worden. Auch die Rasenflächen draußen waren sauber gemäht. Aber es war die Sorte Haus, wo man sich nicht wundern würde, wenn hinter einer der Türen schon seit ein paar Monaten eine Leiche verweste, während der Fernseher noch lief. Irgendwie mussten die Sender ja an ihre Quote kommen.

Vor Leifs Wohnungstür erwartete ich eine Frau von vielleicht Mitte vierzig – eine Frau mit verwischtem Make-up, die nach Zigaretten roch und wahrscheinlich schon leicht einen im Tee hatte, der Stimme aus der Gegensprechanlage nach zu urteilen. Also entspannte ich mich ein bisschen. Mit Müttern konnte ich ganz gut – außer mit meiner. Und mit dem Geldbeutel hatte ich ja auch noch einen Trumpf im Ärmel.

Doch weiter hätte ich nicht danebenliegen können. Die Frau, die mir öffnete, war Anfang zwanzig und sah aus wie ein Model. Jung, aber schon sehr erwachsen, extrem schick. Natürlich zu dünn. Sie hatte überhaupt nichts Mädchenhaftes mehr an sich. Ihr Gesicht war wie ein Kunstwerk, mehr gemeißelt als gemalt. Mit den leicht eingefallenen Wangen wirkte es ein wenig hin und her gerissen zwischen Heroin-Chic und Profikiller-Blues, was aber wohl auch mit ihrer Laune zusammenhing.

Mit so einer Frau hatte ich jedenfalls nicht gerechnet. Ihr Anblick war wie der Schnappschuss einer fremden Welt für mich. Wobei sie selber fremd wirkte in diesem Giesinger Betonkasten. Sie brachte mich völlig aus dem Konzept. So jemanden erwartete man in einem edlen Pariser Café oder am Eingang eines New Yorker Wohnhauses, wo ihr der Portier gerade die Tür aufhält. Auch ihr Outfit passte eher zu einem Geschäftstermin oder einer Ausstellungseröffnung. Anscheinend hatte sie noch was in der Art vor: Sie trug eine helle Anzughose und ein weißes Hemd, beides sehr figurbetont, und hochhackige

Sandaletten, aus denen ihre weiß lackierten Zehen spitzten. »Kannst du auch reden?«, fragte sie. »Vorhin konntest du es noch. Oder war das da unten jemand anderes?«

»Nein«, sagte ich mit belegter Stimme. »Das war ich.«

»Du hast also Leifs Geldbeutel gefunden?«

Sie roch auch nicht nach Zigaretten. Sie war nur ein bisschen heiser, deswegen die Stimme. Sie stand fast breitbeinig in der Tür und musterte mich abwartend. Ihr Gesicht war noch nicht ganz fertig geschminkt. Aber ihre Haare glänzten frisch gebürstet.

Ich räusperte mich. »Das kann man so sagen, ja. Darf ich reinkommen?«

Sie inspizierte mein Gesicht. Meine Unterlippe war geschwollen, mein eines Auge auch, und ich hatte eine Schramme an der Stirn. »Warum?«, fragte sie. »Ich dachte, du bringst nur Leifs Geldbeutel zurück.«

»Ich will eine Gegenleistung dafür.«

»Dann musst du wiederkommen, wenn Leif da ist.«

»Vielleicht kannst du mir ja auch helfen. Das würde die Sache wesentlich einfacher machen. Leif und ich sind nicht gerade – die besten Freunde, sagen wir mal so.«

Sie deutete nur mit einer kleinen Bewegung der Augen auf die ramponierten Stellen in meinem Gesicht. »War er das?«

»Ja. Aber Schwamm drüber.« Ich zeigte ihr den Geldbeutel. »Alles, was ich dafür will, ist eine Telefonnummer.«

»Ihr habt euch geprügelt und dabei ist ihm sein Geldbeutel rausgefallen?« Sie lachte freudlos und schüttelte den Kopf.

»*Wir* ist übertrieben, aber so ungefähr, ja.«

»Rate mal, warum Leif nicht zu Hause ist.«

»Er sucht seinen Geldbeutel?«

»Richtig«, sagte sie.
»Wundert mich nicht, da ist ziemlich viel drin.«
»Dann scheint die Telefonnummer, die du dafür willst, ja richtig was wert zu sein.«
Ich nickte. »Für mich schon.« Ich nannte ihr Zoes Namen.
Ihr Gesicht veränderte sich nur leicht – aber man erkannte die Mühe, die es sie kostete, sich nichts anmerken zu lassen. Sie ließ den Türgriff los und machte einen Schritt zur Seite.
»Komm rein.«
Spätestens da war mir klar, dass sie nicht Leifs Schwester war und auch nicht irgendeine Mitbewohnerin. Mir kam es ein bisschen so vor, als hätte ich gerade zeitverschoben meine eigene Reaktion gesehen: diesen Stich, den man fühlt, wenn man so eine Vorahnung hat. Dieses *Hoffentlich hat das nichts zu bedeuten* ... Ich hatte ihn das erste Mal gespürt, als Zoe vor meinen Augen mit Leif gestritten hatte, und seitdem noch ein paarmal.
»Ich bin Emma«, sagte die Frau.
»Paul«, sagte ich. Ich überlegte kurz, ob ich ihr die Hand geben sollte.
Sie lächelte, als hätte sie meine Gedanken gelesen. Auch dieses Lächeln war freudlos. Es hatte etwas Mechanisches, auch etwas Trauriges. Etwas arbeitete in ihr.
Ich folgte Emmas klackenden Absätzen den Flur entlang, der bis ins letzte Eck vollgestellt war: hier ein *Ikea*-Schrank, dort eine alte Kommode, ein billiges Schuhregal, ein Sideboard aus dunkel glänzendem Holz – alles sehr widersprüchlich, nichts gehörte zueinander – und dazwischen überall Schuhe, vor allem Frauenschuhe, und aufeinandergestapelte Umzugskartons, über denen Jacken und andere Kleidungsstücke lagen.

Irgendwie passend dazu hing trostlos wie ein Selbstmörder nur eine nackte Glühbirne von der Decke. Dafür verströmte die offene Badtür am Kopfende des Flurs einen frischen, einladenden Seifengeruch.

Die Küche war dann wieder ein Schock. Ich war nicht gerade ein Ordnungsfanatiker. Aber der Abwasch von mindestens drei Tagen stapelte sich im Spülbecken und daneben. Die Glaskanne der Kaffeemaschine hatte einen schwarz eingebrannten Bodensatz. Es gab ein Zwei-Personen-Tischchen, das man hochklappen und an der Wand verhaken konnte. Es war lange nicht mehr hochgeklappt worden. Auch hier stapelte sich schmutziges Geschirr. Und zwei offene, noch unausgeräumte Umzugskartons standen ebenfalls in der Küche.

»Möchtest du was trinken?«, fragte Emma.

»Wenn du noch ein sauberes Glas hast.«

»Ich hab eine saubere Flasche.« Sie holte zwei kleine Cola light aus dem Kühlschrank.

Ich hatte es nicht so mit dem Diätzeug, aber ich wollte auch nicht unhöflich sein, also nahm ich ihr eine ab und versuchte, nicht allzu offensichtlich auf das Chaos zu starren.

»Ich hab keine Lust mehr, hier aufzuräumen«, sagte Emma. »Leif hat vor mir mit einem Freund zusammengewohnt. Da hat das hier wohl zum Lifestyle gehört. Um nicht zu sagen, zum Leifstyle. Mit e-i.«

Ich lächelte nett und trank einen Schluck. »Wohnt ihr schon lange zusammen?«

»Setz dich.« Sie deutete auf den Stuhl am Fenster und nahm eine aufgeschlagene Zeitung vom Stuhl auf der anderen Tischseite. »Lange? Ich bin seit zwei Monaten am Einziehen. Aber dass hier immer noch Umzugskisten herumstehen, hat vielleicht auch seinen Grund. Und vielleicht heißt dieser Grund ja Zoe. Also, wer ist sie?«

»Hast du noch nie von ihr gehört?«

Sie lächelte wieder, aber es war nur den Hauch eines Lächelns.

»Wenn sie das ist, was ich zwar nicht hoffe, aber was irgendwie zu meinem ganzen Tag passen würde, dann wäre es ziemlich blöd von Leif, wenn er sie mir vorher vorgestellt hätte.«

Meine Wut auf Leif, die ich den ganzen Weg hierher mit mir herumgeschleppt hatte, war auf einmal weg. Na ja, so gut wie weg. Als hätte Emma mir einen großen Teil abgenommen.

»Leif *ist* anscheinend ziemlich blöd«, sagte ich.

Emmas Lächeln bekam etwas Angriffslustiges. Wie wenn sie einen Schutzschild gehabt hätte, der nun wieder, wenigstens halbwegs, funktionierte.

»Ich meine – wenn ich dich so anschaue. Du bist doch seine Freundin, oder?«, sagte ich.

Emma musterte mich eine Weile. Dann nahm sie sich einen Strohhalm für ihre Cola. Als wäre das eine Antwort. Schließlich sagte ich: »Darf ich dich mal was ganz anderes fragen? Wegen deinem Outfit. Ich überleg schon die ganze Zeit, wohin man in so einem Outfit wohl geht.«

»Gefällt's dir?«

»Ja. Sieht toll aus.«

Diesmal schien sie sich über das Kompliment zu freuen. »Eine Whiskybar«, sagte sie. »Man kann dort aber auch sehr gut Steak essen. Für sechzig, siebzig Euro die Portion, die Beilagen gehen natürlich extra. Ich treff mich dort mit meiner Chefin. Ich hoffe sehr, dass sie zahlt.«

Ich lachte und spürte das sofort in den Rippen. »Tut mir leid, dass ich dich hier so überfalle.«

»Wenn ich sagen würde, dass es mir nichts ausmacht, wäre das gelogen. Aber dir nehme ich es nicht übel. Dir scheint das ja auch nicht gerade Spaß zu machen.«

»Nein.« Ich schüttelte den Kopf und musste lächeln, fast so freudlos wie Emma.

»Was?«, fragte Emma irritiert.

»Leifs Freundin hätte ich mir anders vorgestellt.«

»Eher wie Zoe?«

Ich schluckte. Sie hatte einen wunden Punkt getroffen.

»Jetzt erzähl schon – wer ist sie? Hat sie auch auf diesem Festival gearbeitet?«

Ich nickte wieder. Emma stand wortlos auf und ging aus der Küche. Kurz darauf kam sie mit einem Tabletcomputer zurück. Sie rief die Funktion *Gerät durchsuchen* auf, tippte *Zoe* ein und schüttelte den Kopf. Dann wischte und tippte sie noch ein paarmal über das Display und reichte mir das Ding. Leifs *Facebook*-Seite war geöffnet. Er hatte dreihundertzwölf Freunde.

»Er hat auch einen *Twitter*-Account«, sagte Emma. »Und er postet manchmal was auf *Instagram*. Aber eigentlich ist er eher ein altmodischer Typ. Also viel Erfolg!«

Emma sah nicht nur fantastisch aus. Sie duftete auch so. Ich schaute ihr hinterher. Es war schwer zu glauben, dass jemand sie aufs Spiel setzte für eine Affäre, sogar jemand wie Leif. Wobei Zoe natürlich nicht einfach nur irgendein Mädchen war.

Ich hörte Emma im Badezimmer. Wahrscheinlich schminkte sie sich zu Ende. Ich arbeitete mich durch die Liste an *Facebook*-Freunden. Es gab viele Pseudonyme – einige hätten Zoe sein können. Nur das passende Profilfoto fehlte, und Zoe schien mir nicht der Typ zu sein, der ein Haustier oder einen Bauchnabel oder ein ähnlich originelles Motiv dafür hernahm. Ich gab Emma das Tablet zurück, als sie wieder in die Küche kam, und schüttelte den Kopf. »Ich glaube, ich muss ihn wohl selber fragen.«

»Und was machen wir mit seinem Portemonnaie?«

»Ich würde es dir ja geben, aber wahrscheinlich ist es meine einzige Chance, dass er überhaupt noch mal mit mir redet.«

Emma lächelte und diesmal schien ihr Lächeln sogar mir zu gelten. »Ich muss los«, sagte sie. »Aber ich sag ihm, dass du hier warst.« Sie schrieb etwas auf einen gelben *Post-it*-Block, riss den Zettel ab und klebte ihn mir auf die Brust. »Die obere ist seine Nummer, die untere meine.«

»Danke«, sagte ich überrascht.

»Ich könnte ihn natürlich auch anrufen. Aber er würde jetzt nicht rangehen. Und wenn ich ihn später frage, warum, würde er sagen, er war gerade im Auto und konnte nicht. Was natürlich Bullshit ist. Wenn sein Kumpel Karsten anruft, könnte er aus einem Flugzeug fallen – ans Handy gehen würde er trotzdem. Aber wie du schon gemerkt hast, ist er unter Männern ein ganz harter Typ. Unter Frauen ist das was anderes. Na komm, ich bring dich noch raus.«

Ich suchte einen Platz für meine Colaflasche, dann folgte ich Emma wieder durch den Flur. Sie sperrte die Wohnungstür hinter uns zu und deponierte den Schlüssel unter dem Fußabstreifer.

»Keine Angst vor ungebetenen Gästen?«, fragte ich.

»Angst sowieso nicht. Ich ärger mich eher. Seit zwei Monaten teilen wir uns *einen* Schlüssel. Weil sein Kumpel – mit dem er früher hier gewohnt hat – den zweiten Schlüssel nicht rausrückt. Nicht findet, sagt er.«

Wir stiegen in den Aufzug und fuhren runter.

Platzangst hatte ich da keine mehr. Es gab sicher Schlimmeres, als mit Emma stecken zu bleiben. »Und einen Schlüssel nachmachen lassen?«, fragte ich.

»Ja, könnte man«, sagte Emma, als die Tür im Erdgeschoss aufging. »Wenn man wollte.« Emma hatte auf U gedrückt, ihr Auto stand in der Tiefgarage.

»Soll ich dich noch nach unten begleiten?«, fragte ich.

Sie lachte, jetzt schon fast herzlich. »Das ist wirklich süß von dir, aber nicht nötig!« Es war ein freundliches *Nein danke,* und es machte mir nicht mal was aus, dass sie *süß* gesagt hatte.

»Wie kommt ihr denn eigentlich *ins* Haus – wenn der Schlüssel oben liegt?«, fragte ich.

»Mit der Funkfernbedienung fürs Tiefgaragenrolltor. Die hab ich immerhin gekriegt. Aber wahrscheinlich auch nur, weil Karsten gerade kein Auto hat.«

»Karsten, Leifs Kumpel?«

»Ja.« Emma drehte den Kopf ein wenig, um mich besser ins Visier zu nehmen. »Was?«, fragte sie.

»Das ist nicht zufällig so ein südländischer Typ, so ein Frauentyp, der gepflegt Bayrisch spricht – große Augen, nettes Grinsen, viele Brusthaare?«

16

Doch. Genau das war er. Und er wohnte nicht mal weit weg. Ich fühlte mich wie nach einem Liter Kaffee. Ich war einen Schritt weiter! Ich tippte Karstens Adresse in die Karten-App und steuerte schon mal grob das alte *Sechziger*-Stadion an, bis ich die genaue Wegbeschreibung bekam. Während ich wartete, versuchte ich es bei Leif. Aber er ging nicht ans Handy.

»Ich hab dein Portemonnaie«, sprach ich ihm aufs Band. »Tausch ich gegen Zoes Nummer. Falls du sie doch noch irgendwo findest. Schöne Grüße von Emma übrigens!«

Dann legte ich auf und versuchte mein Glück bei Karsten. Sein Telefon klingelte ewig, länger, als Handys normal klingeln. Vermutlich hatte er die Mailboxfunktion nicht aktiviert. Dann hob doch noch jemand ab.

»Karsten?«, fragte ich.

Stille.

Manchmal hat man so ein Gefühl. Keine Ahnung, warum, aber man spürt, igendwas stimmt nicht.

»Moment«, sagte eine Stimme. Das Telefon wurde weitergereicht. Vielleicht wurde es auch auf Lautsprecher gestellt.

Ich fragte mich, wer heutzutage eigentlich noch an ein fremdes Telefon geht. Normalerweise lässt man es doch klingeln.

Und irgendwann springt die Mailbox an. Der Anrufer kann eine Nachricht hinterlassen. Alle sind glücklich.

»Karsten?«, fragte ich noch mal.

Ein Räuspern, dann ein »Ja?«.

Ich erkannte die Stimme, auch wenn seit unserer letzten Begegnung anscheinend noch ein paar Tequilas dazugekommen waren. »Alles in Ordnung?«, fragte ich.

»Wer spricht da?«

Ich nannte meinen Namen und half Karsten auf die Sprünge, sich an mich zu erinnern. Er wollte mich schon abwimmeln, als ich auf Zoes Telefonnummer zu sprechen kam. Da knallte ich meinen Trumpf auf den Tisch.

Wieder Schweigen am anderen Ende der Leitung, aber es dauerte nicht lange. »Wie, du hast Leifs Geldbeutel?«

»Ist 'ne längere Geschichte«, sagte ich. »Kann er dir bei Gelegenheit mal erzählen. Auf jeden Fall ist eine Menge drin. Leif wird froh sein, wenn er den wieder hat. Na ja, und du bist doch sein bester Kumpel, da hab ich mir gedacht, weil er nicht zu Hause ist, ich aber gerade in der Gegend bin, du zufällig auch hier wohnst – wie wär's, wenn ich einfach mal kurz bei *dir* vorbeischaue?«

Die Antwort kam jetzt noch schneller: »Klar!«

»Allerdings will ich dafür Zoes Telefonnummer. Sozusagen als Finderlohn. Ist aber, denk ich, nicht zu viel verlangt.«

»Kriegst du!«, sagte Karsten. »Kriegst du!«

Da hörte ich mich schon mit einem Lächeln auf den Lippen bei Zoe anrufen und so was sagen wie: *Da staunst du, was? So schnell wirst du mich nicht los ...!*

»Gut, dann bis gleich«, sagte ich zu Karsten und legte auf.

Ich ging die Straße runter bis zum Mittleren Ring und dann

den Ring entlang bis zur großen Kreuzung, wo links die Autobahn begann. Die Straßenlaternen warfen ein oranges Licht in die Nacht. Autos kamen mir blendend entgegen und rauschten an mir vorbei, Rücklichter entfernten sich wieder, Ampeln leuchteten auf und wechselten die Farben. Eine Pennerin steuerte einen Einkaufswagen auf mich zu. Sie murmelte etwas vor sich hin und warf mir einen bösen Blick zu, als ich ihr auswich. Ein Hund bellte irgendwo auf. Dann jaulte er kurz. Dann war es wieder still, bis auf die Autos. Ich kam an einem Sexshop vorbei, der mit billigen DVD-Paketen warb, an einer Tankstelle, die schon geschlossen war, einer Shisha-Bar, die dichtgemacht hatte. Ich hatte ein ungutes Gefühl und ging trotzdem weiter. Es war nur ein leichtes Drücken in der Bauchgegend. Keine innere Stimme, die mich anschrie: *Bist du wahnsinnig?!* Ihr Ton war zwar ernst, doch die Stimme blieb eher kumpelhaft: *Sag mal, bist du sicher, dass das so eine gute Idee ist …?*

Ich wusste es nicht. Aber ich dachte daran, dass ich gelegentlich auch schon ein komisches Gefühl gehabt hatte, das dann im Nichts verpufft war, völlig grundlos. Wahrscheinlich hing Karsten nur mit ein paar Freunden ab, sie tranken ein bisschen, kifften ein bisschen, er kam gerade vom Pinkeln zurück und setzte sich woandershin – deswegen hatte er sein Handy nicht griffbereit und ein anderer war rangegangen und hatte es ihm dann rübergereicht. Irgend so was. Und selbst wenn es nicht so war – Karsten war in diesem Augenblick meine einzige Chance, an Zoe heranzukommen. Und ich musste wissen, was mit ihr los war. Ich musste wissen, wo sie war. Ich wollte wenigstens wissen, dass es ihr gut ging. Ich hatte gar keine andere Wahl, als meine innere Stimme zu ignorieren.

Karsten wohnte nur ein paar Straßen entfernt vom Trainingsgelände des *FC Bayern*, in einer hübschen kleinen Arbeitersiedlung mit viel Kopfsteinpflaster. Es war eine Ecke ohne Handyläden, ohne Matratzengeschäfte – nicht mal einen Backshop gab es hier, sondern eine richtige Bäckerei! Man fühlte sich fast wie in einem alten Foto von München.

Ich sollte bei Kocher klingeln.

Als es summte, stieß ich die schwere Eingangstür auf und stieg eine knarzende Treppe hoch in den ersten Stock. Es gab zwei Wohnungstüren auf der Etage, die linke war nur angelehnt. Ich drückte sie mit dem Zeigefinger noch etwas weiter auf.

»Karsten?«

»Komm rein, Mann!«, kam es eine Tonlage zu fröhlich aus einem hinteren Zimmer.

Da wurde meine innere Stimme dann doch noch laut genug. Leider ein bisschen spät. Ich drehte mich um und wollte die Treppe wieder runterlaufen – aber ich war zu langsam mit meinen geschundenen Knochen. Ich weiß nicht, ob es Bizeps oder Trizeps war. Er war auch nicht gerade der Schnellste. Seine Brustmuskeln wippten fast schon obszön unter seinem T-Shirt auf und ab, als er mir hinterherjagte. Im Zwischengeschoss hatte er mich aber – packte mich und hielt mir den Mund zu, bevor ich auch nur um Hilfe hüsteln konnte.

Er schleppte mich zurück nach oben in die Wohnung, und da wartete der andere bei Karsten in einem kargen Zimmer: Es lag nur eine Matratze am Boden, daneben war eine Musikanlage mit Vinylplatten, ein Stuhl stand noch rum und eine halb volle Kleiderstange – das war's. Die Wohnung machte den Eindruck, als hätte jemand beschlossen, sie zu renovieren, und dann mittendrin die Lust verloren.

Karsten kniete. Seine Hände waren auf den Rücken gebunden. Er sah nicht gut aus. Und ich sah schon nicht gut aus nach der Sache mit Leif. Aber Bizeps und Trizeps waren noch mal ganz andere Kaliber als Leif.

Karsten war auch eindeutig nicht mehr in der Ich-versuch-cool-zu-bleiben-Phase ihrer kleinen Unstimmigkeit. Er wollte nur noch einigermaßen heil aus dieser Situation rauskommen – wie auch immer er da hineingeraten war. Ich jedenfalls kam nicht mal auf die Idee, zu fragen, worum es hier eigentlich ging. Ich sah in dem Moment nur zwei extrem kräftige Männer mit extrem mieser Laune, das reichte mir völlig. Und Karsten machte ja gerade hervorragend Werbung dafür, mit ihnen zu kooperieren. Er wusste sogar die PIN von Leifs Kreditkarte. Es war dieselbe Nummer wie die von seinem Fahrradschloss. Solche kleinen Geheimnisse würde Leif in Zukunft vielleicht nicht mehr so schnell preisgeben.

Bizeps beziehungsweise Trizeps ließ mich los. Und Trizeps beziehungsweise Bizeps streckte die Hand in meine Richtung aus.

Ich gab ihnen einfach Leifs ganzen Geldbeutel. Jede Laborratte in einem IQ-Test hätte das so gemacht – und was Süßes dafür bekommen. Ich erfuhr zur Belohnung, was hier los war: Karsten hatte sich eingebildet, er könne Bizeps und Trizeps ein bisschen übers Ohr hauen. Bei einem Anabolika-Deal, der geplatzt war. Karsten hatte sich trotzdem mit der Kohle davonstehlen wollen, nach Ibiza, zum Partymachen. Aber viel Muskeln heißt eben nicht zwangsläufig wenig Hirn, und deswegen saß er jetzt in der Scheiße. Und Leifs Geldbeutel war da sozusagen ein Geschenk des Himmels. Bizeps machte sich also mit Leifs Kreditkarte auf den Weg zum nächsten Bankautomaten, um zu überprüfen, ob ihm Karsten auch keinen Blödsinn erzählt hatte bezüglich der PIN.

Hatte er nicht. So dämlich war nicht mal er, und als das geklärt war, machte sich auch Trizeps aus dem Staub. Und ich hatte mein einziges Druckmittel gegen Leif verloren. Weil ich mehr oder weniger blauäugig in eine Falle getappt war.

»Tut mir leid, Kumpel«, sagte Karsten vor dem Flurspiegel. Im ersten Moment glaubte ich, er würde mit sich selber reden. Er hatte eine aufgeplatzte Lippe und eine gebrochene Nase, der Krümmung nach zu urteilen. Er schien sich nicht mal ein bisschen dafür zu schämen, dass er gerade auf Kosten seines besten Freundes seinen Arsch gerettet hatte. Er war einfach nur erleichtert. Ob die Sache für Leif auch in die Kategorie Freundschaftsdienst fallen würde, war eine andere Frage. Doch man musste vielleicht auch auf Meth oder Koks oder was auch immer sein, um jemanden wie Karsten zu verstehen.

»Wenn ich Zoes Nummer gehabt hätte, dann hätte ich sie dir schon auf dem Festival gegeben, als du mich an der Bar danach gefragt hast«, sagte er. »Doch das konnte ich dir am Telefon schlecht sagen.« Er senkte den Blick. Als ginge ihm jetzt doch noch ein Licht auf, was für ein Arschloch er eigentlich war. Nicht so sehr mir gegenüber, eher generell. Er nahm sein Handy, dessen Display gesplittert war, das aber noch funktionierte, und gab mir die Nummer vom Veranstalter des Festivals. »Ecki kann dir bestimmt weiterhelfen.«

Ich ging runter auf die Straße. Ich wählte die Nummer zwar nicht euphorisch, aber doch mit klopfendem Herzen. Die Haustür fiel hinter mir ins Schloss. Die Mailbox ging an. Es kam nur eine Ansage: dass der Typ jetzt im Urlaub und erst danach wieder erreichbar war. Man konnte keine Nachricht hinterlassen. Also schrieb ich eine SMS, dass dies ein Notfall sei und ich Zoe erreichen müsse – doch ich machte mir keine großen Hoffnungen, eine Antwort zu erhalten.

Ich befand mich in einer Sackgasse.

Und in einer Sackgasse kann man eigentlich nur eines machen. Zurückgehen.

Die Frage war natürlich, was ich in der Wohnung überhaupt finden würde? Zoes geheimes Tagebuch bestimmt nicht. Sie hatte sich mit Leif nicht gerade zum Briefmarkentauschen getroffen. Dass er in irgendeiner Schublade einen Zettel mit ihrer Telefonnummer rumliegen hatte, war eher unwahrscheinlich. Ein Typ, der nebenbei noch eine Freundin wie Emma hatte, war im Fremdgehen vermutlich kein Anfänger. Vielleicht auch kein Profi, aber er würde darauf achten, dass er wenigstens nach außen hin eine reine Weste hatte. Wahrscheinlich war sein Tablet nicht mal mit einer PIN gesperrt.

Da ich, anders als Emma, keine Funkfernbedienung hatte, stand ich eine Ewigkeit vor dem Rolltor der Tiefgarage. Als es sich plötzlich in Bewegung setzte, tuckerte ein alter, mit Aufklebern übersäter *Audi* an mir vorbei. Ich wartete, bis er ums Eck gebogen war, dann lief ich in die Garage, und bevor ich im Keller in den Aufzug stieg, klapperte ich noch alle Stellplätze ab.

Leifs *Mercedes* war nirgends zu sehen. Ich sah auch den schwarzen Firmenwagen nicht, den Emma gefahren hatte. Und im obersten Stockwerk lag – noch oder schon wieder – der Wohnungsschlüssel unter dem Fußabstreifer, wo ihn Emma für Leif deponiert hatte. Die Luft musste also rein sein. Trotzdem klingelte ich – sicher ist sicher – und wartete einen Augenblick. Dann hielt ich mein Ohr an die Tür. Es blieb ruhig. Ich sperrte auf. Und legte den Schlüssel wieder zurück.

Als Erstes schaute ich kurz in die beiden Zimmer. Das Doppelbett in dem einen war leer, ebenso die Couch in dem anderen.

Im Bad war auch niemand – selbst der Seifengeruch war verschwunden. Und in der Küche stand meine leer getrunkene Cola light immer noch eingequetscht zwischen Tellerberg, Honigglas und Kaffeetassen.

Als Nächstes verschaffte ich mir einen groben Überblick. In dem einen Zimmer standen das Bett und der Kleiderschrank. Es hatte einen eher weiblichen Look und war mit dem Bad der einzige Raum ohne Umzugskisten. Das andere Zimmer ging dagegen fast noch als Jungszimmer durch. Hier stand die Couch, der Flatscreen, ein Computer, die X-Box. Leere Pizzakartons leisteten einer Bong Gesellschaft, und ein paar *Walking-Dead-* und Steampunk-Comics lagen herum. Dazu gab es hier, wie schon in der Küche und im Flur, wieder einen Umzugskarton – dieser mit Kerzenhaltern, Blumenvasen und Couchkissen –, der wie ein Trojanisches Pferd darauf wartete, die Stadt einzunehmen.

Ich tippte auf das Touchpad des Rechners und der Bildschirm leuchtete auf. Auch der Rechner war nicht gesperrt. Obwohl sogar ein paar Pornos drauf waren. Ich tippte *Zoe* in die *Spotlight*-Suchleiste, drückte *Enter* und hatte keine Treffer auf dem Gerät.

Was war hier sonst zu finden? Ein vergessenes Kleidungsstück von Zoe? Oder ein Buch, eine DVD, dieselbe Marke Kondome? Und selbst wenn – würde mir das weiterhelfen?

In einem der Chandler-Bücher, die bei meinem Vater im

Regal standen, würde Marlowe, der Detektiv, vermutlich in einem Geheimversteck einen Schließfachschlüssel finden oder ein Streichholzheftchen mit einem reingekritzelten Namen. Über so einen Glückstreffer hätte ich jetzt auch nicht gemeckert.

Ich hockte mich auf die Couch und ließ meinen Blick wandern, einfach wandern, ohne über das Gesehene nachzudenken. Aber nichts sprang mich an. Das Auffällige an der Wohnung war, dass hier nichts zusammenpasste. Dass hier zwei Menschen zusammenwohnten, die noch keine gemeinsame Sprache gefunden hatten – so hätte das meine Mutter wahrscheinlich ausgedrückt, die früher Filmsets ausgestattet hatte und jetzt wieder als Innenarchitektin arbeitete. Hätte diese Wohnung im Gesamteindruck einen einheitlichen Charakter gehabt, wären einem kleinere Ungereimtheiten wahrscheinlich eher ins Auge gesprungen. So aber – konnte man lange suchen. Vorausgesetzt, man hatte die Zeit dazu.

Die hatte ich anscheinend nicht mehr, die Wohnungstür wurde aufgesperrt. Ich überlegte kurz, ob ich mich unter der Couch verstecken sollte. Der Kleiderschrank wäre mir lieber gewesen. Aber der befand sich leider im Zimmer auf der anderen Seite des Flurs.

»Warte!«, hörte ich Leif sagen.

»Lass mich in Ruhe!« Emma. »Und fass mich nicht an!« Sie war unverkennbar sauer, dabei aber so ruhig, dass man fast Angst bekommen konnte.

»Emma –«, versuchte es Leif, aber weiter kam er nicht.

»Es gibt nichts mehr zu sagen. Also halt bitte den Mund!«

Die Stille war nur kurz: »Es tut mir leid«, sagte Leif.

»Wie oft muss ich mir das noch anhören? *Du* tust dir leid!«

Emma machte ein Geräusch, das beinahe wie ein Lachen klang. »Warum hast du nichts gesagt!« Sie kam jetzt in Fahrt, was die Lautstärke anging.

Leif auch: »Wie denn?«

»Einfach den Mund aufmachen! Ist das so schwer?«

»Ja!«

Danach herrschte wieder Stille. Also meldete ich mich auch mal zu Wort.

»Nicht erschrecken! Ich bin's nur – der mit dem Portemonnaie.«

Ich ging vorsichtshalber von der Tür weg – was gut war: Sie machte eine schwungvolle Drehung, bevor sie an die Wand knallte und Leif im Zimmer stand. »Was zur –«

»Ja, was mach ich hier nur?«, sagte ich. »Hast du meine Nachricht abgehört?« Mir blieb nichts anderes übrig, ich musste jetzt wohl oder übel bluffen.

Emmas Stimme klatschte wie eine Peitsche hinter ihm her: »Leif!«

Es fiel ihm schwer, sich zurückzuhalten. Seine Kiefermuskeln pulsierten, als hätte er mich am liebsten gebissen. Aber er hielt sich zurück, wenn auch nicht mir zuliebe.

Emma trat hinter ihm ins Zimmer. Sie war nicht ganz so überrascht, mich zu sehen.

»Hey«, sagte ich leise zu ihr.

Leif nickte ein paarmal, was so aussah, als würde er ein stummes Selbstgespräch führen. Seine Hände waren zu Fäusten geballt.

»Jetzt entspann dich mal«, sagte ich. »Eigentlich bin ich der, der hier sauer sein müsste! Schon vergessen?« Ich zeigte auf mein Gesicht und erntete einen strafenden Blick von Emma.

Leif sagte mit vor Wut leicht zitternder Stimme: »Okay, gib mir mein Portemonnaie!«

Darauf sagte ich erst mal gar nichts. Ich musste ja Zeit schinden und was Besseres fiel mir nicht ein. Dann kam Emma mir glücklicherweise zu Hilfe: »Gib du ihm erst die Nummer!«

»Ich hab die Nummer nicht!«

»Hör endlich auf mit dem Scheiß!«, schrie Emma.

Leif starrte mich an. »Willst du wissen, was sie gesagt hat?«

»Und halt den Mund!«, rief Emma dazwischen. Mann, war die sauer. »Du sagst jetzt gar nichts!«, bellte sie ihn an. »Du gibst ihm ihre Nummer. Nichts anderes! Sonst passiert hier was. Das schwör ich! Und dann –« Sie schaute jetzt mich an. »Dann gehst du!«

Leif schluckte seinen Ärger, oder wenigstens einen Großteil davon, runter und zückte sein Handy. Ich diktierte ihm die Nummer von Jonas' Ersatzhandy. Kurz darauf gab es das Geräusch einer eingegangenen Nachricht von sich. Es war ein Kontakt: eine Festnetz- und eine Mobilfunknummer, als Name nur *Pacific*.

»Die Handynummer ist ihre«, sagte Leif und streckte erwartungsvoll seine Hand aus.

»Gut«, sagte ich. »Dann sind wir jetzt quitt.«

»Was?«, fragte er.

Ich sagte ihm, warum ich sein Portemonnaie nicht mehr hatte. Dann verließ ich die Wohnung.

17

Auf der anderen Straßenseite war ein Spielplatz. Dort machte ich es mir auf einer der Tischtennisplatten gemütlich. Es war drei Uhr nachts und unsichtbare Kräfte klammerten sich an meine Augenlider. Aber sie konnten sich nicht halten. Mein Herz klopfte zu stark. Es schüttelte sie allesamt ab. Ich tippte auf *Wählen* und hielt mir das Telefon ans Ohr.

Es klingelte nur kurz. Dann sprang die Mailbox an. Allmählich hasse ich diese Dinger. Was ich Zoe zu sagen hatte, passte auf keine Mailbox. Also hielt ich mich kurz. Ich gab mir auch Mühe, schön unbeschwert zu klingen, auf keinen Fall besorgt, schon gar nicht verzweifelt und erst recht nicht beleidigt. Keine Ahnung, ob mir das gelang: »Zoe? Hier ist Paul. Meld dich doch mal.«

Sicherheitshalber sprach ich ihr noch die Nummer von Jonas' Ersatzhandy aufs Band. Es war mir egal, wie erbärmlich das rüberkam – die Nummer würde ja auch in ihrer Anruferliste und in einer Nachricht auftauchen, die ihr meinen verpassten Anruf meldete. Aber ich war schon stolz darauf, dass ich nicht gleich noch mal ihre Nummer wählte. Wie gesagt, es war auch schon drei Uhr nachts. Es gibt Leute, die mögen es gar nicht, wenn um diese Zeit das Telefon bei ihnen klingelt.

Andererseits war ich verzweifelt. Ich musste es noch mal versuchen. Ich redete mir ein, dass es okay wäre, wenn ich es auch auf der Festnetznummer probierte. Doch hier kam nach einem einzigen Klingeln nur eine Ansage mit Öffnungszeiten – das *Pacific* war offenbar ein Café. Ich tippte den Namen in die Suchmaschine und erhielt eine Adresse ein paar U-Bahn-Stationen weiter in Isarnähe. Die *Facebook*-Seite des Cafés war voller Fotos. Es dauerte nicht lange, bis ich Zoe entdeckt hatte. Ich erinnerte mich jetzt auch an den Namen *Pacific*. Mit mehr Zeit und Geduld hätte ich über Leifs *Facebook*-Seite genauso auf Zoe stoßen können. Sie war auf einem Gruppenfoto der Mitarbeiter zu sehen: mittendrin, lachend, zwar waren die anderen Mädchen auch nicht ohne – aber Zoe überstrahlte alle. Eine bessere Werbung hätte das Café gar nicht für sich machen können.

Es öffnete in sechs Stunden wieder.

Ich schaltete das Telefon aus, steckte es in die Hosentasche und drehte mich auf die Seite. Jeder Fakir hatte wahrscheinlich ein bequemeres Bett, aber ich war so k.o., dass mir auch das egal war. Ich schlief ein und träumte nichts. Erst das Geraschel in einem Mülleimer, wo ein Obdachloser nach Pfandflaschen suchte, weckte mich. Da stand die Sonne schon über den Bäumen.

Als ich mich einigermaßen an das Licht gewöhnt hatte, versuchte ich es noch mal bei Zoe. Wieder sprang nur der Anrufbeantworter an. Ihre Stimme tat nun fast weh, aber das war immer noch besser, als sie nicht zu hören. Ich sagte: »Halt mich jetzt bitte nicht für einen Stalker. Aber ich hab mir gedacht, es gibt vielleicht eine Erklärung dafür, warum … warum wir uns gestern nicht mehr gesehen haben.«

Dann legte ich auf und schwor mir, mindestens vier Stunden zu warten, bis ich es wieder bei ihr versuchen würde.

Das *Pacific* war ein wohnzimmergroßer Eckladen mit zwei riesigen Fenstern. Genau dahinter verlief mit einem rechtwinkligen Knick in der Mitte eine durchgehende Sitzbank aus hellem Holz, auf der ein paar sonnenscheue *Apple*-User mit ihren Milchschaumkaffees hockten. Vor den Fenstern auf dem Gehsteig gab es mehrere Hocker und Kisten für die Raucher und andere Frischluftfreunde. Zu ihnen schwappte sanfter Jazz durch die Eingangstür nach draußen.

Hinter der Edelstahltheke stand leider nicht Zoe. Eine hübsche Asiatin, die ich von dem Gruppenfoto wiedererkannte, arrangierte Couscous-Varianten und Obstsalat in einer Glasvitrine. Ich stellte mich hinter einer Mutter in Yogaklamotten an. Sie orderte irgend so eine koffeinfreie Soße mit extra viel Sojamilch und noch ein paar anderen veganen Zutaten, bei deren Aufzählung ich fast wieder einschlief. Dabei schuckelte sie einen Kinderwagen, der so modern ausschaute, dass man fast einen kleinen Cyborg darin erwartet hätte. Als ich endlich an der Reihe war, bestellte ich einen ganz normalen Kaffee, ohne alles, nur extra groß – ein bisschen auch in der Hoffnung, mich bei der Asiatin beliebt zu machen. Doch sie nahm meine Bestellung genauso ungerührt entgegen wie die halbe Doktorarbeit davor. Mit meinem Charme kam ich hier also nicht weit.

»Kommt Zoe heute noch?«, fragte ich beiläufig.

»Was?«

Ich legte genauso beiläufig das Geld für den Kaffee auf den Tresen. Aber meine Hände zitterten leicht. »Ob Zoe heute arbeitet?«

»Ich weiß nicht, wen du meinst«, sagte das Mädchen.

Ich zeigte ihr das Gruppenfoto auf *Facebook* und vergrößerte es mit einer Fingerbewegung auf dem Bildschirm. »Zoe. Diese Zoe. Die da neben dir steht.«

»Möchtest du sonst noch was?«, fragte das Mädchen, als hätte ich nach meiner Kaffeebestellung gar nichts mehr gesagt. »Ein Croissant, einen Bagel oder Muffin?«

»Einen Muffin«, sagte ich. »Blaubeer.«

Das Mädchen holte ihn mit einer Zange aus der Vitrine. »Zum Mitnehmen oder für hier?«

Ich zeigte auf meine große Kaffeetasse mit dem *Segafredo*-Logo. »Wenn ich diese hübsche Tasse hier auch mitnehmen darf, dann gerne zum Mitnehmen.« Ich musste mich beherrschen, um nicht den Zuckerstreuer vom Tresen zu fegen. Ich atmete einmal tief durch. Ich hatte die Nacht im Freien verbracht, war immer noch übermüdet, hatte eine recht einseitige Schlägerei hinter mir, dazu die ein oder andere Schrecksekunde durchlebt und mein Liebeskummer war da noch gar nicht mit eingerechnet. Mein Spiegelbild in der Glasvitrine wirkte nicht gerade vorteilhaft. Aber ein echter Spiegel wäre vermutlich schon zersprungen bei meinem Anblick. Ich hätte mir anstelle des Mädchens vielleicht auch keine Informationen gegeben. Ich sagte: »Ich seh vielleicht aus wie ein Penner, aber das ist nicht der Regelfall. Ich bin auch kein Stalker. Nur dass das klar ist.«

»Klar, Chef«, sagte das Mädchen, immer noch Häuserblöcke von einem Lächeln entfernt.

»Falls du dich doch noch an Zoe erinnerst oder sie zufällig siehst oder hörst oder telepathisch mit ihr in Kontakt stehst – kannst du ihr bitte ausrichten, dass ich mich freuen würde, wenn sie sich bei mir meldet? Bei Paul. Überleg's dir einfach mal. Wär klasse. Ist bestimmt auch gut fürs Karma.« Ich schlurfte mit meinem Kaffee nach draußen und setzte mich auf einen der Hocker in die Sonne zu den coolen Jungs hier und der noch cooleren Kinderwagenmama. Ich überlegte, ob ich noch ein herzhaftes *Leckt mich doch!* in die Welt schreien sollte. Stattdessen lehnte ich mich nur mit dem Rücken ans Fenster, genau unter dem Schriftzug *Pacific*.

All die Fragen, die man normalerweise stellt, wenn man jemanden gerade kennenlernt: Woher kommst du? Was machst du? Auf welcher Schule bist du – oder warst du? Wo triffst du deine Freunde – und wo gehst du hin, wenn du mal allein sein willst? Mit dem ganzen Käse hatte ich gar nicht erst angefangen vorletzte Nacht.

Ich war natürlich kurz davor gewesen, als wir uns gegenüberlagen und redeten – bis Zoe lachend sagte: »Oder fragst du mich erst mal nach meiner Lieblingsfarbe?«

Danach wollte ich mir natürlich keine Blöße geben. Also machte ich auf cool, und sie fragte mich auch nichts Persönliches mehr, nachdem wir mit dem Kondom-Thema durch waren. Wir redeten über Musik, den letzten wirklich guten Kinofilm, amerikanische Fernsehserien – mein Metier – und auch über Paris, wo sie mal mit einer Freundin gewesen war.

Aber zum Beispiel nicht über meine oder ihren Ex und schon gar nicht über ihre Schulzeit. Sie hatte gerade ihr Abitur gemacht und wollte davon erst mal nichts mehr hören. Sie plante zwar, im Herbst zu studieren, sagte aber nicht, wo, und nicht was. Wenigstens diesen Sommer wollte sie nur im Augenblick leben. Bevor es wieder ernst wurde im Alltag.

Was zum Beispiel mit ihren Eltern war – und all die anderen

Banalitäten – keine Ahnung. Alle ernsthafteren Gesprächsversuche meinerseits wurden von ihr verspottet, oder sie ließ sie ganz ins Leere laufen. In jener Nacht war das ein Spiel gewesen, das ich auch ganz lustig gefunden hatte. Doch jetzt fand ich es nicht mehr lustig.

Etwas, nicht viel, hatte ich trotzdem erfahren. Im Juli und August wollte sie durch Skandinavien reisen. Sie wollte mal sehen, wie das war, wenn es die ganze Nacht hindurch hell blieb. Ich wusste auch, dass sie regelmäßig zum Bouldern ging. Ich hatte wegen der Hornhaut an ihren Fingern nachgefragt. Und sie besaß eine Slackline, konnte Kopfstand, angeblich auch Spagat – was ich ihr aber erst glauben wollte, wenn sie es mir zeigte. Was *sie* wiederum nur mit einem Schulterzucken quittierte. Und sie hatte ein *Samsung*-Handy. Aber das war's auch schon, was ich erfahren hatte.

Ich würde also auf gut Glück alle Kletterhallen der Stadt abklappern und dort den Fotoausschnitt von Zoe vorzeigen müssen. Und dafür vermutlich ähnlich kühlen Applaus ernten wie gerade eben an der Theke des *Pacific*.

Doch irgendetwas musste ich ja tun.

18

Dann hatte ich doch noch eine bessere Idee – und zwar als um Punkt zehn schräg gegenüber vom *Pacific* ein Copyshop aufgesperrt wurde. Aber erst mal war eine Dusche fällig. Warm, kalt und noch mal warm: um sicherzugehen, dass keine Bedienung mehr die Nase vor mir rümpfen musste.

Frisch gekämmt zog ich die Wohnungstür hinter mir zu und machte mich auf den Weg in die Tiefgarage, wo das Rad meines Vaters stand, mit mehreren Ketten abgesperrt wie ein Schatz in einer Schatzkammer. Es war eines dieser Dinger, die gerade angesagt waren, weil sie so aussahen wie früher: mit Rennlenker, extradünnen Reifen, aber nur einem Gang – kein Licht, kein Gepäckträger, nicht mal ein Schutzblech. Anscheinend war es genau das Richtige für die Midlife-Crisis, wenn man einen auf Öko machte, aber insgeheim auch ein bisschen zu feige für einen Motorradführerschein war.

Für meine Zwecke langte das Rad. Auf Höhe der Uni-Mensa gab es ein paar Straßenhändler, die am Gehsteigrand gebrauchte Bücher und CDs verkauften. Gegenüber hatten die Kitschmaler ihre Posten bezogen: hauptsächlich mit Sonnenuntergängen, dazu ein paar Pferde, Katzen natürlich, dann die obligatorischen Münchenbilder: Frauenkirche, Friedensengel,

Olympiapark und so weiter, nichts davon richtig professionell. Aber dafür war es auch nicht teuer.

Etwas abseits davon hockte ein Typ am Boden, vielleicht Ende zwanzig, obwohl er seinen Zähnen nach schon streng auf die siebzig zuging. Er war ganz in Schwarz gekleidet und trug Lederbänder um den Hals und an den Armen, die hier und da ein paar runde Narben nur halb überdeckten. Mit seinem Schweißgeruch hätte man wahrscheinlich ein Auto tanken können. Aber seine Zeichnungen waren gut. Etwas fantasylastig zwar: Kriegerinnen mit Pfeil und Bogen und großen Schwertern und noch größeren Brüsten. Doch wenn man genauer hinschaute, erkannte man immer dieselbe Frau auf den Zeichnungen.

Ich fragte ihn, ob er auch eine andere Frau zeichnen könne, und zeigte ihm Zoe auf dem Gruppenfoto. Er rieb sich die Bartstoppeln.

Wir einigten uns auf hundert Euro. Ursprünglich wollte er zweihundert. Dann plötzlich sogar dreihundert. Aber schließlich bekam er Mitleid und holte Block und Bleistift aus seiner Ledertasche.

Ich beschrieb ihm, wie sich Zoe, verglichen mit dem Foto, verändert hatte. Eine Stunde später hielt ich eine simple Bleistiftskizze in der Hand: nur Zoes Haare, Gesicht, Hals mit Schulteransatz – die Lippen kussbereit und die Augen strahlend, als hätte sie gerade herzlich über einen schmutzigen Witz gelacht. Es war ein Bild zum Verlieben und eindeutig Zoe.

Ich gab dem Typ hundertdrei Euro achtundfünfzig dafür. Mehr hatte ich gerade nicht flüssig. Dann setzte ich mich auf das Rad, fuhr zum nächsten Bankautomaten und dann zurück zum *Pacific*. Dort marschierte ich in den Copyshop gegenüber.

Ich machte eine Kopie von der Zeichnung und schrieb mit dickem Filzstift *Wer kennt dieses Mädchen? Bitte melden!* und die Telefonnummer von Jonas' Ersatzhandy darunter.

Aber dann zerknüllte ich das Blatt. Ich machte noch mal eine Kopie vom Original. Diesmal schrieb ich nur *Zoe, bitte melde dich!* über die Telefonnummer – nicht ganz so melodramatisch – und dazu natürlich meinen Namen.

Dann ließ ich von dieser Kopie hundertneunundneunzig weitere drucken und kaufte mir in der Zwischenzeit in einem Schreibwarengeschäft einen Dreierpack *Tesafilm* und einen kleinen Abroller.

An der Straßenecke brachte ich an einem Mülleimer meinen ersten Flyer an. Von da ging ich zur nächsten Straßenecke. Jeder Laternenpfahl, jede Regenrinne, jedes Halteverbotsschild, jeder Parkscheinautomat bekam einen Flyer ab.

So wanderte ich einmal um den Block. Dann kam der nächste Häuserblock dran – bis ich einen Kreis um das *Pacific* gezogen hatte und in jedem Supermarkt, Getränkemarkt, Pilsstüberl, Dönerladen, Handyladen, Friseur, Kiosk, Fahrradgeschäft und in jeder Eisdiele und jeder Hebammenpraxis nachgefragt hatte, ob ich einen Flyer ins Schaufenster hängen dürfe.

Und danach zog ich noch einen Kreis um diesen Kreis. Ich brauchte Stunden dafür. Im *Penny* an der Hauptstraße zählte ich meinen Bestand. Ich hatte noch sieben Flyer übrig. Es war kurz vor fünf am Nachmittag. Ich nahm mir eine Cola aus dem Kühlregal und stellte mich an der Kasse an. Ich fragte die Kassiererin beim Zahlen gerade, ob ich auch hier an der Eingangstür einen Flyer anbringen dürfe. Sie zeigte in die Gemüseabteilung – ich solle mich an den Marktleiter wenden. Da sagte eine Frau hinter mir: »Darf ich mal?«

Ich drehte mich um. »Klar.«

Die Frau nahm einen meiner Flyer vom Kassenband. Sie war vielleicht Mitte dreißig – kurze dunkle Haare, eine abstrakte Tätowierung am Hals, sehr viele Ohrringe, ein Piercing in der Nase. In ihrem Einkaufswagen hatte sie vor allem Gemüse und Obst liegen und ein paar Packungen Reis. Vollkornreis. Na ja, jedem das Seine. Dazu noch ein Päckchen Tabak und Zigarettenpapier.

»Kennen Sie sie?«, fragte ich die Frau.

Sie gab mir den Flyer zurück. »Nein. Aber eine schöne Zeichnung. Hast du die am Computer so hingekriegt?« Sie schaute mir nur kurz ins Gesicht, dann senkte sie den Blick, als sie ihr Geld aus der Handtasche holte.

Ich schüttelte den Kopf. »Die hat noch jemand mit eigenen Händen und einem echten Bleistift gemacht. Es gab allerdings ein Foto als Vorlage.« Ich zeigte es ihr auf dem Handy.

Die Frau lächelte ein halbes Lächeln, es kam wie ein höfliches Stoppschild rüber. »Na dann – viel Glück bei der Suche!«.

Ich nickte und ging in die Gemüseabteilung. Der Marktleiter war weder dort noch anderswo, also klebte ich einfach, ohne weiter zu fragen, einen Flyer innen und einen außen an die Eingangstür aus Glas. Dabei sah ich draußen die Frau mit den Ohrringen wieder. Sie hatte ein Hollandrad mit Fahrradkorb, wo sie ihren Einkauf verstaut hatte. Sie balancierte ihr Rad zwischen den Beinen, während sie mit ihrem Handy einen meiner Flyer, der an einem Verkehrsschild klebte, abfotografierte. Das kam mir irgendwie komisch vor. Weil sie ja auch von mir einen Flyer hätte haben können. Als sie auf ihr Fahrrad stieg und losfuhr, rief ich ihr hinterher, dass sie warten solle.

Tat sie aber nicht. Also lief ich ihr hinterher – und da wechselte sie die Straßenseite, ganz knapp vor einer anfahrenden Trambahn, die ich dann erst mal vorbeilassen musste. Um keine Zeit zu verlieren, lief ich auf meiner Straßenseite weiter und sah, dass die Frau an der nächsten Kreuzung abbog. Ich gab alles, um ihr zu folgen. Und alles tat mir weh, weil ich so ramponiert war. Zu dem Zeitpunkt war ich mir schon ziemlich sicher, dass sie mich gehört hatte. Sie hatte sich noch einmal kurz zu mir umgedreht und war weitergefahren. Unsere Blicke hatten sich getroffen – aber sie war weitergefahren! Sie wusste, dass ich hinter ihr her war.

Ich rannte noch schneller. Mein Herz war kurz davor, zu zerspringen, meine Lunge platzte fast, von meinen blau getretenen Knochen ganz zu schweigen, aber ich hielt einen konstanten Abstand von etwa einem Häuserblock zu ihr. Doch ich sah nur noch, wie die Frau im Torbogen einer alten Mietshaussiedlung verschwand. Als ich dort atemlos anhielt, war sie nirgends mehr zu sehen.

Der Torbogen führte in einen großen, verwinkelten Innenhof. Die Häuser dort hatten alle nachträglich angebaute Balkone aus Stahl, der an manchen Stellen in der Abendsonne blitzte. Sonst gab es viel Grün – alte Bäume, Sträucher, moosigen Rasen. Drei verwitterte Parkbänke standen um einen Spielplatz herum. Wäscheleinen waren dahinter aufgespannt und mit Bettlaken und Handtüchern behängt. Und im Zentrum des Hofs gab es zwei Garagenreihen mit einer Zufahrt in ein stecknadelkopfförmiges Straßenstück, das das Ende einer Sackgasse bildete.

Ich ging die Fahrradständer vor den Hauseingängen ab. Ein Hollandrad stand nirgends.

Zurück im *Pacific* wartete das Fahrrad meines Vaters immer noch angekettet an einer Regenrinne vorm Nachbarhaus. Die Asiatin arbeitete nicht mehr. Ein braun gebrannter Kerl mit zurückgegeltem welligem Haar und Cargoshorts und Espadrilles hatte sie abgelöst. Da es weder Burger noch Sandwiches gab, bestellte ich bei ihm ein Taboulé mit Schafskäse und einen Obstsalat. Er war ein sympathischer Typ, sehr entspannt. Einen Flyer durfte ich trotzdem nicht aufhängen. Doch dafür nahm er mir einen ab und hinterlegte ihn an der Kasse. Klar sei das Zoe, meinte er. »Aber ich sag dir nicht, wann sie wieder arbeitet. Da könnte ja jeder kommen, verstehst du?«

Verstand ich – so was Ähnliches hatte ich ja inzwischen nicht nur einmal gehört. Zum Beispiel von Leif, dem dummen Arschloch. Aber Gelwelle hier wünschte mir wenigstens noch einen guten Appetit.

Ich setzte mich wieder nach draußen. Der Hocker unter dem *Pacific*-Logo war noch frei. Wenn das so weiterging, würde das mein Stammplatz werden. Gerade als ich mir die erste Gabel Couscous in den Mund stecken wollte, klingelte das Telefon. Es war Jonas, der wissen wollte, wie es lief.

Ich sagte ihm, *dass* es lief, aber noch besser laufen könnte. Kurz darauf klingelte wieder das Telefon, eine andere Nummer. Ich meldete mich mit Namen, und eine Frauenstimme sagte: »Paul. Wir haben uns vorhin im Supermarkt gesehen, ich bin Zoes Mutter.«

»Warum haben Sie nicht angehalten?«

»Weil ich erst etwas klären wollte. Mit Zoe.«

»Wo ist sie? Geht es ihr gut? Hat sie meine Nachrichten erhalten?«

Zoes Mutter zog – einem leisen Knistern nach zu urteilen –

an einer Zigarette, bevor sie weitersprach. »Ja. Sie weiß, dass du auf ihren Rückruf wartest. Deswegen rufe ich dich an. Sie möchte dich nicht mehr sehen.«

»Was?!«

»Es tut mir leid, Paul.«

»Hat sie Ihnen das *so* gesagt? Das glaub ich nicht! Haben Sie sie gesehen oder mit ihr telefoniert?«

»Was spielt das für eine Rolle?«

»Eine große! Es muss irgendwas passiert sein!«

Sie inhalierte anscheinend wieder und atmete seufzend aus. »Paul. Ich rufe dich an, weil ich es rührend finde, dass jemand so nach einem Mädchen sucht. Und weil ich meine Tochter kenne. Ich weiß nicht, was zwischen euch war. Aber es ist nichts mehr. Glaub mir.«

»Tu ich aber nicht!«, sagte ich, und wahrscheinlich klang ich dabei wie der dumme kleine Junge, nach dem ich auf keinen Fall klingen wollte.

»Du wärst nicht der Erste – der danach mit leeren Händen dasteht.«

»Das sagen Sie über Ihre Tochter? So redet doch keine Mutter!«

Die Frau am anderen Ende der Leitung seufzte wieder. Dann sagte sie: »Mach's gut, Paul!«

Ich hatte an diesem Nachmittag noch zweimal versucht, Zoe zu erreichen. Und jetzt schickte sie ihre Mutter vor, um mir den Gnadenschuss zu verpassen? Nachdem sie mich stundenlang hatte schmoren lassen? Bullshit.

»Warten Sie!«, rief ich ins Telefon, und ein Sonnenanbeter zwei Hocker neben mir drehte sich stirnrunzelnd zu mir um. Ich beachtete ihn nicht weiter. Ich sagte ins Telefon: »Soll das heißen, wenn wir zwei uns nicht zufällig über den Weg gelaufen wären, hätte ich nie wieder was von Zoe gehört?«

»Wahrscheinlich«, sagte die Frau leise. Danach war die Leitung tot.

19

Ich fischte eine Erdbeere aus meinem Obstsalat – nur um irgendetwas zu tun, um nicht ganz tatenlos dazusitzen. Am liebsten hätte ich das Handy auf die Straße gedonnert. Aber ich brauchte es noch. Und es gehörte Jonas. Der Typ zwei Hocker weiter schaute wieder zu mir rüber. Wahrscheinlich benahm ich mich wie jemand, der gerade irgendwelche wirren Selbstgespräche führt – zwar stumm, aber umso gestenreicher. Ich atmete tief durch.

Entweder hatte die Frau die Wahrheit gesagt – oder mir gerade absoluten Blödsinn erzählt. Es kamen nur diese zwei Möglichkeiten infrage, eine dritte fiel mir beim besten Willen nicht ein – und Variante zwei gefiel mir deutlich besser als Nummer eins. Sie war auch nicht abwegig, wenigstens nicht ganz. Mal angenommen, das am Telefon war wirklich Zoes Mutter gewesen: Vielleicht passte ihr einfach meine Visage nicht …?

Immerhin hatte ich endlich mal mit einer Telefonnummer Glück. Die von Zoes Mutter war gelistet. Die Rückwärtssuche des Online-Telefonbuchs spuckte die dazugehörige Adresse aus. Sie war mir nicht neu. Ich brauchte kein *Google Maps*, um wieder dorthin zu finden. Ich fuhr durch den Torbogen in den Innenhof und sperrte das Fahrrad ab. Am Kopfende der Sackgasse kickten zwei vielleicht zehnjährige Jungs einen Fußball hin und her, es war immer noch hell.

Vogelgezwitscher kam aus den Bäumen. Fast schüchtern spielte ein Radio an einem offenen Küchenfenster dagegen an. Gläser klirrten auf Balkonen und von einem Balkon zogen Rauchschwaden in den Hof und es duftete nach Gegrilltem. Eine Frau, die Bettwäsche von einer Leine zog und zusammenfaltete, beäugte mich kritisch, als ich auf die Haustür zuging. Vor ihr im Sandkasten spielte ein Kleinkind mit einem Plastikeimer und einer Schaufel. Ich klingelte. Die Gegensprechanlage rauschte.

Dann kam ein »Ja?«. Es war dieselbe Stimme wie am Telefon.

»Hier ist Paul. Ich hab mir gedacht, ich komm mal persönlich vorbei, da redet es sich einfacher – vor allem kann man nicht so leicht auflegen! Darf ich reinkommen?«

»Nein.«

Toll. Ich versuchte es eine Spur freundlicher: »Nein? Versetzen Sie sich mal in meine Lage! Wenn Zoe nichts mehr von mir wissen will, dann muss sie mir das schon ins Gesicht sagen. Ich meine, es ist wirklich nett, dass Sie mich angerufen haben, und ich will jetzt nicht sagen, dass ich Ihnen nicht glaube, aber – in der Sache muss ich einfach auf Nummer sicher gehen.«

Die Frau von der Wäscheleine kam mit den Bettlaken in einem Plastikkorb auf den Hauseingang zu. Das Kleinkind tapste mit Eimer und Schaufel und ein paar Tränen hinter ihr her.

»Warte«, kam es aus der Gegensprechanlage.

Als die Frau mit dem Kleinkind umständlich in ihre Hosentasche griff, nahm ich ihr den Wäschekorb ab. Sie bedankte sich und sperrte die Tür auf. Ich gab ihr den Korb zurück. Dann setzte ich mich auf eine der verwitterten Parkbänke am Sandkasten.

Ich überlegte, warum Zoe mich nicht zurückrief. Ich hoffte noch immer auf eine logische Erklärung dafür, die nichts mit mir zu tun hatte.

Zoes Mutter setzte sich neben mich. »Hallo, Paul.«

Ich warf ihr einen Blick zu. »Hallo, Zoes Mutter.«

Sie hockte nur mit einer Pohälfte auf der vorderen Holzlatte der Bank. Sie wollte sich nicht lange aufhalten, das war sofort klar.

Vielleicht war es ihre Körperhaltung. Ich erwartete eine leise, zwar nicht unfreundliche, aber deutliche Abfuhr. Es gibt Frauen, die können einen nur mit ein paar Worten zertreten wie eine Ameise. Zoes Mutter machte den Anschein, als würde sie zu ihnen gehören. Es hätte mich nicht gewundert. Doch sie steckte mir einen Zettel zu. »Du hast recht.«

Ich war so überrascht, dass ich erst mal bloß den Namen und die Adresse auf dem Zettel betrachtete. Zoes Mutter hatte eine schöne, noch mädchenhafte Handschrift, und ich fand es trotz allem mal wieder rätselhaft, dass Mädchen sich solch eine Mühe beim Schreiben geben. »Ist das eine Freundin?«, fragte ich.

Zoes Mutter nickte – und stand ohne weitere Worte auf. Ich schaute ihr noch hinterher, wie sie wieder im Haus verschwand. Dann stieg ich auf das Fahrrad und glitt fast lautlos im ersten Dämmerlicht über den Asphalt. Die Autos hatten schon ihre Lichter an. Es war eine magische Stimmung, warm, laut, die Luft leuchtete fast, und ich schnellte an den Wagen vorbei und zwischen ihnen hindurch wie choreografiert – an jedem anderen Tag hätten sie mich wahrscheinlich mehrmals über den Haufen gefahren.

Zoes Freundin wohnte nur ein paar Straßen weiter am Freibad an der Isar. Ich machte einen Schlenker und fuhr an der großen Brücke auf den Gehsteig. Die Kiesbänke unter mir ragten beinahe bis zur Flussmitte. Es wurde gegrillt, blaue Rauchschwaden stiegen in die Luft. Bierkästen standen am Ufer, nur die Flaschenhälse lugten aus dem Wasser. Es war ein Sommerabend wie aus dem Bilderbuch. Doch mein Herz hämmerte wie wahnsinnig, wie ein Alarm. Ich war fast am Ziel, ich hatte Zoe ausfindig gemacht, endlich. Aber ich freute mich nicht darüber, auf einmal hatte ich fast Angst vor dem letzten Schritt.

Ich machte ihn natürlich trotzdem. Zoe hockte auf der Stufe vorm Hauseingang. Die Haustür hinter ihr stand offen. Sie erwartete mich. Wahrscheinlich hatte ihre Mutter sie angerufen, um sie vorzuwarnen. Ich stieg vom Rad und lehnte es an die Hecke, die kurz wippend nachgab.

Zoe stand nicht auf, als ich näher kam, aber ihr Blick haftete an mir. Sie hatte geweint. Nicht nur ein bisschen.

Keine Ahnung, wie ich mir diesen Moment vorgestellt hatte, dieses Wiedersehen. Nicht so.

»Ich bin schwanger«, sagte sie.

TEIL DREI

20

Ich fuhr wie in Trance an der Isar entlang. Das Rennrad meines Vaters, ungefedert und mit viel zu dünnen Reifen, schüttelte mich durch wie einen Würfel im Knobelbecher, aber ich spürte das kaum, nur wie ein fernes Echo. Ich fuhr auch mindestens zwei Kilometer in die falsche Richtung und merkte es nicht. Es fiel mir erst am Flaucher auf, wo es am Ufer und auf den Kiesinseln im Fluss einfach viel zu viele Verliebte gab. Alle schienen sich hier zu küssen. Gut, nicht alle, aber auch wer sich nicht küsste, machte einen glücklichen Eindruck. Aus jedem zweiten Busch stolperte irgendein Typ mit einem Bierkasten auf der Schulter die Böschung herunter und wurde auf irgendeiner Grillparty am Ufer dafür bejubelt wie ein Weltmeister. Sogar die Hunde, die durchs Wasser jagten, wirkten glücklich.

Ich stieg vom Fahrrad und schob es ein Stück durch die Fastdunkelheit. Nicht dass ich bei dem ganzen Verkehr noch einen Unfall baute und einen dieser Glückspilze hier unglücklich machte. Kurz vorm Tierpark stieg ich wieder auf und bog über eine Holzbrücke auf die andere Flussseite, wo weniger los war, und fuhr dort zurück nach Schwabing.

Das Zeitgefüge in meinem Kopf war völlig durcheinandergeraten. Mir kam es so vor, als hätte ich Zoe gerade eben nur zufällig wiedergetroffen – und zwar nicht, nachdem ich dreißig Stunden nach ihr gesucht hatte, sondern Jahre nachdem wir diese eine Nacht miteinander verbracht hatten. Eine Nacht, die in Wirklichkeit nur zwei Tage zurücklag und schon alles für mich gewesen war: der Höhepunkt meines Lebens, der Sinn meines Lebens, der Grund meines Lebens. Aber eben nur *meines* Lebens. Zoe schien diese Nacht nichts mehr zu bedeuten. Sie war zu weit weg. Seitdem war einfach zu viel passiert. Also hatte ich sie vor der Haustür auch nicht auf unsere Nacht angesprochen. Ich fürchtete, dass ein falsches Wort vielleicht jede Erinnerung daran zerstört hätte. Dann wäre mir nicht mal die geblieben.

Wir redeten überhaupt nur wenig, nachdem Zoe mir von der Schwangerschaft erzählt hatte. Es war ziemlich eindeutig, wer dafür verantwortlich war. Er hatte es mir ja fast ins Gesicht gebrüllt in seiner Wohnung: *Willst du wissen, was sie gesagt hat?* – bevor Emma ihm ins Wort fiel. Also hatte es auch Emma zu dem Zeitpunkt schon gewusst. Anscheinend lag ihr was daran, dass ich es da nicht erfuhr. Jedenfalls *nicht* von Leif.

Wir redeten nicht viel – aber ich fragte Zoe, ob ich mich zu ihr setzen dürfe, und sie nickte, und so hockten wir eine Weile einfach so da. Zoe in Flipflops und einer zerknautschten Jeans und einem alten T-Shirt. Sogar ihre Haare schienen nicht mehr die Kraft zu haben, wild durch ihr Gesicht zu tanzen wie sonst.

Ab und zu blitzte ein Stern am Himmel auf. Stimmen schwappten wie eine brechende Welle von den Gehsteigtischen eines Restaurants zu uns herüber, zusammen mit Geschirrgeklapper. Irgendwo führten zwei Nachbarinnen über ihre Balkone hinweg ein Gespräch – über Topfpflanzen und Frisuren, bei dem gelegentlich, zum Glück, immer wieder der Ton aussetzte, wie bei einem defekten Fernseher.

Ein paar Minuten, aber gefühlte Jahre später sagte Zoe zu mir: »Ich muss jetzt allein sein.« Sie bemühte sich um ein Lächeln, aber es gelang ihr nicht.

Ich nickte, als würde ich das verstehen. Obwohl ich natürlich gar nichts verstand. Es fühlte sich plötzlich an, als müsste der Steinsockel, auf dem wir hockten, gleich unter meinem Gewicht einbrechen – weil ich auf einmal so schwer war, dass ich unmöglich aufstehen konnte. Ich war auch nicht mehr in der Lage, zu sprechen. Innerlich trocknete ich gerade aus, und mein Hals zog sich zusammen, als würde er von unsichtbaren Händen gewürgt.

Zoe stützte sich beim Aufstehen ganz beiläufig an meiner Schulter ab – so, als würde sie das immer tun. Der Gedanke war unfassbar, dass dies vielleicht ihre letzte Berührung sein sollte. »Mach's gut, Paul!«, waren dann ihre letzten Worte.

Ich sagte nichts mehr. Ich nickte nur. Das ging noch. Gerade noch.

Zoe verschwand im Haus, ich blieb sitzen, es machte *Klack!* – als die Haustür aus der Wandverankerung gezogen wurde. Ich spürte, wie die Tür hinter mir in Zeitlupe auf das Türschloss zuraste. Da hatte ich eine Vision: wie ich aufsprang und mich noch dazwischenschob und Zoe hinterherrannte, die Treppen hinauf. Aber es gab eine Sperre, die mich daran hinderte. Zoe spielte keine Spielchen. Jetzt sowieso nicht mehr, dazu war ihr das Thema zu ernst. Sie *wollte* allein sein.

Ich erinnerte mich, wie mein Vater mir die Trennung von meiner Mutter erklärt hatte. Dass manchen Menschen vielleicht nur eine begrenzte Zeit miteinander gegeben ist. Und dass es immer einen gibt, der das zuerst erkennt. Oder sich zuerst traut, es auszusprechen.

Ob das jetzt wahr war oder nicht, es war kein großer Trost. Damals nicht gewesen, und jetzt erst recht nicht. Ich blieb noch eine Weile sitzen. Nicht nur, weil ich nicht aufstehen konnte – ich hoffte da noch, dass irgendetwas passieren würde. Dass Zoe vielleicht aus einem der Fenster rufen würde, ich solle doch noch hochkommen. Oder dass plötzlich der Türöffner summte. Oder ihre Stimme aus der Gegensprechanlage zu mir sprach. Aber natürlich passierte nichts davon, und irgendwann stand ich dann doch noch auf.

Ich sperrte das Rad im Innenhof ab. Bei Jonas brannte ein schwaches Licht auf der Terrasse. Ich schaute durch die Hecke und ging rüber zum Gartentor. Es war das Display seines Telefons. Jonas fläzte mit verschränkten Beinen auf einer Sonnenliege im Dunkeln und surfte im Internet. Die Glut einer Selbstgedrehten leuchtete auf, als ein Stück Asche abfiel.

»Hey«, sagte ich – und er drehte den Kopf in meine Richtung. »Dein Handy.« Ich hielt es hoch.

Jonas richtete sich auf und schaltete sein Telefon aus. »Hast du sie gefunden?«

Ich lehnte mich an den Gartenzaun. »Ja.«

»Klingt ja nicht sehr begeistert. Komm rein.« Er steckte sein Telefon in die Hosentasche, wie eine Aufforderung, mehr zu erzählen.

»Sie ist schwanger«, sagte ich. »Deswegen hat sie sich nicht gemeldet.«

»Au!«

»Ja.«

»Und jetzt?«

»Flieg ich zurück nach Paris.«

Jonas schaute prüfend zu mir rüber. »Weil sie schwanger ist?«

»Reicht das nicht als Grund?«

»Sie ist doch nicht von dir schwanger, oder?«

»Nein. Idiot.« Ich hockte mich zu ihm ans Fußende der Sonnenliege. »Sie will allein sein.« Ich reichte ihm sein Ersatzhandy, das ich schon wieder fast vergessen hatte, obwohl ich es noch in der Hand hielt.

Jonas bot mir dafür seinen Joint an. Ich winkte ab. »Wer ist denn der Übeltäter?«, fragte er. »Der mit dem Portemonnaie, der Türsteher?«

Ich rieb mir das Gesicht. »Sieht so aus.« Danach schwiegen wir eine Weile. Jonas hielt mir noch mal den Joint hin. Diesmal nahm ich ihn und zog daran.

Jonas beobachtete mich dabei, als wolle er mir eine Galgenfrist gewähren, dann sagte er: »Also, vielleicht gefällt dir das jetzt nicht. Aber auch wenn er ein Arsch ist, er schaut nicht gerade aus wie ein Arsch. Was ich sagen will – so abwegig ist das nicht, dass sie mit ihm im Bett gelandet ist.«

Ich hustete eine Rauchwolke aus. »Danke für die tröstenden Worte. Hast du irgendwo einen Eimer, wo ich reinkotzen kann?«

Ich gab Jonas den Joint zurück, und er strich ihn nachdenklich zwischen Daumen und Zeigefinger wieder glatt, bevor er ihn sich zwischen die Lippen steckte.

»Willst du was trinken?«, fragte er.

Ich schüttelte den Kopf. »Du müsstest mal seine Freundin sehen! Man sollte meinen, dass jemand, der so eine Freundin hat, gar nicht erst auf die Idee kommt, fremdzugehen. Weil er die ganze Zeit damit beschäftigt ist, Gott auf Knien zu danken, *dass* er so eine Freundin hat!«

Jonas seufzte und griff nach einer Bierflasche am Boden. »Na schau, wenigstens glaubst du noch an Gott«, sagte er.

»Nein. Aber an schöne Frauen.«

Die Flasche fiel um, als Jonas sie wieder abstellte. Er hob sie fluchend auf und wischte sich den überlaufenden Schaum von der Hand. »Paul. Das hörst du jetzt vielleicht auch nicht gerne.«

»Dann sag's doch erst gar nicht.«

»Doch. Dir gefallen sie anscheinend auch beide! Überleg mal. Und *ihm* wirfst du das vor?«

Ich massierte mir das Gesicht. Es fühlte sich taub an. Ich sagte: »Ich werd dem Arsch ausrichten, dass er sich an dich wenden kann, wenn er mal einen Anwalt braucht.«

Jonas schüttelte den Kopf und stellte sich an den Apfelbaum neben der Mauer zum Nachbargrundstück. Einen Moment später fing es an zu plätschern.

»In den Garten?«, fragte ich. »Wirklich?«

»Ich kann dich in deinem Zustand doch nicht allein lassen. Nachher tust du noch was Unüberlegtes.« Das Plätschern verebbte. »Wär's dir denn lieber, wenn sie von *dir* schwanger wäre?«, fragte Jonas.

»Nein! Natürlich nicht. Aber dass sie gar nicht schwanger wäre.«

»Verstehe.« Er zog den Reißverschluss seiner Jeansshorts zu und kam zurück. »Trotzdem, wenn das der einzige Grund ist, wieder zurück nach Paris zu gehen, dann kannst du genauso gut hierbleiben.«

»Es gäbe auch noch ein paar andere Gründe. Die Schule zum Beispiel.«

»Es sind Pfingstferien«, sagte Jonas.

»Hier vielleicht.«

»In Frankreich nicht?«

»Nein.«

»Au.«

»Ja.« Ich stand auf.

»Jetzt warte doch mal.«

Ich schüttelte den Kopf. Jonas zögerte einen Moment, dann schien er zu verstehen. Wir fielen uns nicht in die Arme beim Abschied. Wir tauschten auch keine Telefonnummern aus oder so was. Aber wir gaben uns die Hand – ohne dass einer versuchte, sie dem anderen zu brechen. Immerhin. Es gibt wohl Zeiten, da muss man sich an den kleinen Dingen erfreuen.

»Ich hoffe, das ist nicht die Hand, mit der du abgeschüttelt hast«, sagte ich.

»Oh, ich hab sogar extra ein bisschen draufgepinkelt.«

Am nächsten Morgen stand ich um sechs Uhr auf, mehr als rechtzeitig, aber ich wollte auf keinen Fall zu spät kommen. Ich frühstückte in der U-Bahn, und als ich hoch zum Airport-Shuttle ging, war ich gerade mit meinem Kaffee fertig.

Es war ein diesiger Tag. Die Klimaanlage im Bus war zu hoch eingestellt. Es gab ein paar Baustellen, aber keinen Stau auf der Autobahn. Alle um mich herum schauten auf ihre Handys. Ich schaute aus dem Fenster, ich hatte ja keins mehr.

Eine halbe Stunde später hielt der Bus vor Terminal zwei. Ich musste nicht mal lang warten am *Air-France*-Schalter. Nachdem ich ein Ticket gekauft und meinen Koffer aufgegeben hatte, schlenderte ich mit meinem Rucksack auf die Sicherheitskontrolle zu.

Dort musste ich warten. Aber ich war früh genug dran. Vor mir legte ein Anzugträger seine Notebooktasche auf das Förderband. Dann sein Portemonnaie, seinen Schlüsselbund, sein Telefon. Ein bisschen Kleingeld und seinen Gürtel legte er in einen schwarzen Plastikbehälter.

Es war seltsam, aber ich konnte auf einmal jedes Haar an seiner Hand erkennen. Und dass der zweite Knopf an seinem hellblauen Hemdsärmel fehlte, der aus dem billig glänzenden grauen Jackett lugte. Ich sah sogar, dass das Jackett am Kragen einen Fettfleck hatte.

Mir wurde auf einmal heiß. Mein Herz trommelte genauso heftig wie gestern auf der Isarbrücke, kurz bevor ich Zoe wiedergesehen hatte. Es war ein nahezu identisches Angstgefühl, nur keine Vorahnung, sondern das Gegenteil davon. Ich weiß es nicht – vielleicht war es auch nur die routinierte Beiläufigkeit der Bewegungen des Mannes vor mir. Aber in diesem Moment fragte ich mich: *Was mach ich hier eigentlich?*

21

Zoe klemmte einen Holzkeil unter die Eingangstür und brasilianische Loungemusik tänzelte aus dem Café auf die Straße. Es war fünf vor neun, sie sperrte gerade auf. Ich hatte gehofft, sie hier anzutreffen. Aber ich hatte nicht den Hauch einer Ahnung, was ich zu ihr sagen sollte.

Ich wartete noch ein paar Sekunden, dann ging ich rüber und klopfte an die offene Glastür, als Zoe sich zwei Hocker und eine Obstkiste für draußen schnappte. Die Sachen standen zusammengeräumt vorm Tresen.

»Kann ich helfen?«, fragte ich.

Zoe drehte sich zu mir um. Ihre Sommersprossen funkelten mich an, ihre Haare waren wieder so wild wie ein karibischer Urwald. Eine Antwort bekam ich nicht von ihr. Sie setzte nur ihre Pilotenbrille auf. Obwohl der Himmel so aussah, als hätte sich die Sonne davongemacht und nur das Licht angelassen. Dann ging Zoe auf mich zu, in ihrer engen Jeans und dem engen Hemd – kein Schlabber-T-Shirt mehr und kein Boyfriend-Cut: Gestern war vorbei. Doch statt stehen zu bleiben, stolzierte sie an mir vorüber, als hätte ich mich plötzlich in Luft verwandelt.

Sie trug die Hocker und die Obstkiste auf den Gehsteig und stellte sie vor die Glasfront des Cafés. Ich war abgemeldet.

Zoe war auf einmal so weit weg, als würde ich sie auf einer Kinoleinwand sehen. Ich war nur mit einer vagen Idee hier reinspaziert. Das hatte ich jetzt davon! Dann kam Zoe wieder in den Laden. Sie schnappte sich ein paar Aschenbecher und Zuckerstreuer und deutete auf das restliche Gehsteig-Mobiliar vorm Tresen. »Na los, du willst doch helfen.«

Ich nickte, nahm vier Hocker und folgte Zoe nach draußen. Es war, als hätte sie die Zeit angehalten und jetzt wieder eingeschaltet.

Aber begeistert war sie immer noch nicht. »Danke«, sagte sie kühl.

»Gerne«, murmelte ich.

Wir schauten uns an, wobei sie klar im Vorteil war mit ihrer Sonnenbrille. Trotzdem entspannte ich mich ein bisschen. Doch dann sagte sie: »Was willst du hier, Paul?«

Nur leicht genervt, nicht wirklich unfreundlich – aber sie war ungefähr einen Schritt davor.

»Vielleicht einen Kaffee?«, sagte ich.

Auch darauf antwortete sie nicht.

Ich setzte mich auf einen der Hocker und schaute zu ihr nach oben. »Ich hab mir gedacht, du kannst vielleicht einen Freund brauchen.«

»Einen *Freund*?«

»Na ja – jemanden, der dir helfen will.«

»Glaubst du, ich habe keine Freunde?« Zoe marschierte zurück in den Laden, und ich sah durch die Glasscheibe, wie sie hinterm Tresen in die Knie ging und nach etwas suchte.

Ich ging zu ihr an die Theke, gerade als sie eine große Tüte Kaffeebohnen aus einem Unterschrank holte. Dann schraubte sie mit nur einer Bewegung ein Sieb von der Kaffeemaschine ab. Ich wollte etwas sagen, aber Zoe fiel mir mit bissigem Blick ins Wort, indem sie das Kaffeesieb unter eine Mühle hielt, die daraufhin einen unglaublichen Krach machte.

Ich wartete, bis er vorbei war. Dann sagte ich: »Ich weiß, dass du eine Freund*in* hast. Sonst weiß ich ziemlich wenig von dir.«

Zoe schraubte das Sieb zurück an die Maschine. Sie stellte eine Tasse auf das Metallgitter darunter. Sie schwieg.

»Gut, *Freund* ist vielleicht nicht das richtige Wort«, sagte ich ihr in den Rücken.

»Wir sind auch keine Freunde, Paul!« Zoe blieb vor der Maschine stehen, als müsste sie das Träufeln des Kaffees in die Tasse genau beaufsichtigen. Als der Kaffee durchgelaufen war, stellte Zoe die Tasse vor mir ab und musterte mich kühl durch ihre Sonnenbrille. »Und wir werden sicher keine.«

Ich räusperte mich. »Manchmal kann man ja auch besser mit jemandem reden, den man nicht so gut kennt.«

Zoe nahm Croissants aus einer Bäckereikiste und legte sie in eine Holzschale. Dann platzierte sie die Schale neben zwei großmaschigen Behältern. Der eine davon war voller Orangen, der andere voller Grapefruits. Ich trank meinen Kaffee. Mir waren die Argumente ausgegangen. Wobei es natürlich im Grunde genommen gar keine Argumente gab. Wenn Zoe nicht wollte, dann wollte sie nicht. Da konnte ich mich noch so zum Hampelmann machen. Doch dann stand sie plötzlich wieder nur einen Schritt vor der Grenze zur Freundlichkeit – sie sagte: »Paul, es ist nett, dass du mir helfen willst. Aber wir wissen beide, warum du mich *magst*.« Sie musterte mein ramponiertes Gesicht, als wäre es ihr gestern gar nicht aufgefallen.

Ich stutzte – mehr aus Höflichkeit – mir war klar, was sie meinte. »Weil wir miteinander geschlafen haben?«

»Sagen wir mal, es ist bestimmt einer der Hauptgründe.«

Ich setzte die Tasse ab. »Na ja, der Kaffee hier ist auch nicht übel.«

Zoe nahm ihre Brille ab, sodass ich ihre Augen sehen konnte, die noch etwas geschwollen waren. Dann setzte sie die Brille wieder auf. »Der geht auf mich«, sagte sie. Es war ein typischer letzter Satz, aber da spazierten zwei Mittdreißiger mit Notebooktaschen herein und verschafften mir noch eine Galgenfrist. Sie bestellten im Hinsetzen extragroße Caffè Latte, während sie an einem Tisch ihre Laptops aufschlugen.

Zoe drehte sich um und hinterließ nur einen Handabdruck auf der Stahloberfläche des Tresens. Sie widmete sich der Kaffeemaschine. Wieder wurde es laut. Ich betrachtete sie und dann den Handabdruck auf dem Tresen, der geisterhaft im Nichts verschwand. Dann stellte Zoe die zwei Caffè Latte neben die Kasse. Man hätte auch Milchkaffee dazu sagen können. Oder Latte macchiato. Das Zeug schaute genauso aus. Es passte hervorragend zum Pulli des Typen, der die Gläser in Empfang nahm. Er ließ einen Zehner dafür liegen und hockte sich wieder zu seinem Kumpel.

Zoe bedankte sich routiniert, legte den Zehner in die Kasse und nahm das Trinkgeld dafür heraus. Dann wischte sie die Spuren der beiden Gläser von der Stahloberfläche.

Das Spiel war so gut wie aus. Ich hatte eigentlich schon verloren, also sagte ich: »Und ich hatte so eine großartige Idee gehabt!« Ich legte meinen ganzen Charme in diese Worte. Es war der letzte Ansturm auf das gegnerische Tor in der Nachspielzeit.

Immerhin musste Zoe lächeln. »Sind wir jetzt wieder im Kindergarten?«, fragte sie. »Glaubst du, ich fall auf die alte Nummer rein?«

»Anscheinend tust du das gerade.«

»Lass mich raten! Du hast also eine Idee. Was ich jetzt machen soll? In meiner –« Sie zeichnete mit ihren Fingern Anführungsstriche in die Luft. Allein wie sie das tat, hätte noch ein Paar Anführungsstriche verdient. »– in meiner Situation!«

»Ja.«

»Und – bist du wirklich sicher, dass du mir das auch erzählen willst? Es könnte nämlich sein, dass ich in meiner –« Wieder die Anführungsstriche. »– Situation nicht gerade die größte Geduld habe. Und etwas unangemessen reagiere.«

»Wieso, willst du mein Fahrrad mit Senf einschmieren? Ein Auto hab ich leider nicht. Und das Fahrrad hab ich auch vergessen.«

Ich zeigte ein paar Zähne beim Lächeln. Damit Zoe besser zielen konnte, falls ich den Bogen überspannte. Aber sie schüttelte nur den Kopf.

»Schau, es funktioniert schon«, sagte ich.

»Was?«

»Meine Idee.«

Sie fixierte mich mit ihrem Blick und wir schwiegen wieder um die Wette. Es war schon ein bisschen so wie in unserer Nacht an der Isar. »Also gut. Raus damit!«, sagte sie. »Was für eine brillante Idee ist das?«

»Du machst erst mal Urlaub.«

Das überraschte sie tatsächlich. »Was?«

»Nur einen Tag.«

Zoe lachte so laut auf, dass die beiden Laptop-Typen zu uns

rübersahen. Trotz kostenlosem WLAN. Dann beugte sie sich zu mir vor und sagte leise: »Und ich hab eigentlich gedacht, das mit den Bienen und den Blumen kapierst du schon ganz gut. Aber anscheinend ist dir noch nicht klar, was der Zustand *schwanger* so bedeutet. Das geht nämlich nicht einfach von ein bisschen Urlaub weg!«

»Sind wir jetzt wieder bei dem *Ach, ist der süß! Aber noch zu klein – tralala?* Ich dachte, das Thema hatten wir schon hinter uns?«

»Anscheinend nicht!«

Ich seufzte höflich und sagte: »Zoe. Nur einen Tag. Manchmal kommen einem die besten Ideen, wenn man nicht an die Sache denkt, die einen beschäftigt.«

»Ist das so?«

»Etwa nicht?«

Zoe verschwand durch eine Tür hinter der Theke. Ich hörte noch: »Urlaub!« Dann ging ein Kühlschrank auf und wieder zu. Ein Wasserhahn wurde angedreht und lief auch noch, als ein paar Töpfe oder Pfannen anfingen zu klappern.

Ich fragte mich, was Zoe eigentlich suchte. Da kam sie mit einem Holzbrett, einem dicken Büschel Pfefferminze und einem sehr großen Messer zurück. Sie blieb auf der anderen Tresenseite vor mir stehen und fing an, die Minze zu hacken. Sie machte das sehr geschickt. »Zoe?«, sagte ich.

»Ja?« Dieses Wort rollte wie ein sich näherndes Gewitter über den Tresen.

Ich schob meine leere Kaffeetasse beiseite. »Du beschäftigst dich seit zwei Tagen mit der Frage, was du jetzt tun sollst, oder? Gut, ab und zu schneidest du vielleicht noch ein paar Kräuter. Aber wie weit bist du schon gekommen?«

»Mit den Kräutern?«, fragte Zoe. »Ziemlich weit.« Sie wischte das Messer an einem Küchentuch ab und fixierte mich dabei. »Aber du meinst sicher mein kleines Problem. Nun, das ist im Prinzip auch nicht so kompliziert. Da gibt es genau zwei Lösungsmöglichkeiten.«

»Nur ein Tag«, sagte ich. »Ich geh dir auch nicht an die Wäsche, versprochen.«

Vielleicht war dieser Spruch die Feder in der Waagschale. Zoe schwieg eine Weile – doch dann sagte sie: »Das wär auch nicht in Ordnung. Unter Freunden!«

22

Die hübsche Asiatin, Lisa, übernahm Zoes Schicht. Es dauerte eine Weile, bis Zoe sie überreden konnte. Lisa war die Freundin, bei der Zoe die letzten zwei Nächte verbracht hatte. Und dass Zoe sie überreden musste, lag hauptsächlich daran, dass Lisa mir schon mal begegnet war.

Obwohl man fast denken konnte, dass sie mich jetzt zum ersten Mal sah. Sie war nicht unfreundlich oder so. Doch ein Nicken war alles, was ich von ihr zum Abschied bekam – und ihre Begrüßung war schon nicht gerade überschwänglich gewesen. Von unserem Gespräch am Vortag ganz zu schweigen.

Aber ich hatte Zoe – was brauchte ich den Rest der Welt? Ich schlenderte mit ihr zur Hauptstraße und wir besorgten uns Leihräder in einem Fahrradgeschäft, das ich schon kannte, weil ich auch da einen meiner Flyer aufgehängt hatte. Es war mindestens der dreißigste, der uns auf unserem Weg hierher anlächelte – dieser hier gleich neben der Tür im Schaufenster.

Endlich sagte Zoe mal was dazu. Ich war schon drauf und dran gewesen, einen Flyer irgendwo abzureißen und ihr unter die Nase zu halten. Allerdings sagte sie: »Das mit den Flyern ist übrigens sehr –«

»Bitte nicht *süß*«, unterbrach ich.

Zoe lächelte mir eine Ladung Spott ins Gesicht. »Willst du wissen, wie Lisa sie findet?«

»Lass mich raten – wenigstens nicht süß. Dafür ziemlich psycho.«

Zoe lachte. »Das waren zwar nicht ihre Worte. Aber inhaltlich bringt es das ganz gut auf den Punkt.«

Ihr Lachen hatte immer noch einen Nachhall an Traurigkeit. Aber das wurde leiser.

Als wir so vor dem Flyer standen, der im Schaufenster klebte, passierte etwas Merkwürdiges. So etwas ist mir bisher nur mit Zoe passiert. Ich bin mir ganz sicher, dass mir diese Worte nie über die Lippen gekommen sind, aber sie lagen mir auf der Zunge: *Warum bist du mitgekommen? Was findest du eigentlich an mir?* Und genau, als ich mir im Stillen diese Fragen gestellt hatte, sagte Zoe: »Du riechst gut!« Als hätte sie meine Gedanken gelesen. Oder als müsste ich gar nicht erst aussprechen, was ich von ihr wissen wollte, weil sie mich schon so gut kannte. Sie lächelte mich an und jetzt lag wieder diese schöne Extraportion Spott in ihrem Blick. Dann kratzte sie den *Tesafilm* von der Glasscheibe und klebte die überhängenden Klebstreifen auf die Rückseite des Flyers. »Bei dir hab ich das Gefühl, dass du mich genauer anschaust als andere. Irgendwie – richtig anschaust.« Es war fast ein bisschen unheimlich, als hätte sie wirklich magische Kräfte.

»Das hab allerdings nicht ich gezeichnet«, sagte ich. »Ich wünschte, ich könnte das.«

Zoe nickte, als täte das nichts zur Sache. »Trotzdem.« Ich konnte sehen, wie sehr ihr die Zeichnung gefiel.

Für die Räder hatte ich schon gezahlt. Einer der Mechaniker prüfte gerade mit ein paar routinierten Griffen die Federung und den Reifendruck. Er hatte mir ein Grinsen zugeworfen, als Zoe beim Reinkommen den Flyer inspizierte und er sich an mich erinnert hatte. Anscheinend fand er die Idee mit den Flyern auch ganz romantisch. Ich holte das Original aus meiner Jacke und reichte es Zoe. »Hier.«

»Nein, das behältst du«, sagte sie.

Ich schüttelte den Kopf. »Dich vergess ich doch sowieso nie. Aber damit erinnerst du dich vielleicht auch mal an mich.«

Zoe schaute mich überrascht an. »Na gut.« Sie steckte die Originalzeichnung vorsichtig ein.

Dann nahmen wir dem Mechaniker die Räder ab. Sie fühlten sich an wie Schaukelpferde, so gut waren sie gefedert. Als Zoe wissen wollte, wo es hingehen sollte, sagte ich nur: »Einfach mir nach.«

In den Isarauen bohrte sich die Sonne durch die Wolkendecke und der Fluss glitzerte wie eine Diamantenkette. Ich sah ein Paar, das sich die Schuhe auszog und durch das knöcheltiefe Wasser zu den Kiesbänken watete. Ich schaute zu Zoe rüber. Zoe lächelte zurück. Wir radelten jetzt nebeneinander, ganz gemütlich, im Rücken die Berge und vor uns die Stadt. Licht und Schatten wechselten sich unter den Bäumen vor uns ab, als wäre der Boden ein zerfließendes Schachbrett.

Als ich vor der Pinakothek der Moderne anhielt, musste Zoe lachen. »Ernsthaft?«

»Wir machen doch Urlaub. Touristen gehen ins Museum.«

Zoe betrachtete den Lenker, den ihre Hände noch umklammert hatten. Dann sagte sie: »Bei dem Wetter?«

»Normalerweise würdest du jetzt arbeiten – bei dem Wetter. Das Wetter ist doch perfekt fürs Museum. Da ist da drin nicht so viel los. Und wieder rausgehen können wir immer noch.«

»Du meinst das ernst!«

Aber Zoe tat nur so widerspenstig. Eigentlich hatte sie ihren Spaß. Und darauf kam es schließlich an. Wir sperrten unsere Räder ab und holten uns an der Kasse zwei Tickets. Wir zeigten sie dem Museumswärter an der Treppe. Dann gingen wir die Treppe hoch in den ersten Stock, wo uns ein sehr buntes modernes Gemälde empfing.

»Du bist also Kunstkenner«, sagte Zoe.

»Nicht wirklich.«

»Womit kennst du dich denn aus – Fußball?«

»Besser als mit Kunst. Was aber nicht viel heißt. Fernsehen kann ich ziemlich gut.«

Zoe schubste mich in den nächsten Raum und wir ernteten einen strengen Blick von einem Museumswärter. Danach bemühten wir uns um einen ähnlich andächtigen Gang wie die Leute um uns herum – man bewegt sich ja im Museum automatisch ein bisschen wie in Zeitlupe.

»Hast du wenigstens einen Lieblingsmaler?«, flüsterte Zoe.

»Wenn du mich schon hierher schleppst.«

»Oh ja!«

Zoes Augen leuchteten auf, als hätte sie gerade eine Wasserbombe gefunden, die sie mir an den Kopf werfen konnte. »Malt der nur nackte Frauen? Oder auch was anderes?«

»Auch was anderes.«

Zoe lachte ihr heiseres Lachen, das wieder ganz im Jetzt angekommen war und kein Gestern kannte. Dann hielt sie sich die Hand vor den Mund, als erneut ein böser Blick in unsere Richtung schnellte. Sie legte mir ihre andere Hand auf den Rücken und wir eilten in den nächsten Raum. »Wahrscheinlich weißt du nicht mal seinen Namen!«, sagte Zoe.

»Oh doch. Modigliani. Hängt hier aber leider nicht.«

Zoe blieb in der Mitte des Raums stehen und drehte sich einmal im Kreis. Aber statt auf einem Bild blieb ihr Blick an mir hängen. Sie musterte mich fast so, als würden wir uns zum ersten Mal sehen. »Mit mir ist noch nie ein Junge ins Museum gegangen. Normal wollen die immer woandershin.«

»Na ja. Ist ja irgendwie verständlich. Je hübscher die Blume, desto geiler die Biene. Oder?«

Zoe hielt ihr Pokerface auf mich gerichtet. »Soll das ein Kompliment sein?«

»Jetzt weißt du mal, wie's mir geht. Apropos *jung, nett, süß* und so weiter.« Ich grinste und nahm ihre Hand, um sie weiterzuziehen.

Aber Zoe machte keine Anstalten, sich auch nur einen Schritt zu bewegen. »Und was ist mit dir? Letztens hast du die Blume auch noch sehr gemocht.«

»Ja. Aber inzwischen hab ich ein Gelübde abgelegt. Schon vergessen?«

Zoe schaute mich amüsiert an. Dafür nahm sie sogar ihre Pilotenbrille ab. Ihre Augen waren nicht mehr gerötet. Sie steckte sich die Brille ins Haar wie eine Krone. Ihr Blick fiel auf ihre Hand, die von meiner Hand gehalten wurde. Dann schaute sie wieder mich an. »Und was ist das?«, fragte sie.

Ich zuckte mit den Schultern. »Das ist eine Hand«, sagte ich. »Und da du keinen Handschuh trägst, fällt das nicht unter An-die-Wäsche-Gehen.«

Einen Augenblick ließ sie mich noch zappeln. Allerdings zog sie ihre Hand auch nicht weg. Und dann ließ sie sich von mir in den nächsten Ausstellungssaal führen. »Na komm, ich verrate dir, was es mit diesem Museumsbesuch auf sich hat!«

Wir setzten uns auf eine quaderförmige helle Holzbank ohne Rückenlehne in der Mitte des Saals. Hier hatte man einen guten Überblick über die Bilder und die Besucher. Ich gab mir Mühe, Zoes Hand wieder loszulassen. Es kostete mich unglaublich viel Kraft. Ich sagte: »Als wir vor einem Jahr nach Paris gezogen sind, hat mir meine Mutter eine Liste mit Museen gegeben. Inklusive Eintrittsgeld. Damit ich die Stadt kennenlerne. Also nicht nur die Museen. Man muss ja auch irgendwie hinkommen. Man nimmt die Métro, spaziert durch die verschiedensten Arrondissements – meine Mutter hat wohl gehofft, dass ich mich genauso in Paris verliebe wie sie, als sie jung war.«

»Was ja anscheinend nicht ganz funktioniert hat«, meinte Zoe.

»Natürlich nicht. Ich meine – Museen, hallo! Wer geht denn bitte ins Museum? Pff! Ich hatte vor, ins Kino zu gehen mit dem Geld. Aber es lief nichts. Es gibt ungefähr tausend Kinos in Paris, aber es lief nichts. Jedenfalls nichts, was mich gerade interessierte.«

»Nichts mit nackten Frauen?«

Ich nickte. »Und auch nichts mit dicken Pistolen.«

»Armer Paul.«

»Ja. Danke. Endlich versteht mich mal jemand. Also bin ich doch in eines dieser Museen. Sozusagen probehalber. Und, ich weiß nicht, es war – als würde da drinnen die Welt draußen keine Rolle mehr spielen. Das hat mir gefallen. Das und – schau dich mal um!« Ich deutete auf die Besucher, die an uns vorbeiflanierten. »Alle sind so ernst, respektvoll, neugierig, haben sich extra rausgeputzt.«

»Das freut natürlich den Modekritiker in dir.«

»Vielleicht. Aber es ist auch so ruhig. Man fühlt sich auf

einmal selber ganz zivilisiert. Und manchmal bleibt man eben auch an einem Bild hängen. Weil es etwas in einem auslöst. Eine besondere Stimmung.«

Diesmal nahm Zoe meine Hand. »Du hast den Eintritt gezahlt, ich spendier uns was zu trinken!« Als wir aufstanden, war ich definitiv der glücklichste Mensch von allen hier. Wahrscheinlich sogar auf der ganzen Welt.

Auf dem Weg zum Museumscafé blieben wir dann aber doch noch mal hängen und Zoe ließ mich wieder los. An einer Wand hing eine Reihe goldumrandeter Porzellanteller – die auf den ersten Blick ganz normal aussahen: wie spießige Teller aus Großmutters Küchenschrank, nicht mal besonders teuer. Nur dass auf jedem der Teller eine andere Foltermethode skizziert war – stilistisch so nüchtern wie in einer Bedienungsanleitung.

Es war leicht, an einem der bunten Gemälde vorbeizugehen, deren Sinn man nicht auf Anhieb verstand, oder an einer der Skulpturen. Und wenn unter einem Kunstwerk Picasso stand, konnte man es getrost für Kunst halten, auch wenn man keine Ahnung von Kunst hatte. Da war man immer auf der sicheren Seite. Dagegen war das hier eine ganz andere Nummer. Diese Teller hatten ganz klar eine politische Aussage.

Zoe wurde nachdenklich. Wir gingen in den Raum dahinter. Ich hoffte auf etwas leichtere Kost, zur Abwechslung, aber nichts da. Dort hing eine Fotoserie, die in vergilbtem Schwarz-Weiß einen Badetag an einem See in einem sowjetischen Industriegebiet zeigte: viele Menschen, nicht unbedingt die schönsten, ein trostloser Ort – aber die Sonne schien, wie sie jetzt auch hier strahlte.

Sie fiel blendend grell durch die stahlgerahmten Fensterkaros des Museumscafés, dessen Tür ich jetzt für Zoe aufhielt.

Sie nahm schweigsam einen Cappuccino, ich eine Cola. Wir fanden einen schönen Platz an einem der Holztische: im Schatten unter einer Baumreihe, die man innen vor der riesigen Fensterfront des Cafés in den Betonfußboden gesetzt hatte. Zoe setzte wieder ihre Sonnenbrille auf. Ich hoffte, wegen der Helligkeit. Aber sie sagte: »Sind wir deshalb hier? Damit ich nach den Folterskizzen weiß, wie gut es mir eigentlich geht?«

Ich schob ihr den Zuckerstreuer hin. »Das wär ein bisschen platt, oder?«

»Nicht nur ein bisschen.«

»Glaub mir bitte. Das war wirklich keine Absicht.«

Zoe rührte in ihrem Cappuccino herum, bis das Herz aus braunem Kaffee, das auf den Schaum gemalt war, zu einer Spirale wurde.

»Es hat nichts zu bedeuten, Zoe.«

Sie schien darüber nachzudenken. Dann sagte sie: »Alles hat was zu bedeuten.«

Wir schwiegen eine Weile. Zoe schaute mich wieder durch ihre Pilotenbrille an – aber sie saß so nah vor mir, dass ich ihre Augen hinter den verspiegelten Gläsern erkennen konnte. Ihr Blick blieb die ganze Zeit auf mir, als sie sagte: »Weißt du, was mich fertigmacht? Meine Mutter war zwei Jahre jünger als ich, als sie mich gekriegt hat. Sie hat bestimmt überlegt, ob sie abtreiben soll. Und wenn ich ehrlich bin: Zum Glück hat sie es nicht getan. Ich wette, das, was da jetzt in meinem Bauch ist, würde das irgendwann mal genauso sehen.« Zoe schälte eine Portion Schaum auf ihren Löffel und leckte ihn langsam ab. »Es kommt mir vor, als könnte ich mich gar nicht frei entscheiden, verstehst du?«

Ich nickte und überlegte, wie ich die Stimmung wieder

drehen könnte. Aber mir fiel nichts ein. Vielleicht hatte es so kommen müssen. Vielleicht war das sogar ganz gut so. Bloß hatte ich nicht die leiseste Ahnung, was man in einer solchen Situation am besten sagt. Also sagte ich: »Deine Mutter bereut *ihre* Entscheidung bestimmt nicht.«

»Aber hundert Prozent glücklich ist sie auch nicht.«

»Gibt's so was denn?«

»Sie ist nicht mal siebzig Prozent glücklich. Würdest du dich mit weniger als siebzig Prozent zufriedengeben?«

»Ich weiß nicht«, sagte ich. »Ich meine, ist sie denn hundert Prozent unglücklich? Das kam mir nicht so vor, als ich sie gesehen hab.«

Zoe drehte den Zuckerstreuer mit dem Daumen und Zeigefinger langsam auf der Stelle, als wollte sie ihn in den Tisch bohren. »Natürlich nicht. Aber ich war oft genug Babysitter, Kinder sind anstrengend. Nur, als Babysitter hast du irgendwann wieder deine Ruhe – und sogar fünfzig Euro mehr in der Tasche.« Sie trank ihren Cappuccino aus.

Ich räusperte mich. »Hast du sie mal gefragt? Ob sie ... ihr Leben lieber kinderlos verbracht hätte?«

»Meine Mutter würde mir da doch nie die Wahrheit sagen.«

Ich lehnte mich zurück. Nicht um es mir gemütlich zu machen, eher aus Ratlosigkeit. »Keine Ahnung«, sagte ich. »Ich weiß nicht, ob man ohne Kinder glücklicher wird. Mit Kindern ist man immerhin nicht einsam. Einsamkeit soll ja auch ziemlich auf die Laune drücken.«

»Machst du hier jetzt einen auf katholische Kirche?«

»Nein! Um Gottes willen! Ich weiß nicht mal, ob ich eine Meinung dazu habe.«

Zoe schob ihre Tasse zur Seite. Es war nicht so, dass sie

meinem Blick auswich. Eher so, als wäre ich plötzlich nicht mehr da. So wie am Morgen im *Pacific*, als sie mit den Hockern im Arm an mir vorbei nach draußen gegangen war.

Ich stellte unser Geschirr auf einen Tablettwagen. »Komm«, sagte ich bemüht unbeschwert. »Wir machen wieder Urlaub!«

Doch Zoe schüttelte den Kopf.

23

Ihre Mutter arbeitete im Fanshop von *1860 München* – der am Vereinsgelände bei den Trainingsplätzen. Sie machte gerade Pause, als wir kamen. Sie stand mit dem Rücken zu uns – die Arme vor der Brust verschränkt, eine Zigarette zwischen den Fingern wie ein rauchendes Gipfelkreuz neben ihrem Kopf.

Zoe sträubte sich vor dieser Begegnung. Wie vor einem Zahnarztbesuch. Von dem man aber weiß, dass man nicht darum herumkommt. Ich zeigte ihr, wo ich auf sie warten würde. Dann drehte sich ihre Mutter auch schon zu uns um. Als hätte sie Zoes Näherkommen gespürt.

Falls sie überrascht war, *mich* wiederzusehen, ließ sie es sich nicht anmerken. Sie bedachte mich mit demselben Mindestmaß an Höflichkeit wie Zoes Freundin Lisa aus dem *Pacific:* einem knappen Nicken. In dem Augenblick wurde mir klar, dass ich wahrscheinlich mit beiden nie wirklich warm werden würde.

Ich ging zum Zaun, der die Spielfelder abgrenzte. Das Licht war jetzt am späten Nachmittag so kräftig, als hätte jemand die Fußballplätze mit einer frischen grünen Farbschicht überzogen. Nur vor den Toren schimmerte der Sandboden durch.

Eine E-Jugend-Mannschaft absolvierte ein Trainingsspiel, die Bengel waren gerade mal halb so groß wie ich. Aber hätte ich versucht, ihnen den Ball wegzunehmen, hätten sie mich vermutlich zerfleischt wie Piranhas, bevor sie mit dem Ball ins Tor getänzelt wären, als wäre gerade Karneval in Rio. Es war fast schon deprimierend, ihnen zuzusehen, so gut waren sie. Als Ablenkung taugten sie jedenfalls gar nicht.

Vielleicht war das aber auch ganz gut so. Ich musste mir sowieso darüber klar werden, was ich hier eigentlich wollte. Also konkret: was ich von Zoe wollte, mit ihr vorhatte, wie diese ganze Sache mit uns weiterlaufen könnte, wenn es nach mir ginge.

In diesem Augenblick am Spielfeldzaun, mit dem E-Jugend-Spiel vor mir und den Anfeuerungsrufen um mich herum, wollte ich vor allem eines: dass Zoe mich nicht verlässt. Verlassen ist ein zu großes Wort – wir waren ja gar nicht zusammen. Nein, ich fürchtete, dass ihre Mutter sich den restlichen Tag freinehmen könnte und Zoe nach Hause bringen und ihr einen Kamillentee oder so was machen würde. Zoes Mutter hatte zum Thema Schwangerschaft eindeutig mehr zu sagen als ich. Ich war da so ratlos wie Zoe.

Mit dem kleinen Unterschied natürlich, dass ich es mir mit meiner Ratlosigkeit bequem machen konnte – Zoe konnte das nicht, im Gegenteil. Ich hatte nicht mal eine Vorstellung davon, wie es in ihr aussah. Alles, was ich mir vorstellen konnte, war *Ich mit Zoe*. Am liebsten ohne Kind, ganz klar.

Wenn ich aber versuchte, mir Zoe – oder uns beide – *mit* Kind vorzustellen? Dann schwirrten da bloß ein paar harmlose Bilder in meinem Kopf herum. *Nutella*-Werbung! Ein Kinderwagen, den man vor sich herschiebt; wie man am Spielplatz rumsitzt, Brei verfüttert, mal was vorliest oder vorsingt. Das war's auch schon.

Ich hatte absolut keine Ahnung. Ich hatte im Gegensatz zu Zoe nie als Babysitter gearbeitet. Was wahrscheinlich ein großes Glück war für alle Kinder um mich herum.

Gut, beinahe hätte ich mal eine Schwester bekommen, vor einer halben Ewigkeit, was dann im letzten Moment unter sehr dramatischen Umständen doch nicht passiert war – und das hatte mich damals ziemlich traurig gemacht. Nicht so traurig wie meine Eltern, doch auf jeden Fall traurig.

Aber mehr wusste ich nicht von dem Thema. Ich hatte eine völlig naive Vorstellung davon, wie es wäre, für ein Kind verantwortlich zu sein. Zum Beispiel – apropos Babysitter – wenn ein Kind nervt? Dann besorgt man sich eben einen Babysitter!

Oder: So ein Kind schläft doch sowieso die meiste Zeit, solange es noch klein ist. Und: Wenn es größer ist, kommt es schon in den Kindergarten. Ist doch alles halb so wild. Oder?

Ich hatte keinen Schimmer. Und in Sachen Abtreibung hatte ich ehrlich gesagt nicht mal eine Meinung. Es gibt ja Leute, die haben zu allem eine Meinung. Auch zu den Dingen, von denen sie nicht die leiseste Ahnung haben. In Sachen Abtreibung konnte ich Zoe weder zuraten noch abraten – ohne dass ich mir wie ein kompletter Dummschwätzer vorkommen würde. Genauso wenig konnte ich ein Statement zur aktuellen politischen Lage abgeben. Ist Atomkraft wirklich so schlimm – oder vielleicht doch besser als Fracking? Was machen wir, wenn die Chinesen die Weltherrschaft übernehmen? Keine Ahnung. Öfter chinesisch essen vermutlich.

Und genau deswegen war Zoe bei ihrer Mutter besser aufgehoben als bei mir. Eigentlich.

Wenn Zoe mich um Rat gefragt hätte, dann hätte ich ihr genau das raten müssen: Geh zu deiner Mutter. Aber Zoe fragte mich nicht um Rat.

Sie kam zu mir zurück, und ihrer Laune nach zu urteilen, hatte sie mit ihrer Mutter gestritten. Ihr Unterkiefer war eine Spur zu weit vorgeschoben, als würden sich ihre Schneidezähne gerade duellieren, Zoe hatte einen Schmollmund wie ein Punkt unter einem Ausrufezeichen. Sie hielt sich am Zaun fest, als wollte sie ihn erwürgen. Sie zuckte nicht mal, als ein Ball auf unserer Höhe laut gegen die Bande schepperte. Sie nahm nur die Sonnenbrille aus dem Haar und setzte sie wieder auf.

»Willst du wissen, was sie gesagt hat? Ich soll abtreiben. Das würde sie an meiner Stelle tun.«

Im Museumscafé war es für Zoe noch nachvollziehbar gewesen, dass ihre Mutter damals an eine Abtreibung gedacht hatte. Aber es machte anscheinend einen Unterschied, wenn sie das Zoe direkt ins Gesicht sagte. Doch diesen Gedanken behielt ich lieber für mich. Stattdessen sagte ich: »Du kannst bei mir übernachten. Mein Vater ist weg. Du hättest deine Ruhe. Also, außer vor mir natürlich.«

Nicht dass ich mir allzu große Hoffnungen machte, dass Zoe mein Angebot annahm. Selbst wenn ihre Freundin Lisa, bei der sie die letzten zwei Nächte verbracht hatte, keine Abtreibungsexpertin war: Auch sie konnte sich bestimmt hundertmal besser in dieses Thema einfühlen als ich.

»Ich dachte, du hast ein Gelübde abgelegt?«, sagte Zoe.

»Stimmt. Mist.«

»Paul?«

»Ja?«

»Ich will, dass das klar ist für dich. Ich weiß nicht, ob ich noch mal Lust auf Sex habe. Nur dass hier keine falschen Erwartungen entstehen.«

»Ich erwarte überhaupt nichts, Zoe.«

»Wirklich?«

»Na ja, du könntest vielleicht beim Abspülen helfen, falls wir uns später noch was kochen.«

24

In der Wohnung meines Vaters schaltete ich für Zoe den Fernseher ein. Dann bezog ich für sie das Bett im Schlafzimmer frisch. Ich schlief sowieso auf der Couch.

Als ich wieder aus dem Zimmer kam, fand ich Zoe aber auf dem Balkon, vor dem laptopgroßen Gasgrill im Eck. Sie hielt die Schutzhülle, mit der er abgedeckt wurde, in der Hand. Sie war wohl einfach neugierig gewesen und machte jetzt ein übertrieben beeindrucktes Gesicht. »Ein Gasgrill!«, sagte sie.

Ich musste auch lachen – vor Erleichterung: Zoe war vielleicht angeschlagen, aber nicht am Ende. »Ja«, antwortete ich. »Grillen für Spießer!«

»Nicht dass man schmutzige Hände kriegt«, spottete Zoe.

»Oder die Nachbarn die Nase rümpfen!«

Zoe schüttelte den Kopf. Sie schien fast dankbar dafür, dass dieser Gasgrill ihr einen Grund lieferte, sich zu amüsieren. Ich holte zwei Bier aus dem Kühlschrank – stellte eines zurück, dann beide – und kam mit zwei Cola wieder zu ihr auf den Balkon.

»Was ist eigentlich mit deinem Vater?«, fragte ich, als wir nebeneinander am Geländer standen und über die Brüstung runterschauten in den verlassenen Innenhof.

»Was soll mit ihm sein?«, sagte Zoe.

»Na ja – was treibt er so?«

Zoe musterte mich ein paar Sekunden zu lang, bevor sie loslegte. Ihr gefiel die Frage nicht. Das war offensichtlich. Aber sie beantwortete sie: »Er ist Profifußballer. Beim *SV Kapfenberg,* zweite österreichische Liga. Er ist nicht mehr der Jüngste, aber eine Saison macht er noch. Als meine Mutter ihn kennenlernte, war er noch bei *Sechzig,* hatte aber schon bei *Bayern* unterschrieben. Dort saß er dann auf der Bank. In der Saison darauf wurde er an Bielefeld ausgeliehen, dann ist er nach Bochum, dann nach Wien. Seitdem spielt er in Österreich.« Es war, als würde sie seinen Lebenslauf vorlesen, und zwar extra gründlich, damit ich auch kapierte, dass sie eigentlich keine Lust darauf hatte.

Aber ich stand noch auf der Leitung. »Und deine Mutter?«, fragte ich.

»Meine Mutter hast du doch kennengelernt«, sagte Zoe, und es hörte sich wie ein letzter Warnschuss an.

Da ging mir endlich auf, dass meine Fragerei unsere Abmachung verletzte, auf dieses ganze Was-machst-du-was-mach-ich-Geplänkel zu verzichten.

»Möchtest du mir jetzt noch einen Bausparvertrag verkaufen?«, fragte Zoe.

»Tut mir leid«, sagte ich. »Ab jetzt hast du deine Ruhe, versprochen.«

»Also kein Bausparvertrag?« Zoe hatte wieder dieses Zoe-Lächeln im Gesicht, das allein aus ihren Augen kam.

Ich hatte noch mal die Kurve gekriegt. »Nein.«

Sie seufzte theatralisch. »Und ich muss dich auch nicht fragen, was *dein* Vater so macht?«

»Nein. Musst du nicht. Wir müssen überhaupt nicht reden. Ich finde, dass man mit dir sowieso ziemlich gut *nicht reden* kann.«

»Ist das wieder eines deiner Komplimente?«

»Auf jeden Fall.«

»Gut.« Also taten wir eine Zeit lang genau das: nicht reden. Irgendwann wechselten wir einen Blick und mussten beide grinsen. Zoe sagte: »Okay, du hast mir eine persönliche Frage gestellt. Jetzt stell ich dir eine!«

Ich drehte mich um und lehnte mich mit dem Rücken gegen die Balkonbrüstung, um Zoe besser anschauen zu können. »Jetzt kommt bestimmt so was Gemeines wie: *Wie war dein erstes Mal?*«

»Und schon hat er das Gespräch wieder auf Sex gelenkt!«

Ich hob abwehrend die Arme. »Frag mich was anderes.«

»Ja! Werd ich auch, keine Sorge.« Sie deutete auf den Gasgrill. »Hast du Lust?«

»Hier einen auf Spießer zu machen? Auf jeden Fall!«

Es war kurz vor Geschäftsschluss, doch wir bekamen noch ein paar Steaks beim Metzger und am Gemüsestand Zucchini, Zwiebeln und Tomaten. Nach dem Essen ließen wir uns auf die Couch fallen.

Ich wollte den Fernseher wieder einschalten, aber Zoe nahm mir die Fernbedienung weg. Sie kroch in meine Arme, und ich hielt sie einfach fest.

»Was?«, fragte Zoe nach einer Weile.

»Ich frag mich gerade, ob es spießig ist, etwas spießig zu finden.«

»Meinst du den Gasgrill?«, fragte sie.

»Na ja, zum Beispiel.«

»Erzähl mir lieber von deinem ersten Mal«, sagte Zoe.
»Was?«
»Ich sollte dich doch was Gemeines fragen! Jetzt tu nicht so, als wolltest du mir nicht davon erzählen.«
Ich holte tief Luft. »Es war toll. Reicht das?«
»Nein.«
Ich stöhnte, seufzte und räusperte mich.
»Vergiss es«, sagte Zoe. »So einfach kommst du nicht davon.«
Also sagte ich: »Sie hieß Gretchen. Sie war eine Austauschschülerin. Es war Liebe auf den ersten Blick. Irgendwann ging sie vor mir in die Knie und bat mich, mit ihr zu schlafen. Ich tat ihr den Gefallen. Es wurde wunderschön für sie, wie du dir sicher vorstellen kannst. Danach ging sie ins Kloster. Sie fürchtete, sie würde sonst vor Glück den Verstand verlieren, wenn sie noch mehr Sex mit mir hätte. Später gründete sie ihre eigene Sekte. Die Paulaner. Die machen übrigens ein ganz anständiges Bier. Aber vielleicht bring ich da auch was durcheinander.«
»War es so furchtbar?«
»Na ja, furchtbar? Es war nicht so furchtbar wie eine Lateinschulaufgabe. Aber eben auch nicht so erfüllend wie eine Matheklausur.«
»Willst du wissen, wie mein erstes Mal war?«
»Lieber nicht. Sonst werd ich nur eifersüchtig, krieg Depressionen und trotzdem einen Ständer ... Wo ich doch mein Gelübde abgelegt hab und so.«
Zoe gab mir einen Kuss auf die Wange, der für meinen Geschmack ein wenig zu mütterlich ausfiel. »Du wirst schon noch die Richtige finden, Paul.«
»Die Richtige? Dass du an so was glaubst!«

»Und ob ich daran glaube. Der Junge, mit dem ich mein erstes Mal hatte? Der war auf jeden Fall der Richtige. Um mit ihm mein erstes Mal zu haben. Und irgendwann war es vorbei. Also unsere Zeit miteinander. Seitdem sind noch ein paar Richtige dazugekommen. Und auch ein paar Falsche. Aber die auch immer nur für eine gewisse Zeit. Keine Ahnung, wen es da draußen noch gibt für mich. Und ob da der *eine* dabei ist, mit dem ich den Rest meines Lebens verbringe. So was soll ja auch möglich sein.«

»Hm. Dann drück ich dir mal die Daumen«, sagte ich. »Beziehungsweise uns.«

»Du gibst nicht auf, oder?«

»Bei dir nicht.«

Zoe lächelte, aber so nachdenklich, als wäre sie der einsamste Mensch auf dieser Welt und niemand könnte daran etwas ändern. »Paul?«

»Ja?«

»Ich hab dir doch gesagt, dass du dich nicht in mich verlieben sollst. Das gilt immer noch. Auch wenn sich die Umstände geändert haben.«

»Und warum?«

Zoe antwortete nicht darauf. Musste sie auch nicht. Sie musste nicht mal zur Tür schauen, um mir zu bedeuten, dass sie dann gehen würde. Sie zog mich sanft zu sich herunter, bis wir beide auf der Seite lagen und uns in die Augen schauten. »Paul. Du bist auf jeden Fall der Richtige, um hier mit dir auf dieser Couch zu liegen! Okay?«

Ich nickte. Das musste reichen. Für den Augenblick.

25

Als Zoe schlief, schrieb ich ihr eine Nachricht, die sie sofort sehen würde, falls sie aufwachte. Ich deckte sie noch zu, dann stahl ich mich aus der Wohnung und klingelte unten bei Jonas. Es war schon sehr spät und nichts passierte.

Ich klingelte noch mal. Wieder nichts. Ich überlegte, ihn anzurufen, aber ich hatte ihm das Handy, das er mir geliehen hatte, ja schon zurückgegeben. Also ging ich raus und in den Innenhof und an den Fenstern der Wohnung entlang. Alle waren dunkel. Auch das in seinem Zimmer – das seltsamerweise auch mal mein Zimmer gewesen war. Was noch gar nicht so lange zurücklag. Doch als ich jetzt davorstand, fühlte es sich an, als wäre es schon sehr lange her.

Das Fenster in dem Zimmer war zwar dunkel. Aber es war gekippt. Musik lief dahinter. Die Art Musik, die man hört, um sich in seinem Herzschmerz zu wälzen. Dazu tänzelte eine Rauchschwade nach draußen, die nach verbranntem Gras roch. Was mich nicht wirklich überraschte – Jonas war ja an keinem der Tage, an denen ich ihn getroffen hatte, nüchtern gewesen. Höchstens mal kurz zwischendurch, als er mir sein Handy geliehen hatte. Und da wahrscheinlich auch nur, weil er gerade im Eisbach schwimmen gewesen war.

Ich klopfte kräftig gegen die Scheibe. Jonas schrie auf und fiel fast aus dem Bett vor Schreck. Dafür konnte er noch recht deutlich reden. »Ich hab gedacht, du bist wieder nach Paris zurück.« Er torkelte zum Fenster und musste sich daran festhalten. Als er es öffnete, verlor er fast das Gleichgewicht. Er musterte mich mit Augen, die so blutunterlaufen waren, dass sie sogar im farblosen Nachtlicht krank wirkten. Er sah aus wie ein Zombie. Allerdings kein sehr furchterregender.

»Ich hab's mir anders überlegt«, sagte ich. Ich erzählte ihm, dass Zoe oben schlief und wie es dazu gekommen war.

Jonas ging – oder wankte vielmehr – einen Schritt zur Seite. Mit seiner Fahne hätte man einen Bären töten können. Ich kletterte auf das Fensterbrett und schwang mich in sein Zimmer, während er sich zurück auf sein Bett fallen ließ. Dort schob er sich wie ein auf dem Rücken liegender Käfer an die Wand, wo er dann sogar einigermaßen aufrecht sitzen blieb.

Ich hockte mich ans andere Bettende, aus der Schusslinie seiner Bierfahne. Ich hätte ihn gerne dabeigehabt bei meiner nächsten Begegnung mit Leif. Aber das war illusorisch. Ich hätte ihn tragen müssen. Und selbst dann wäre er höchstens noch in der Lage gewesen, mir den Rücken vollzureihern.

»Hey!«, rief er, als hätte er gerade das Rad erfunden. Er kramte einen riesigen zerknitterten Joint aus seiner Trainingshose und versuchte, ihn glatt zu streichen – wobei er ihn aber nur noch mehr krümmte, bis er aussah wie eine kleine braune Banane.

Dann reichte er ihn mir. Beziehungsweise meinem unsichtbaren Zwilling, der anscheinend neben mir saß.

»Also«, sagte ich, »was ist los? Führst du irgendein Doppelleben? Schlüpfst du heimlich in Ur-Opis SS-Uniform und das nagt an dir? Raus mit der Sprache!«

Jonas betrachtete mich eine Weile lang, als könnte er in meinem Gesicht die Zukunft lesen. Dann sagte er: »Was?«

»Irgendwas *ist* doch los mit dir!« Ich deutete auf den von Jointstummeln überquellenden Aschenbecher und auf die Flaschen, die neben seinem Bett zum Teil noch standen, aber zum Großteil herumlagen wie solidarische Bierleichen. »Und jetzt erzähl mir nicht wieder, es wären Ferien, da dürfte man doch mal die Sau rauslassen bla bla bla!«

Jonas schwankte sogar noch im Sitzen und musste sich erst wieder in eine aufrechte Postition zurückkämpfen. »Ich hab dir schon erzählt, was los ist.«

»Ja, ich weiß. Nachdem sie mich rausgeschmissen haben bei dem Konzert. Aber wie gesagt, da war ich zu dicht. Also erzähl's mir bitte noch mal!«

Jonas sagte: »Mich haben sie da übrigens nicht rausgeschmissen. Nur so am Rande. Weil du mir hier eine Moralpredigt über meinen Alkoholkonsum hältst!«

»Hey – von mir aus kannst du in 'ner Brauerei einbrechen und im nächsten Bierkessel baden, bis du untergehst, und dann bis nach Jamaika tauchen, um dort auf einem Joint zum Mond zu fliegen ... Trotzdem interessiert mich, was mit dir los ist.«

»Damit du dir hinterher darüber das Maul zerreißen kannst? Nein danke. Ich bin ganz froh, dass du dich nicht mehr an unser Gespräch erinnerst.«

»Nein, bist du nicht. Ich seh doch, dass du darüber reden willst! Auch wenn du hier einen auf harten Burschen machst.«

»Und du hast keine Hintergedanken?«, fragte Jonas. »Du

schenkst mir sozusagen dein Ohr, weil du auf einmal was für deine Mitmenschen übrig hast, oder wie?«

»Nicht für alle, also fühl dich ruhig geehrt.«

Jonas schüttelte den Kopf, als würde ihm eine unsichtbare Hand ein paar Ohrfeigen geben. Dann arbeitete er sich von der Wand wieder vor zur Bettkante, bis er neben mir saß. »Na ja. Früher oder später wirst du es sowieso erfahren. Irgendein alter Freund von dir wird dir eine Nachricht schicken oder weiterleiten.« Er rieb sich stöhnend das Gesicht, lange und so fest, als hätte er gar kein Gefühl mehr darin.

»Das muss ja dann eine irre Nachricht sein!«, sagte ich.

Jonas stützte sich mit den Händen auf den Oberschenkeln ab. Er drehte den Kopf in meine Richtung. »Ich bin schwul. Also, wahrscheinlich.«

»*Wahrscheinlich?*«, fragte ich. Ich hatte bestimmt schon mal intelligenter ausgesehen. Aber bei der Konkurrenz hier fiel das nicht weiter ins Gewicht.

»Vielleicht auch bi. Weiß ich noch nicht so genau.« Jonas starrte vor sich hin auf den Fußboden, wie um da irgendwo die Antwort zu finden. Sein Gesicht blieb regungslos. Es verriet nichts. Außer dass er total dicht war.

Ich sagte: »Okay, ich frag jetzt nur nach, weil ich so ein gutgläubiger Typ bin. War das gerade ein Scherz?«

Jonas schüttelte den Kopf.

»Dann gib mir mal Feuer«, sagte ich. »Das muss ich erst verdauen.«

Er griff in den vollen Aschenbecher, dann daneben, und beim dritten Versuch hatte er ein Feuerzeug in der Hand. Ich zündete mir den Joint an, den ich immer noch zwischen den Fingern hielt, und qualmte ein bisschen. Irgendwann sagte ich: »Merkt man das nicht schon ein bisschen früher – also, dass man schwul ist?«

»Jetzt nerv mich nicht! Keine Ahnung. Ich bin da auch kein Experte.«

Ich qualmte wieder ein bisschen. »Okay, du bist also vor ein paar Tagen aufgewacht, und hast gemerkt, dass du schwul bist …? Entschuldige!« Ich malte ein paar Anführungsstriche in die Luft. »Ich wollte sagen, *wahrscheinlich* schwul bist! Und seitdem versuchst du, dich ins Koma zu saufen, versteh ich das richtig? Beziehungsweise zu kiffen.«

»So ungefähr, ja.«

»Sagst du mir jetzt endlich mal, was passiert ist? Oder muss ich vorher irgendwo eine Münze einwerfen?«

Jonas atmete ein paarmal ein, ungefähr so, wie man Luft holt, bevor man untertaucht. Dann sagte er: »Ich hab Luis geküsst.«

Ich qualmte wieder ein bisschen.

»Luis. Dein bester Freund Luis? *Der* Luis?«

Jonas sagte: »Ich hab's jedenfalls versucht. Ich war auch ein bisschen besoffen, aber nicht genug, dass es als Ausrede gereicht hätte.«

»Wie, du hast es *versucht*? Brauchst du 'ne Brille, hast du seinen Mund nicht getroffen?«

»Er ist mir ausgewichen!« Jonas machte eine wegwerfende Kopfbewegung. Dann vergrub er sein Gesicht wieder in den Händen und knetete es durch wie eine verspannte Schulter. »Das war am Freitag. Wir haben den letzten Schultag gefeiert. Hier. Nur wir zwei. Am Samstag hatten wir vor, nach Slowenien zu fahren. Mit Vito und Kebron. Und von da die Küste entlang bis nach Albanien. Mit dem Bus von Vitos Vater.«

»Nach Albanien? Wow! Hat man da nicht schon ein Messer am Hals, wenn man eine Frau auch nur falsch anschaut? Obwohl, stimmt, das spielt ja für dich keine Rolle mehr. Herr Wahrscheinlichschwul.«

»Na endlich«, sagte Jonas. »Ich wart schon die ganze Zeit auf einen blöden Witz von dir!«

»Weil du *wahrscheinlich* schwul bist? Keine Sorge, das war nicht der letzte!«

»Ist ja gut zu wissen. Sind die nächsten wenigstens besser?«

»Ihr wolltet wirklich nach Albanien?«

»Da muss es total schön sein. Noch nicht so tourimäßig. Jedenfalls, wir sitzen hier, trinken einen, kiffen ein bisschen, hören Musik und da gab es so einen Moment – so einen Moment der Nähe. Ich bin nicht über ihn hergefallen oder so. Aber ich wollte ihn küssen. Ich hätte ihn geküsst. Wenn er mir nicht ausgewichen wäre.«

»Und dann?«

»Ist er gegangen. Ohne ein Wort. Also – nicht gleich. Er hat mich erst angestarrt wie einen Neandertaler. Aber keine Minute später war er weg.«

»Und das ist einfach so über dich gekommen? Die Idee, ihn zu küssen.«

»Na ja, nicht einfach so. Solche Momente hat es schon früher gegeben. Aber – da hab ich mich eben zurückgehalten.«

»Hast du seitdem mal mit ihm gesprochen?«

Jonas schüttelte den Kopf. »Er geht nicht mehr ans Handy. Nicht, wenn *ich* anrufe. Zu Hause ist er auch nicht. Ich vermute mal, er ist mit den anderen wie geplant nach Albanien. Die melden sich nämlich auch nicht mehr.«

»Entschuldige«, sagte ich. »Aber ich krieg das immer noch

nicht auf die Reihe! Heißt das, du hast dich in ihn *verliebt*? In deinen besten Freund – neben dem du schon in der ersten Klasse gesessen bist. Und der bislang keinen Schimmer davon hatte!«

»Ich weiß es nicht. Ich weiß gar nichts mehr! Ich weiß ja nicht mal, ob ich schwul bin – oder bi! Ich weiß nur, dass es Scheiße regnen wird, genau über mir – falls du verstehst, was ich meine –, wenn die Schule wieder anfängt. Und dass wir mit ziemlicher Sicherheit keine Freunde mehr sind, Luis und ich. Und Vito und Kebron. Was das Beschissenste an der ganzen Sache ist!«

Ich nahm Jonas jetzt nicht in den Arm oder so. So gut kannten wir uns nun auch wieder nicht. Aber ich sagte: »Freunde kommen und gehen. Manche … kommen vielleicht auch wieder zurück.«

Jonas ließ sich nach hinten fallen und lehnte sich an die Wand. Irgendwann dachte ich schon, dass er eingeschlafen wäre. Doch nach einer Weile sagte er: »Soll mich das jetzt trösten? Ich weiß ja nicht, was du mal werden willst, aber werd bitte nicht Psychologe!«

»Was ich damit sagen will: Wenn die dir alle die Freundschaft kündigen, Kebron, Vito, Luis – was ich nicht glaube, aber wenn –, dann musst du eben mit mir vorliebnehmen. Ich wohn zwar in Paris, aber es gibt 'ne billige Busverbindung dorthin. Außerdem steht das eh grad auf der Kippe. Paris, mein ich.«

»Willst du mir drohen?«

»Sehr witzig. Jetzt leg dich erst mal hin und schlaf 'ne Runde. Und vielleicht bleibst du morgen ja zur Abwechslung mal nüchtern. Nicht weil ich hier einen auf Betschwester mache.

Sondern weil man nüchtern einfach besser denken kann. Und dann gehst du mal in Ruhe in dich. Und wenn du damit fertig bist, bist du entweder schwul oder nicht oder bi. Und wenn sich irgendeiner darüber lustig macht – und den einen oder anderen wird es da wohl immer geben –, dann scheiß einfach drauf. Weil das von dem total uncool ist. So, wie sich über einen Namen lustig zu machen. Keiner kann was dafür. Das ist zu einfach, sich darüber lustig zu machen! Und unsportlich.«

Jonas lachte kurz auf. Es klang wie eine Salve aus einem Maschinengewehr. »Darf ich dich mal daran erinnern, was du früher zu deinem lieben Klassenkameraden Manólis Votsos gesagt hast? Apropos Namen.«

»Schön, dass du das ansprichst. Auch ich hab in den letzten Jahren dazugelernt.«

»Du hättest also kein Problem damit, wenn ich schwul wäre?«

»Solang du nicht versuchst, mich abzuknutschen.«

Jonas stand auf und torkelte ins Bad. Ich hörte ihn würgen. Anscheinend musste ich mir da keine Sorgen machen.

26

Ich zog einen Kaugummistreifen mit den Zähnen aus der Packung und verstaute die Packung wieder in meiner Hosentasche. Der Kaugummi half ein bisschen. Aber nach dem Joint schwankte ich immer noch wie ein Baum im Wind. Ich brauchte eine halbe Ewigkeit, bis ich endlich den Schlüssel vom Fahrradschloss in einer meiner Taschen fand – und das, nachdem ich jede einzelne Tasche mindestens fünfmal durchsucht hatte. Zum Glück war nicht mehr viel los auf den Straßen. Ich musste nur hin und wieder einer Laterne ausweichen.

Der Fahrtwind half auch. Nach zwei, drei Kilometern schaffte ich es sogar, wieder eine gerade Linie zu fahren. Und die Richtung zu wechseln, ohne vorher anhalten zu müssen. Diesbezüglich kam ich also einigermaßen zurecht. Was mir fehlte, war ein Plan.

Ich dachte einfach, ich improvisiere ein bisschen: klingle bei Leif, er macht auf, verzieht natürlich das Gesicht, aber dann sag ich ihm, warum ich mit ihm reden will, und er lässt mich seufzend rein.

Weshalb er das tun sollte, wenn ausgerechnet ich vor ihm stand – geschenkt. Als ich im kühlen Fahrtwind genauer darüber nachdachte, wurde mir bewusst, dass da irgendwo ein

Haken war. Nur weil ich was von ihm wollte, hieß das noch nicht, dass er das freiwillig tun würde.

Es gab noch einen zweiten Haken: Was genau sollte ich ihm eigentlich sagen? *Leif, das find ich wirklich scheiße von dir, ja? Erst Zoe schwängern und dann keine Verantwortung übernehmen? Das geht doch nicht. Das ist echt 'ne Fünf minus!*

Er musste mir nur ein *Na und?* unter die Nase reiben und das Gespräch war beendet. Außer vielleicht, ich würde ihm wie in einem Gangsterfilm eine Lektion erteilen. Aber dazu war er zu kräftig. Und wem würde das was bringen – Zoe? Eher nicht.

Die Sache hatte sogar noch einen dritten Haken. Mal angenommen, er *würde* mir zuhören – und einsehen, dass er Zoe beistehen *musste*. Damit würde ich mir praktisch die Konkurrenz ins Haus holen. Auch nicht gerade preisverdächtig.

Jonas sah das zwar anders – ich hatte ihm noch einen Eimer neben das Bett gestellt, bevor ich mich auf den Weg zu Leif machte. Als ich schon an der Tür war, hatte Jonas noch gesagt: »Pass auf, dass du sie nicht an der Backe hast. Ich meine – schwangere Freundin und nicht mal von dir schwanger? Ich will ja kein Spielverderber sein. Kinder sind bestimmt toll. Wenn man dreißig ist oder vierzig und einen Job hat. Und genug Geld und genügend Partys hinter sich! Ich mein ja nur.«

Da war – ehrlich gesagt – natürlich auch was dran. Wenn man das mal rein logisch betrachtete und Zoe das Kind behalten würde. Es war eigentlich sogar ein schlagendes Argument. Trotzdem wirkte es nicht bei mir. Nicht weil ich jetzt so jesusmäßig drauf war. Ich war einfach zu verliebt.

Und wenn man verliebt ist, kann einem ja auch die absurdeste Idee noch logisch vorkommen. Zum Beispiel, einfach so bei Leif aufzukreuzen. Im Prinzip war das genauso bescheuert wie meine Idee mit den Flyern. Nur – das mit den Flyern hatte funktioniert, jedenfalls über ein paar Umwege. Vermutlich reine Glückssache – aber vielleicht lag es auch daran, dass ich überhaupt *irgendetwas* machte. Alles, was man macht, ist wahrscheinlich besser, als nichts zu machen. Vom Abwarten ist noch keiner reich geworden. Doch Jonas hatte natürlich einen wunden Punkt bei mir getroffen. Was wollte ich überhaupt? Was wollte ich *eigentlich*?

Ich wollte Zoe helfen. So viel wusste ich immerhin. Ich wollte noch eine Menge anderer Dinge, aber in erster Linie war es das. Weil ich es unerträglich fand, sie unglücklich zu sehen. Es ging da auch nicht um die Kosten der Abtreibung oder so was – falls Zoe sich dafür entscheiden sollte. Sie sollte sich einfach nicht als Verliererin fühlen in dieser Sache, darum ging es. Ich wollte, dass Leif sich stellte. Deswegen brauchte ich ihn. Er musste einsehen, dass er nicht so leicht aus dieser Nummer herauskam.

Ein Arschloch konnte er von mir aus bleiben.

Der vierte und letzte Haken war leider der größte von allen. Zum Reden kamen wir erst gar nicht. Leifs Wohnungstür war eingetreten – mit so einer Wucht, dass sie aus der oberen Angel gerissen war und diagonal im Türrahmen hing. Das Ding war zwar nicht aus Panzerstahl, trotzdem – es sah auch nicht so aus, als hätte da jemand nur seinen Schlüssel vergessen.

Nein, da war jemand richtig wütend gewesen. Jemand mit viel Kraft. Aber da war noch etwas. Bei so einem Anblick erwartet man, wenn schon nicht einen Handwerker, dann wenigstens eine Absperrung. Also vielleicht keine Polizeiabsperrung, aber irgendwas, ein rot-weißes Baustellenband oder so. Die anderen Bewohner hier hatten anscheinend einen sehr festen Schlaf. Da war vielleicht mal wieder ein Hoffest fällig, mit einem kleinen pädagogischen Sondervortrag zum Thema Nachbarschaftshilfe.

Ich horchte einen Augenblick in den Wohnungsflur hinein. Nichts. Ich bückte mich unter der Tür hindurch und machte das Licht im Flur an. Leif lag im Schlafzimmer am Boden. Sein Auge sah schlimm aus, und ihm hatten sie nicht nur die Nase, sondern den Arm gebrochen. Falls das Bizeps und Trizeps gewesen waren – die mir bei dem Anblick sofort in den Sinn kamen. Leif war danach anscheinend noch in der Lage gewesen, sich eine Whiskeyflasche zu holen, und hatte einen auf echten Cowboy gemacht, bevor bei ihm das Licht ausging. Die Flasche lag jetzt offen neben ihm. Ein bisschen Whiskey war noch drin, etwas mehr war ausgelaufen, keine Ahnung, wie viel Leif intus hatte.

Ich war immerhin wieder ganz nüchtern. Ich klopfte wie ein Blöder meine Taschen ab, bis mir einfiel, zum zweiten Mal in dieser Nacht, dass ich Jonas' Ersatzhandy schon zurückgegeben hatte.

Das Display von Leifs Telefon war zersprungen. Aber das Telefon selber funktionierte noch. Nachdem ich einen Krankenwagen gerufen hatte, versuchte ich es bei Emma. Sie drückte den Anruf weg. Ich schrieb ihr eine Textnachricht: brachte sie auf den aktuellen Stand und fragte sie, ob es *ihr* gut gehe. Die Antwort kam prompt. Ja. Ihr gehe es gut. Danke Paul. Kein Wort über Leif, keine Nachfrage, warum ich sein Handy benutzte. Für sich genommen war das natürlich auch eine Aussage.

Den Sanitätern erzählte ich, ich sei Leifs Bruder, ich hätte ihn gerade so gefunden, ja, ich würde gern mitfahren. Sie hatten ihm den Arm geschient, eine Halskrause angelegt und ihn auf einer Bahre die Treppe runtergetragen – die ganzen sechs Stockwerke –, ohne aus der Puste zu geraten. Ich schämte mich fast ein bisschen für mein Gekeuche, als wir unten waren. Und ich nahm mir wieder mal vor, öfter laufen zu gehen. Demnächst. Irgendwann mal. In ferner Zukunft.

Oder mit irgendeinem anderen Sport anzufangen. Wenigstens mit Billard oder so.

Ich hatte jetzt nicht vor, einen auf Blutsbrüder zu machen. Das war nicht der Grund, warum ich mit in den Notarztwagen stieg. Ich wollte wissen, was los war.

Auf dem Weg ins Krankenhaus kam Leif zu sich. Er brauchte nicht lange, um mich zu erkennen. Er sprach leise, schwach. Doch es war nicht so, dass man Angst um ihn bekommen musste. Er würde hier nicht sterben.

»Du?«, sagte er.

Ich nickte. »Waren das Bizeps und Trizeps?«

»Haben sich bedankt, dass ich die Bullen gerufen hab. Wegen meinem Portemonnaie. Nachdem du dich davongemacht hast nach unserer letzten Begegnung.« Leif schluckte – was ihm schwerfiel. »Das war übrigens echt klasse von dir, dass du den beiden das Ding zugesteckt hast!«

»Weißt du, was?«, sagte ich. »Diskutier das doch mal bei Gelegenheit mit deinem Kumpel Karsten aus.« Ich schüttelte den Kopf. »Aber dass die dich gleich *so* vermöbelt haben ...«

Leifs Augen wanderten zu dem Sanitäter, der hinten bei uns saß. Dann wieder zu mir. »Na ja. *Die Bullen rufen* – das tut man eben nicht. Und dicke Muskeln machen einfach mehr kaputt. Aber spar dir dein Höflichkeitsmitleid! Dir gefällt doch, was du gerade siehst. Ich schätz mal, wir sind jetzt quitt.«

»Nein«, sagte ich. »Du vergisst Zoe.«

»Bist du deswegen hier?«

Ich nickte wieder.

»Was hat sie dir denn erzählt? Dass sie von mir schwanger ist?« Er schnaufte.

»Etwa nicht?«

»Keine Ahnung. Kann durchaus sein. Wir haben zwar Gummis benutzt, aber passieren kann ja trotzdem was. Nur ob ich der Einzige bin, der da infrage kommt – als Vater –, *das* würde ich eben gerne genau wissen.« Er lächelte plötzlich. »Davon hat sie dir wohl nichts erzählt, hm? Von dem Vaterschaftstest. Paulchen. Richtig?«

Ich sagte nichts. Leif erzählte mir, wie er Zoe kennengelernt hatte: ein Flirt, der auf dem Rücksitz seines *Mercedes* endete – die Details ersparte er mir netterweise. Danach trafen sie sich gelegentlich, aber sie hatten klar vereinbart, dass es nichts Ernstes wäre. Nur wurde es das für Zoe anscheinend irgendwann. Da erfuhr sie von Emma. Emma war natürlich eine eigene Geschichte – beziehungsweise, warum Leif überhaupt mit Zoe in der Kiste gelandet war, wo er doch mit einer Frau wie Emma zusammen war. Als Zoe von ihr erfuhr, war jedenfalls Schluss mit der Affäre.

Und genau an dem Tag, an dem ich nachmittags mit Zoe verabredet gewesen war, hatte sie herausgefunden, dass sie schwanger war. Sie hatte Leif damit konfrontiert. Er hatte vorgeschlagen, einen Vaterschaftstest zu machen, sobald das Kind da wäre – falls Zoe es denn bekommen wollte –, und da war Leif dann ganz unten durch bei ihr. Dass er ihr unterstellte, sie wolle ihm ihre Schwangerschaft *anhängen,* war einfach zu viel.

Wir fuhren in die Einfahrt zur Notaufnahme. Ich stieg etwas nachdenklicher aus dem Krankenwagen aus, als mir lieb war, und sah noch zu, wie Leif in die Notaufnahme geschoben wurde. Dann ging hinter ihm und den Sanitätern die automatische Schiebetür wieder zu.

Ich rieb mir das Gesicht. Zoe hatte mir ja nicht irgendeinen Scheiß erzählt. Etwa, um mich auf eine falsche Fährte zu locken – von wegen, dass Leif nicht bereit wäre, Verantwortung zu übernehmen. Eigentlich hatte sie mir gar nichts über ihn erzählt. Nur dass sie extrem sauer auf ihn war – das war ziemlich eindeutig gewesen, das kam auch ohne Worte ganz gut rüber. Den Rest hatte ich mir selber zusammengereimt. Oder vielmehr hatte mir meine Fantasie einen Streich gespielt.

So wie es ausschaute, wollte Leif nur sichergehen, dass Zoe auch wirklich von ihm schwanger war.

27

Wahrscheinlich hätte ich gleich danach zurückfahren sollen. Stattdessen organisierte ich mir ein Rent-a-Bike und fuhr von der Notaufnahme wieder zu Leifs Wohnung, wo das Rennrad meines Vaters stand. Ich brauchte sowieso etwas Frischluft, um all das erst mal zu sortieren, was Leif mir erzählt hatte. Also machte ich auch noch einen Abstecher zum Fluss. Der lag sowieso auf dem Weg. Ich ließ ein paar Steine über das Wasser springen. Als Kind hatte ich Stunden damit verbringen können. Vielleicht half es mir deswegen beim Nachdenken.

Nicht dass in diesem Fall viel dabei rausgekommen wäre. Ich wusste nur, dass ich immer noch die gleichen Gefühle für Zoe hatte wie vor ein paar Stunden, vor meiner kleinen Unterhaltung mit Leif. Seltsamerweise waren die Gefühle sogar noch ein bisschen stärker geworden.

Ich stieg wieder aufs Rad. Es wurde schon hell, aber es war noch deutlich vor sechs Uhr, als ich das Rad im Innenhof absperrte. Dort hörte ich ein vertrautes Geräusch. Ich musste mich darauf konzentrieren, um ihm folgen zu können. Es kam von oben. Die Balkontür war offen. *Ich* hatte sie offen gelassen. Jetzt konnte ich sie streiten hören. Wie früher.

Ich rannte ins Treppenhaus und nahm drei Stufen auf einmal beim Hochlaufen. Als ich die Wohnungstür aufriss, stammelte mein Vater gerade etwas davon, dass er dieses Mädchen noch nie zuvor gesehen hätte.

Was meine Mutter ihm anscheinend nicht glauben wollte.

Und Zoe? Die band sich schon die Schuhe!

Mein Vater wäre in den nächsten Tagen sowieso irgendwann aufgetaucht. Aber dass meine Eltern *zusammen,* und auch noch so früh am Morgen, hier auftauchen würden, das war dann doch eine Überraschung. Nach Paris waren es neunhundert Kilometer. Meine Mutter musste die ganze Nacht durchgefahren sein. Unterwegs hatte sie wohl an irgendeinem Flughafen meinen Vater aufgegabelt. Sie waren, so wie es aussah, erst vor ein paar Minuten angekommen, aber ich hätte sie schon wieder auf den Mond jagen können. Vielleicht in Raumanzügen – aber mindestens so weit weg.

Es war einfach peinlich, was sie da vor Zoe aufführten. Ich habe mal gelesen, dass sogar Kinder von Rockstars ihre Eltern peinlich finden. Aber *meine* Eltern waren nicht mal Rockstars.

Zoe machte einen entsprechend unbegeisterten Eindruck. Sie war von ihnen geweckt worden, auch noch zu einer unmöglichen Uhrzeit, *ich* war nicht da gewesen – und dann bekam sie, zu all ihrem eigenen Stress, auch noch diesen Stress ab.

Mir war also nicht nach Plaudern. Zoe hatte ihre Schuhe schon geschnürt. Wo sie damit hinwollte, war klar. Ganz schnell raus hier. Und genau das wollte ich auch. Aber mit ihr.

»Da bist du ja!«, rief meine Mutter auf Französisch.

Und mein Vater: »Endlich!« Auch auf Französisch. Dann wiederholte er sich noch mal auf Deutsch.

Ich sparte mir eine Einleitung. Ich sagte: »Hört zu, das ist Zoe, wir sind Freunde. Sie hat hier übernachtet.«

Worauf mich mein Vater dankbar unterbrach: »Glaubst du mir jetzt? Ich hab nichts damit zu tun!«

»Vom Alter her hätte es gepasst!«, sagte meine Mutter.

»Jetzt hör doch bitte *damit* auf!«

»Warum?«

»Könnt ihr vielleicht *beide* mal aufhören?«, warf ich dazwischen.

Nein. Mein Vater sagte: »Du hast mir gesagt, es sind Pfingstferien, Paul!«

»Es sind ja auch Pfingstferien.«

»Aber anscheinend nicht in Frankreich! Hältst du mich für blöd oder was?«

Und schon mischte sich meine Mutter ein: »Apropos blöd. Wenn du dich etwas mehr für deinen Sohn interessieren würdest, hättest du das vorher gewusst!«

»Ach ja? Wer hat ihn denn mit nach Frankreich genommen? Wenn er hier leben würde, *hätte* er jetzt Pfingstferien! Und wir hätten dieses bescheuerte Problem nicht!«

Meine Mutter machte eine wegwerfende Handbewegung, wie wenn sie meinen Vater am liebsten in den Müll gestopft hätte. »Du packst sofort deine Sachen und kommst mit!«, sagte sie zu mir.

Zoe nahm ihre Jacke. Mein Vater sagte zu meiner Mutter: »Du bist gerade tausend Kilometer hierhergefahren!«

»Neunhundert!«

»Dann eben neunhundert! Aber die fährst du jetzt nicht zurück, das verbiete ich!«

»Ich fahr nur ins nächste Hotel, keine Sorge!«

»Ach ja? Um an der Hotelbar irgendeinen Franzosen aufzugabeln? Obwohl, halt – du hast ja schon einen. Wie wär's zur Abwechslung mal mit 'nem Engländer? Oder 'nem Italiener? Die sollen ja auch ganz charmant sein!«

»Ich hab mich nicht wegen Patrice von dir getrennt!«

Ich ging rüber zu Zoe. »Tut mir leid«, sagte ich.

Sie warf mir ein verständnisvolles Lächeln zu.

»Jetzt hab ich immerhin mal deine Eltern kennengelernt.«

Ich versuchte, auch zu lächeln, aber ich sah dabei vermutlich eher aus wie ein Sack Zitronen. »Na komm, lass uns abhauen!«

»Solltest du nicht hierbleiben?«, fragte Zoe.

»Um mich vom Balkon zu stürzen?« Ich schüttelte den Kopf und nahm ihre Hand. Wir marschierten zur Tür.

Mein Vater sagte: »Hey, wo willst du hin?« Und meine Mutter rief: »Du bleibst gefälligst hier!« Ausnahmsweise waren sie sich mal einig.

»Nein, danke«, sagte ich. »Mein Zimmer kannst du gerne vermieten!« Ich warf meiner Mutter noch einen Blick zu, dann ging ich mit Zoe die Treppe hinunter. Ganz ohne Eile.

Ein bisschen schneller, und meine Mutter wäre uns wahrscheinlich hinterhergelaufen. So rief sie nur: »Paul!«

Auch mein Vater rief noch etwas. Aber er blieb genauso verblüfft vor der Wohnungstür stehen wie meine Mutter. Als gäbe es da eine unsichtbare Mauer, an der sie nicht vorbeikamen.

Und da bei uns im Haus noch aufmerksame Nachbarn wohnten, ging schließlich sogar die Tür gegenüber auf: »Hey! Könnten Sie vielleicht ein bisschen leiser streiten, es ist noch nicht mal sechs Uhr!«

Doch da spazierten Zoe und ich schon auf die Straße. Wir gingen einfach drauflos. Hauptsache weg.

Wir kamen an der Bäckerei vorbei, wo wir gefrühstückt hatten. Ein paar Jogger überholten uns. Ein Lastwagen fuhr mit Warnblinker rückwärts in eine Einfahrt neben einem Supermarkt. Es war wieder ein ruhiger Morgen. Wir gingen in den Englischen Garten. Irgendwann landeten wir an *unserer* Bank. Das wird diese Bank wohl immer für mich bleiben. »Wo hast du eigentlich gesteckt?«, fragte Zoe endlich.

»Ich hab nachgedacht.«

»Und warum hast du das nicht – zum Beispiel – auf dem Balkon getan?«

»Ich musste mich auch noch um einen Freund kümmern.«

»Zwischen den verschiedenen Nachdenkphasen, oder wie?«

»Nein. Davor.«

»Ist denn wenigstens was dabei rausgekommen? Beim Nachdenken.«

»Ja. Irgendwann schon.«

»Und? Verrätst du mir auch, was?«

»Klar.« Ich küsste sie. Auf den Mund, aber zärtlich – und ich ging ihr nicht mal an die Wäsche dabei. Das hier war eine andere Art Kuss, auch wenn er von mir kam. Dann sagte ich: »Mal angenommen, du wärst von jemandem schwanger, der mit dir zusammen sein will. Egal, wie du dich entscheidest ...«

»Meinst du damit dich?«, fragte Zoe.

»Na ja. Zum Beispiel. Also, rein theoretisch. Würdest du dich dann besser fühlen? Oder wär das alles immer noch eine totale Katastrophe?«

Zoe atmete hörbar durch, so, als bräuchte sie eine Extraportion Sauerstoff, um darüber nachzudenken. »Es wäre immer noch eine Katastrophe«, sagte sie schließlich. »Aber keine totale.«

»Dann weiß ich, was wir jetzt machen.«

»Und was? Zur Schwangerschaftsberatung gehen?«

»Ich hab eher an ein Hotel gedacht. Aber da können wir natürlich auch mal vorbeischauen.«

»Ein Hotel?«

»Ja. Vorher müssen wir allerdings noch zum Bankautomaten. Nicht dass mein Vater auf die glorreiche Idee kommt, seine Kreditkarte zu sperren.«

»Stopp mal bitte! Hast du gerade *Hotel* gesagt?«

»Äh – ja.«

»Und was wollen wir – *im Hotel*?«

»Na, was man da eben so macht, um sich vom Ernst des Lebens zu erholen ... Urlaub!«

»Urlaub?« Zoe lachte, ungläubig.

Ich tat ein bisschen empört. »Was hast du denn gedacht?«

28

Die Idee mit dem Hotel war in meinem Kopf einfach so aufgetaucht – als wär das die Lösung aller Probleme. Ich wollte Zoe für mich behalten und ich wollte nicht mehr an Leif denken oder meine Eltern, nicht an Paris und die Schule. War das egoistisch? Ich redete mir ein, dass es eher das Gegenteil war. Zoe brauchte einen Ort, wo sie in Ruhe über alles nachdenken konnte, ohne dass ihr dabei jemand auf die Nerven ging.

Und dann kamen wir sogar tatsächlich noch an einer Beratungsstelle vorbei. Sie lag auf dem Weg zur Straßenbahn, die in die Innenstadt fuhr. Es war einer dieser schönen Altbauten: mit Steinboden in Schachbrettmuster im Eingangsbereich, die Decke dort höher als ein Sprungturm im Schwimmbad, und die Holztreppe, die man hochmusste, knarzte sympathisch und glänzte so sehr, als könnte man darauf eislaufen. Man kam sich vor wie in einer Filmkulisse. Ich ging fast automatisch wie auf Zehenspitzen weiter – und Zoe hatte mal wieder einen Grund, mich auf ihre nette spöttische Art auszulachen.

Vor der Tür im ersten Stock wechselten wir noch einen Blick. Zoe schaute wieder ernst – aber dann lächelte sie sogar ein bisschen. Ich war froh, dass ich jetzt bei ihr war. Dies war ein schwieriger Schritt für sie.

Ich hielt ihr die Tür auf. Ich war auch ein bisschen stolz, dass ich jetzt bei ihr war. Und ich hätte nirgendwo anders hingehört. Das spürte ich. Zoe war die Frau für mich. Die eine. Ich fühlte mich so viel besser mit ihr als ohne sie. Es war ein Unterschied wie zwischen Sommer und Winter, zwischen Farb- und Schwarz-Weiß-Film, betrunken und nüchtern. Ohne sie hat immer etwas gefehlt. Mit ihr war das Leben komplett.

Es war kein Problem, dass wir unangemeldet kamen. Wir mussten nicht mal lange warten. Ich hatte irgendwie mit einer Anschiss-Stimmung gerechnet, doch da hallte vielleicht die Begegnung mit meinen Eltern noch nach. Das Gespräch verlief eher entspannt. Kein Jesusgequatsche, kein Bleib-doch-bitte-schwanger-Unterton. Unterm Strich war Abtreibung einfach *eine* Möglichkeit unter mehreren. Es war mal gut, so was von einer Expertin zu hören. Es nahm dem Ganzen den schicksalhaften Charakter. Klar, wenn man sich *für* ein Kind entscheidet, ist es mit Vater leichter. Im Normalfall. Und *ohne* Kind lässt es sich bestimmt leichter studieren.

Aber ist das Leben auch besser? Das hängt noch von ein paar anderen Faktoren ab. So ein Kind war jedenfalls kein Weltuntergang. Hier bei uns landete niemand auf der Straße und musste hungern deswegen. Und Zoe hatte auch noch ein paar Wochen Zeit, um sich zu entscheiden.

Als die Beraterin zum Schluss erfuhr, dass ich gar nicht der Vater war, wunderte sie sich ein bisschen. Aber dann machten wir ein paar Witze darüber – wie verwickelt die Situation in diesem Fall war – und damit war die Sache gegessen.

Die Box mit den Taschentüchern vor uns am Tisch blieb jedenfalls unberührt.

Wir nahmen uns ein Hotel im Zentrum, wegen meiner Eltern. Nicht dass wir denen in Schwabing zufällig über den Weg liefen. Es war ein kleiner Drei-Sterne-Laden in einer Seitenstraße: nicht schick, aber sauber, nicht gerade billig, doch bezahlbar – und inklusive Frühstück.

Als wir durch die Eingangstür hineingingen, war es, als würde die Zeit stehen bleiben. Draußen nahm das Weltgeschehen seinen Lauf, hier drinnen waren wir davor geschützt. Der Mann an der Rezeption war sehr diskret. Er behandelte mich wie einen – ja wie? Erst mal wie einen Gentleman. Und so fühlte ich mich dann auch. Ich zahlte bar, bevor er irgendwelche Fragen stellte, wegen meines Alters zum Beispiel, und hinterließ ein großzügiges Trinkgeld. Dann stieg ich mit Zoe in den Aufzug.

Zwischen dem zweiten und dritten Stock drückte Zoe auf *Halt* und der Aufzug kam ruckelnd zum Stillstand. Zoe ging ganz dicht an mich heran und schaute mir in die Augen. Diesmal lag nicht ein Funke Spott in ihrem Blick. Sie strich mir übers Gesicht. Ihre Hände blieben auf meinem Nacken liegen. Sie küsste mich. Lange. Dann sagte sie: »Wir haben nicht mal eine Zahnbürste dabei. Oder was zum Anziehen.«

»Wir kaufen uns einfach was«, sagte ich.

»Oder auch nicht.«

»Noch besser.«

»Danke.«

»Wofür?«

»Dafür«, sagte sie und küsste mich wieder, dann legte sie den *Halt*-Schalter um. Der Aufzug setzte sich in Bewegung. Im fünften Stockwerk stiegen wir aus. Wir gingen geräuschlos über einen altmodisch gemusterten Teppich. Ich steckte die

Schlüsselkarte in den Schlitz über dem Türgriff und überließ Zoe den Vortritt.

Unser Zimmer bestand eigentlich nur aus einem Bett. Aber viel mehr brauchten wir auch nicht. Natürlich gab es auch ein Bad. Und ein großes Fenster – auf dessen Fensterbrett wir sogar beide Platz hatten, um uns das Leben draußen anzuschauen: die Trambahnstation, die breite T-Kreuzung dahinter mit den spielzeuggroßen Autos, die Menschen, die wie Ameisen hierhin und dorthin strömten.

Als Erstes schalteten wir unsere Telefone aus. Ich hatte fast schon ein schlechtes Gewissen deswegen – weil Jonas mir extra noch mal sein Ersatzhandy geliehen hatte. Aber anders ging es einfach nicht – wenn wir wirklich unsere Ruhe haben wollten. Wir hatten ja vor, Urlaub zu machen. *Urlaub* traf es natürlich nicht ganz. Es war eine Auszeit. Vom Leben da draußen. Oder eher von allem, was daran unangenehm sein konnte. Also sperrten wir die Dinger in den Zimmersafe.

Es hatte was von einem Ritual, als wir das taten. Beinahe so, wie wenn man sich das erste Mal voreinander auszieht. Es machte uns zu Komplizen – auch dass wir ein Hotelzimmer teilten. *Das* wiederum war zudem noch aufregend – und so wurde es unsere zweite Amtshandlung, das Bett auszuprobieren. Zoe machte ziemlich schnell klar, wie wir das tun würden: Ihr BH landete auf dem Boden und damit war die Kein-Sex-Regel aufgehoben.

Das Bett hielt. Auch in die Badewanne passten wir zu zweit. Ich glaube, kein Luxushotel hätte für uns schöner sein können.

So verbrachten wir die Tage. Morgens frühstückten wir als Letzte in dem Saal neben der Rezeption. Abends holten wir uns etwas in dem vietnamesischen Stehimbiss an der Straßenecke. Oder aßen an einem der fünf Tische im Hinterhof eines italienischen Restaurants, schräg gegenüber. Die Zeit dazwischen verbrachten wir im Bett oder in einem der sechs Kinos, die man bequem zu Fuß erreichen konnte. Manchmal setzten wir uns auch in eine Straßenbahn und fuhren bis zur Endstation – in irgendein Viertel, das wir beide nicht kannten. Da fühlten wir uns dann beinahe wie wirkliche Touristen.

Einmal kamen wir an einem Freibad vorbei – und kauften uns spontan Badesachen und Handtücher an der Kasse. Wir blieben den ganzen Nachmittag und machten all den Quatsch, den man im Freibad so macht: Treppe rauf und Rutsche runter, dann ab ins Strömungsbecken, eine Runde Tischtennis – wir sprangen sogar auf dem Trampolin und aßen Currywurst mit Pommes und lösten zusammen ein Sudoku in einer liegen gebliebenen Zeitschrift. Wir legten uns in die Sonne. Bis es uns zu heiß wurde. Dann dösten wir im Schatten weiter und Zoe durfte meinen Bauch als Kopfkissen benutzen. Um das Babybecken und die Sandkästen machten wir einen Bogen. Trotzdem war es ein herrlicher Tag.

Ein anderes Mal gingen wir auf den Olympiaturm. Zu Fuß. Mit dem Aufzug kann ja jeder. Wir kamen verschwitzt oben an und ließen uns von dem warmen Wind wieder trocken föhnen. Es war ein Tag, so klar, dass man bis nach Italien hätte sehen können, wenn die Alpen nicht im Weg gewesen wären. Langsam wurde es dämmrig. Wir standen am Geländer. Die Welt, oder wenigstens die Stadt, lag uns buchstäblich zu Füßen. Ich hielt Zoe im Arm, es war warm, überall war Himmel, wir waren frei, wir küssten uns, es war herrlich. Einfach dort zu sein, miteinander, die Besucher um uns herum wie Statisten in einem Film.

Oder wir saßen stundenlang in einem Café. Während es regnete. Und dann spazierten wir bei Regen durch den Tierpark, fast als Einzige dort.

Zurück im Hotel ließ ich mir von Zoe meine noch nassen Haare schneiden. Es war ihre Idee. Ich rasierte ihr dafür die Beine. Dabei spielten wir uns unsere Lieblingslieder vor. Bis tief in die Nacht. Den nächsten Tag verschliefen wir. Es war wundervoll: sich aus dem Lauf der Welt da draußen auszuklinken. Tag und Nacht gab es für uns nicht mehr, nur noch hell oder dunkel. Die Zeit schien wirklich aufgehört zu haben. Es gab zwar noch ein fernes Vorher, aber kein Nachher, nur noch dieses Jetzt, und mir schien es, als würde ich immer glücklicher werden, obwohl das eigentlich gar nicht mehr möglich war. Ich ertrank fast in Glück. Manchmal wurde mir richtig schwindlig davon. Wenn ich mal alleine war, beim Zähneputzen oder so. Dann betrachtete ich mich ungläubig im Spiegel und musste mich kurz hinsetzen.

In solchen Momenten hätte ich lachen, weinen und schreien können vor Glück. Und ich musste mich beherrschen, nicht aus dem Bad zu *rennen* – um mich zu vergewissern, dass Zoe wirklich da war. Dass das alles nicht nur ein Traum war, weil es so traumhaft war. Also ging ich extra langsam aus dem Bad, und dann sah ich sie, und sie mich, und sie lächelte mich an, aber es war nicht mehr dieses spöttische Lächeln, mit dem ich sie kennengelernt hatte. Es war jetzt ein sanftes, schwelgendes, nachdenkliches Lächeln. Es war, als hätte sie allen Spott an der Tür vor der Schwangerschaftsberatungsstelle abgelegt.

Manchmal wünschte ich mir diesen Spott zurück, diese Unbeschwertheit. Dann sprang ich zu ihr ins Bett, extra albern, bis sie lachte, und ich küsste sie. Dann war alles wieder wie in einem Traum.

Ein Traum, bei dem uns niemand störte. Bis Zoe ihr Telefon wieder einschaltete. Auch da kam ich gerade aus dem Bad. Ich trocknete mir die Haare ab. »Was machst du?«, fragte ich.

»Meinen Vater anrufen.«

Via *Skype* – damit ich ihn kennenlernen konnte. Zoe erwischte ihn beim Frühstück. Er hatte noch eine halbe Stunde, bis er in den Kraftraum musste. Er machte es mir leicht, mit ihm ins Gespräch zu kommen – nach ein paar Worten hatte ich bereits das Gefühl, wir würden uns schon kennen. Es schien ihn auch nicht zu überraschen, dass Zoe sich um diese Uhrzeit bei ihm meldete.

Dass sie schwanger war, sagte Zoe ihm nicht. Nur dass sie ihm ein paar Fragen stellen wollte – die er ehrlich beantworten müsse, auch wenn ihm das jetzt komisch vorkäme. Aber es sei wichtig.

Auch das schien ihn nicht allzu neugierig zu machen. Er lächelte Zoe an, als würden die beiden so ein Gespräch jeden zweiten Tag führen.

Ich verabschiedete mich von ihm und hockte mich auf die Fensterbank, um den beiden etwas Raum zu geben. Zoe hatte sich drei Fragen überlegt. »Denk dir einfach, das wäre ein Quiz. Ich stelle dir eine Frage, und alles, was ich möchte, ist deine Ehrlichkeit, auch wenn die Antwort mich verletzen könnte.«

»In Ordnung«, sagte ihr Vater – und Zoe fing an:

»Bereust du, dass Mama damals mit mir schwanger geworden ist?«

Es dauerte ein paar Sekunden, bis die Antwort kam. »Nein.«

»Warum nicht?«

»Du bist doch ganz gut geraten.«

Ich sah, dass Zoe lächelte. Dann fragte sie: »Wenn du die Zeit noch mal zurückdrehen könntest, was würdest du in deinem Leben anders machen?«

»Mehr trainieren, weniger Partys – dann hätte ich vielleicht noch einen Stammplatz.«

»Ist das alles?«

»Hm. Im Prinzip schon.«

»Hättest du Mama damals lieber nicht getroffen – wenn du jetzt zurückblickst?«

»Wie meinst du das?«

»War es eine Begegnung, auf die du verzichten könntest?«, sagte Zoe und wartete.

Ihr Vater antwortete schließlich: »Also – ich hatte keine Nachteile dadurch, wenn du das meinst. Warum fragst du das alles?«

»Weil ich wissen will, wie das ist – wenn man Vater ist und kaum für sein Kind da war. Ob das irgendwas mit dir gemacht hat? Außer dass es Geld kostet und hin und wieder ein schlechtes Gewissen.«

»War ich wirklich so ein Komplettversager?«

»Na ja, vielleicht nicht ganz.«

»Dann bin ich ja froh.«

Danach hatte Zoe keine Fragen mehr und die beiden plauderten noch ein bisschen – was ich erstaunlich fand, nach der doch etwas schweren Thematik. Sie plauderten einfach darüber, ob Zoe sich schon für einen Studienplatz entschieden habe – und so erfuhr ich nebenbei auch endlich, was sie werden wollte: Lehrerin. Mittelschule. Gymnasium war ihr zu einfach.

Dann fachsimpelten sie noch ein bisschen über Fußball und ob er mit seiner Saison zufrieden war und nach der nächsten immer noch ein Sportgeschäft übernehmen wolle. Es klang wie ein ganz normales Gespräch zwischen einem Vater und seiner erwachsenen Tochter. Dann musste er ins Training und Zoe beendete das Gespräch.

In dieser Nacht konnte ich nicht schlafen. Zoe schon. Sie lag auf dem Bauch, nur halb unter der Decke. Ein angewinkeltes Bein schaute raus, ihre Schultern waren frei. Ihre Haare fielen wie ein dunkler Vorhang über ihr Gesicht. Es war wie ein Bild in Schwarz-Weiß im Mondlicht, das mit ein paar fernen Stimmen durchs Fenster kam.

Laut der Digitalanzeige des Radioweckers neben dem Bett waren erst vier Tage vergangen, seit wir eingecheckt hatten. Es war unglaublich, es fühlte sich so viel länger an. Das vergangene Jahr dagegen – das Jahr, das ich in Paris verbracht hatte: Es kam mir im Vergleich höchstens wie ein verlängertes Wochenende vor. Mein Zeitgefühl war wirklich im Eimer. Es war verrückt. Fast beängstigend. Aber auf eine unterhaltsame Weise beängstigend, wie eine richtig gute Geistergeschichte, so was wie *The Sixth Sense* oder *Jacob's Ladder*. Wobei mir wahrscheinlich jeder Psychiater einen Vogel gezeigt hätte, wenn ich ihm das so erklärt hätte.

Doch schlafen konnte ich aus einem anderen Grund nicht. Ich hatte das Display ihres Handys gesehen, bevor Zoe die *Skype*-App angetippt hatte, und das war, als hätte ich plötzlich die Zündvorrichtung einer Bombe gesehen.

Die Bettdecke raschelte, als ich mich bewegte. Ich schaute vom Fenster zur Decke und dann wieder Zoe an. Ihr Atem berührte mich an der Schulter. Ich ertappte mich dabei, dass ich betete. Betete! Ich. Wenn ich jemals eine Kirche von innen gesehen hatte, dann höchstens auf Reisen, wenn mich meine Eltern unter übelsten Drohungen in eine gezerrt hatten. Aber so war das eben. Da konnte ich noch so ungläubig sein. Ich betete. Ich wollte nicht mehr zurück nach Paris. Ich würde wieder hierherziehen. Vielleicht zu meinem Vater – wenn sich der Sturm dort gelegt hätte. Falls er sich legen würde. Aber auch wenn nicht – falls mein Vater nicht wollte, dass ich zu ihm zog –, dann würde ich eben woanders wohnen. Irgendwas würde sich schon finden. Dafür betete ich jedenfalls.

Und dann würde ich zurück auf meine alte Schule wechseln. Egal, ob ich dadurch ein Schuljahr wiederholen musste oder nicht. All das waren Nebensächlichkeiten: die ungeklärte Wohnsituation oder die Frage, ob man ein Schuljahr wiederholen musste. So was von egal.

Das letzte Jahr, dieses Jahr in Paris, war mir vorgekommen, als hätte ich mein Leben durch ein gekipptes Fenster betrachtet. Ich hatte alles sehen können, hören, sogar riechen. Aber ich hatte nichts gespürt. Das war jetzt vorbei. Wenn ich an die tausend Menschen dachte, mit denen ich morgens in der Métro stand. Oder an die tausend, mit denen ich abends die Schule verließ – oder an die Unzähligen auf den Champs-Élysées, namenlos aneinander vorbeiströmend, an mir vorbeiströmend auf meinem Heimweg. Dann wusste ich jetzt, wo ich hingehörte.

Mein Leben? Fing gerade erst an! Und alle Fragen, alle Probleme spielten keine Rolle mehr für mich – solange ich Zoe hatte. Nicht mal Zoes Schwangerschaft war noch ein Problem. Probleme gab es überhaupt nicht mehr.

Bis auf eines jedenfalls. Aber ob das wirklich ein Problem war, hing von Zoe ab. Vielleicht war es für sie ja bloß eine Zahl auf dem Display ihres Handys und mehr nicht. Das hoffte ich immerhin.

»Hey«, sagte Zoe.

»Hey.« Ich drehte mich zu ihr um.

Zoe wischte sich die Haare aus dem Gesicht. »Kannst du nicht schlafen?«

»Nein.«

»Warum nicht?« Sie schaute mir so in die Augen, dass sich ihr Blick schon anfühlte wie ein Kuss.

»Vor Glück vermutlich«, sagte ich, um meine Sorge zu überspielen. »Ich hoffe, du läufst nicht weg, wenn ich so was sage.«

Sie lächelte. »Dafür bin ich noch zu müde. Vielleicht später.« Dann legte sie ihren Kopf auf meinen Arm, und ihre Haare bedeckten meine Schulter, wo ich vorher ihren Atem gespürt hatte wie ein Versprechen auf mehr. So lagen wir da und hielten einander fest – Minuten? Stunden? –, bis Zoe schließlich sagte: »Paul?«

»Ja?«

»Ich habe hundertsiebenundzwanzig neue Nachrichten.«

29

Hundertsiebenundzwanzig! Mailbox, E-Mail, Textnachrichten. Und *ich* hatte mich einen ganzen Tag lang damit abgequält, bei ihr nicht wie ein Dackel rüberzukommen, der sein Frauchen anfiept! Wenigstens waren nicht alle Nachrichten von Leif, ein paar waren von Zoes Mutter und von Lisa. Aber nur ein paar.

Ich gab mir Mühe, gelassen zu wirken. Trotzdem. HUNDERTSIEBENUNDZWANZIG! Und leider war das auch nicht bloß die Summe von ein paar Zahlen auf dem Display ihres Handys. Die Anzahl bedeutete Zoe was.

Es war natürlich auch ein Weckruf für mich. Der irgendwann sowieso gekommen wäre: Der Bankautomat hatte die Kreditkarte meines Vaters bei meinem letzten Besuch eingezogen. Das Geld, das ich noch hatte, würde nicht ewig reichen. Und irgendwann musste Zoe auch wirklich ihre Entscheidung treffen. Kein Urlaub ließ sich ewig verlängern. Sonst wäre es kein Urlaub.

Wir trafen Leif in der Wohnung, die Zoe mit ihrer Mutter teilte. Es war das erste Mal, dass ich *in* ihrer Wohnung war. Es gab ein enges Schlafzimmer, das Zoe gehörte. Ihre Mutter hatte eine ausziehbare Couch im Wohnzimmer, wo auch eine kleine Küchenzeile untergebracht war. Dort lief eine Waschmaschine neben dem Ofen. Sie schleuderte gerade in den letzten Zügen einen weißen Ring aus Handtüchern. Dann wurde sie leiser und langsamer, als würde sie die Lust daran verlieren.

Neben der Küche ging es auf einen Balkon, wo gerade mal ein Tisch draufpasste. Er war mit Brandflecken verziert, trotz Aschenbecher, und die zwei Stühle am Tisch sahen aus, als wären sie an der Sitzfläche und Rückenlehne nur mit gelber Wäscheleine umwickelt. Am Balkongeländer hingen Blumenkästen mit Kräutern darin, und passend zum Anlass unseres Gesprächs gab es dann auch Kräutertee. Aus vier verschiedenen Tonbechern, die aussahen wie vom Flohmarkt, genau wie die vier verschiedenen Stühle drinnen am Esstisch, einem kleinen runden Tisch mit narbiger Holzplatte.

Wir setzten uns. Erst Leif, dann ich, dann Zoe und zuletzt ihre Mutter.

Alles schien klein an dieser Wohnung. Und alt. Aber gemütlich, einladend. Vielleicht ein bisschen zu klein für zwei Personen, vielleicht aber auch gerade richtig. Aber drei – also zwei plus ein Baby – wären definitiv einer zu viel. Ich fragte mich auch, ob Zoes Mutter einen Freund hatte. Ob sie erleichtert wäre, wenn Zoe bald ausziehen würde. Oder ob sie wehmütig deswegen war.

Ich fragte mich das, weil sie so undurchschaubar schien. Sechsunddreißig, wenn ich richtig gerechnet hatte, immer noch hübsch, kein Wunder bei der Tochter, aber nicht mehr jung. Es war nicht so, dass sie lauter Falten hatte, aber man erkannte einfach, dass sie mehr erlebt hatte als zum Beispiel ich. Sie hatte auch mehr erlebt als Leif. Obwohl auch Leif in letzter Zeit einiges erlebt hatte, zum Beispiel seinen kleinen Zusammenprall mit Bizeps und Trizeps. Aber vielleicht sogar noch mehr als Leif hatte Zoe erlebt. Ich war jedenfalls eindeutig das Nesthäkchen in dieser Runde.

Zoes Mutter stellte wenigstens nicht infrage, dass auch ich daran teilnahm. Leif grummelte nur irgendetwas. Aber nicht sehr laut. Wir benahmen uns eigentlich alle sehr zivilisiert. Da der Tisch rund war, war es schwer zu sagen, ob ich mehr neben Zoe saß oder eher ihrer Mutter gegenüber. Zoe saß jedenfalls definitiv Leif gegenüber.

Passend zum Kräutertee war das Wohnzimmer in grünliches Licht getaucht, das von den Bäumen draußen hereinfiel. Der Himmel war bedeckt, ein dickes durchgehendes Weiß – zum Glück keine Regenwolken. Ich hatte so schon ein mulmiges Gefühl, ahnungsvoll graue Regenwolken hätten mir den Rest gegeben. Auch wenn ich mir einredete, dass es sich hier ja nur um ein Gespräch handelte.

Leif war sicher kein anderer Mensch geworden. Mich zum Beispiel konnte er immer noch nicht leiden – da musste man nicht zweimal hinschauen. Aber das beruhte ja auf Gegenseitigkeit.

Nur äußerlich wirkte Leif fast wie ein anderer Mensch: der Arm war eingegipst, das eine Auge hinter einer Klappe versteckt, die Nase mit einem Pflaster verziert – und, ach ja, der Bart war ab. Ich weiß nicht, ob das symbolische Gründe hatte. Vielleicht auch medizinische, wegen der Verletzungen im Gesicht. Man merkte ihm auf jeden Fall an, dass er ein paar Tage Zeit gehabt hatte, nachzudenken.

Wir verzichteten alle vier auf jeglichen Small Talk. Zur Begrüßung gab es nur ein gedämpftes Hallo für jeden. Leif sah sicher am auffälligsten von uns aus. Zoes Mutter wirkte schon immer – also die paar Male, die ich ihr begegnet war – wie eine

Pokerspielerin auf mich. (Ich hatte trotzdem das Gefühl, dass sie Leif mehr mochte – oder ihm mehr zutraute als mir. Und ich ertappte mich dabei, dass mich das wurmte, selbst wenn es nur ein Gefühl war – mein Gefühl.)

Die größte Veränderung hier an diesem Tisch war allerdings mit Zoe passiert. Es gab so was wie eine unsichtbare Verbindung zwischen ihr und Leif, an die sie angedockt hatte seit ihrem ersten Blickwechsel. Leif war vielleicht doch ein anderer Mensch geworden. Ein bisschen jedenfalls. Nicht für mich. Aber für Zoe.

Diese Veränderung spielte sich direkt vor meinen Augen ab. Es war für mich wie eine Wahrnehmungsverschiebung, wie man sie zu Beginn oder am Ende eines Rausches hat. Als würde irgendetwas nicht stimmen. Ich sah ein Zucken – nur ein winziges Zucken an Zoes Mund. Dann schluckte sie es hinunter, schluckte die Tränen hinunter, die in ihr hochkommen wollten. Es umgab sie jetzt eine Aura von Verletzlichkeit, die Leif langsam einschloss, so kam es mir vor. Und er wirkte auf einmal wie jemand, der etwas gelernt hatte.

Weil er sich einen mächtigen Arschtritt von Bizeps und Trizeps eingefangen hatte – deswegen? Vielleicht. Vielleicht muss man sich ja einfach mal selber richtig wehtun, um zu begreifen, dass man *anderen* auch wehtun konnte. Vielleicht war das aber auch zu einfach gedacht.

Jedenfalls stieg da eine Ahnung in mir hoch. An diesem runden Tisch. Langsam. Und dann war diese Ahnung da – und nicht mehr wegzukriegen. Wir hatten bis dahin alle noch nichts gesagt bis auf unsere Hallos. Nur dass Zoe von ihrer Mutter zur Begrüßung auch noch in den Arm genommen worden war. Es war eine Begrüßung, die Zoe dankbar erwidert hatte.

Was meine Wahrnehmungsverschiebung betraf – ich hatte mir bis dahin folgende Geschichte zurechtgebastelt, nach den spärlichen Informationen, die Zoe von sich gegeben hatte, und den Informationen von Leif im Krankenwagen: Die beiden begegnen sich zufällig am Eingang eines Klubs. Ein paar Drinks später springen sie von der Bar über die Tanzfläche in seinen *Mercedes*. Danach treffen sie sich gelegentlich. Aber es ist nichts Ernstes, beide sind sich da einig. Nur Zoe sieht das leider irgendwann anders. Da erfährt sie von Emma. Und das war's dann für Leif, was den Sex auf der Rückbank betraf, jedenfalls den mit Zoe. Ein bisschen später, aber ungefähr in dem Zeitraum komme ich ins Spiel. Anfangs bin ich für Zoe auch nur irgendein Typ, der ihr an den Rock will. Aber dann – ich will jetzt nicht sagen: *erliegt sie meinem Charme* – aber sie öffnet sich ihm ein bisschen. Ich bin natürlich auch eine willkommene Ablenkung. Und einer, mit dem man Leif ärgern kann, was der ja aus ihrer Sicht durchaus verdient hat.

Aber dass Zoe sich auch *in mich* verliebt hatte? Das war wohl ein bisschen zu weit gegriffen, wie ich jetzt merken musste. Ich dachte an den Satz, den ich mehr als einmal von ihr gehört hatte: *Du darfst dich nicht in mich verlieben!* Jetzt ergab er einen Sinn. *Sie* hatte sich in Leif verliebt. Sie hatte ihn vielleicht zum Teufel gejagt, aber sie war immer noch in ihn verliebt. Vielleicht hatte sie sich auch deswegen auf mich eingelassen. Als kleine Starthilfe – um über ihn hinwegzukommen. Und dann hatte sie gemerkt, dass sie schwanger war. Von Leif.

Und dieser Leif, in den sie immer noch verliebt war, saß ihr jetzt gegenüber und machte einen ziemlich geläuterten Eindruck. Und er sah auch noch ziemlich gut dabei aus – richtig verwegen mit seiner Augenklappe.

Und ich? Ich hoffte natürlich trotzdem noch, dass ich Zoe von ihm kurieren konnte. Ich hatte ja auch ein bisschen Boden gutgemacht in den letzten Tagen. Hoffte ich.

Aber dieser Leif sagte jetzt: »Ich glaube dir, Zoe. Es war scheiße von mir, dich wegzuschicken, als du mir gesagt hast, dass du schwanger bist. Das mit dem Vaterschaftstest hätte ich sicher auch ein bisschen netter verpacken können. Aber ich hab Panik bekommen. Das ist keine Entschuldigung. Also, ich möchte mich gerne bei dir entschuldigen – denn dass ich Panik hatte, entschuldigt natürlich nichts.«

Er sagte das mit genau der richtigen Portion Demut, in der genau richtigen Lautstärke – und einem Tonfall, dem man noch stundenlang hätte zuhören können. Und trotzdem klang es nicht einstudiert. Ich war machtlos dagegen.

Zoe wirkte immer noch sehr verletzlich. Sie hatte Leif zugehört – mit einem ganz kurzen Zweifeln anfangs, das aber schnell verflogen und einer Erleichterung gewichen war. Sie schien zwar immer noch sauer auf ihn zu sein. Doch sie ließ ihn weiterreden. Und mehr schien er momentan gar nicht zu wollen. Er sagte: »Ich möchte helfen, Zoe. Egal, wie du dich entscheidest. Und wenn du das Kind bekommen willst, möchte ich auch für das Kind da sein.«

»Und wie stellst du dir das vor?«, fragte Zoe.

»Jetzt mal nichts überstürzen!«, unterbrach ihre Mutter genervt. Ihre erste Wortmeldung.

Wie ein vergeblicher Pfiff eines Schiedsrichters. Denn Leif sagte – nur zu Zoe: »Du bestimmst. Ich zahle. Ich weiß noch nicht, wie, aber ich werde das hinkriegen – das schwör ich dir.«

»Okay, Auszeit!«, sagte Zoes Mutter laut. »Auszeit!« Und dieser Pfiff galt. Alle waren wieder still.

Ich sowieso. Was hätte ich auch sagen sollen? Jetzt kam ich mir vor wie ein Statist. Ein Statist in einem Actionfilm, bevor er erschossen wird. Er hat noch kurz diesen ungläubigen Ausdruck im Gesicht und dann ist es schon vorbei.

Zoes Stuhl machte ein unangenehmes Geräusch auf dem Holzfußboden. Sie stand auf und verschwand um die Ecke, im Bad vermutlich.

Schweigen am Tisch. Irgendwann wurde es unerträglich – nur nicht für Zoes Mutter, die mich und Leif beobachtete: wie ein Sheriff mit gezücktem Colt, als würde sie bloß auf eine falsche Bewegung warten.

»Was ist mit deinem Auge?«, fragte ich Leif.

»Musste gelasert werden. Netzhaut. Wird aber wieder. Der Arm auch.«

Ich nickte. Wartete ich auf ein Dankeschön, weil ich für ihn einen Krankenwagen gerufen hatte? Nein. Das spielte keine Rolle mehr. Denn dann war Zoe zurück und die Badtür donnerte hinter ihr ins Schloss.

»Okay! Warum?«, fragte sie. »Warum jetzt auf einmal?«

»Wir hatten eine schöne Zeit –«, fing Leif an.

»Du hattest eine Freundin!«, unterbrach ihn Zoe. »Oder *hast*!«

»Nein, *hatte* stimmt schon. Also, jetzt stimmt es jedenfalls.« Leif räusperte sich. »Du hast natürlich recht. Aber du wusstest das!«

»Erst mal nicht!«

»Ja, auch wieder wahr. Aber – wir hatten auch danach eine schöne Zeit. Als du es gewusst hast. Was ich sagen will, ist – vielleicht können wir daran ... anknüpfen. Versteh mich nicht falsch. Ich meine, als Freunde.«

Als Freunde! Aber was hätte ich tun sollen? Leif unterm Tisch mal ans Schienbein treten? Bei seinen Verletzungen wäre das wahrscheinlich nicht gerade gut angekommen. Zoes Mutter hätte ihm vermutlich sofort ein Kühlpack gebracht.

Zoe verschwand wieder im Bad. Als sie zurückkam, schaute sie *mich* an. Es war eine Aufforderung, zu gehen, und ich war unglaublich erleichtert. Ich folgte ihr zur Wohnungstür. Erst da merkte ich, dass das mit der Aufforderung zwar stimmte, aber dass nur ich damit gemeint war. Zoe sagte mir, dass sie darüber nachdenken müsse. Was Leif gerade gesagt hatte. Allein nachdenken.

Ich bekam keine Luft mehr. Mein Hals war zugeschnürt. Wundersamerweise brachte ich trotzdem noch über die Lippen, dass ich dann im Hotel auf sie warten würde – und als Zoe nickte, verließ ich nicht ganz ohne Hoffnung die Wohnung.

Auf halber Treppe hörte ich Zoes Mutter hinter mir. Ich war immer noch wie gelähmt und konnte nicht schneller gehen. Im Erdgeschoss hatte sie mich eingeholt und nahm meine Hand. Sie führte mich zum Sandkasten. Dort setzten wir uns auf die Parkbank, auf der wir schon mal zusammen gesessen hatten. Es tröpfelte. Nur ein bisschen, es wurde kein Regen daraus. Man sah die Tropfen nur im Sand und auf dem Zigarettenpapier, das Zoes Mutter zerknüllte, bevor sie ein neues aus der Packung zupfte und sich eine dünne Zigarette drehte. Sie bot mir ihren Tabak an. Ich schüttelte den Kopf, obwohl es wahrscheinlich der passende Moment gewesen wäre, um mit dem Rauchen anzufangen.

»Ich möchte, dass du mir jetzt zuhörst«, sagte Zoes Mutter erstaunlich sanft. »Kannst du das?«

Ich nickte aus reiner Neugier. Außerdem hoffte ich da noch,

dass Zoe aus dem Hauseingang stürmen und mir um den Hals fallen würde. *Zum Glück bist du noch da!*

Aber das passierte nicht. Stattdessen sagte Zoes Mutter: »Ich will, dass du das verstehst. Was zwischen den beiden gelaufen ist. Ich will, dass du das verstehst, weil ich mich noch gut erinnern kann, wie das ist, wenn man so was nicht versteht. Und dann rätselt und grübelt man und macht sich Hoffnungen und wird fast verrückt.«

»Ich glaub, ich weiß schon, was passiert ist«, sagte ich.

»Lass es mich trotzdem erzählen. Nur um sicherzugehen. Okay? Die beiden haben sich kennengelernt, da ist Leifs Freundin gerade zu ihm gezogen. Es hat nicht gekriselt oder so. Überhaupt nicht. Er war sogar ganz glücklich. Aber dann hat er Zoe getroffen. Und auf einmal gab es da zwei Frauen in seinem Leben.«

»Hat *er* Ihnen das erzählt?«

»Ja, hat er.«

»Und Sie glauben ihm?«

»Warum sollte er mich anlügen? Er hat sich schon danebenbenommen, er ist eh unten durch bei mir. Das weiß er.«

»So sah das aber gerade nicht aus.«

»Paul – hier geht es um meine Tochter. Dass er jetzt doch Verantwortung übernehmen will, finde ich gut. Aber deswegen sind wir noch lange nicht per du, er und ich. Noch sehr lange nicht. Also, nehmen wir einfach mal an, er sagt die Wahrheit. Mir kommt seine Geschichte nämlich nicht ganz fremd vor und dir vielleicht auch nicht. Es gab also auf einmal zwei Frauen in seinem Leben. Und die, mit der er eigentlich zusammen war, konnte überhaupt nichts dafür. Er hat sie geliebt, zumindest hat er das gedacht, und dann hat er sich in Zoe verliebt.

Aber um rauszufinden, ob er seine Freundin vielleicht doch noch liebt, hat er Zoe um eine Auszeit gebeten. Und ungefähr da, in diesem Zeitraum, musst du ins Spiel gekommen sein.«

Ich schüttelte den Kopf. »Und Sie finden das in Ordnung, dass er seine Freundin betrogen hat?«

»Wenn mir das selber nicht auch schon mal passiert wäre, fände ich es bestimmt richtig beschissen.«

Ich gab mir einen Ruck und stand auf.

»Sie sagen, dass mir das bekannt vorkommen könnte, diese Geschichte von Zoe und Leif. Ich weiß, worauf Sie hinauswollen. Aber mir passiert mit Zoe nicht dasselbe, was Zoe mit ihm passiert ist.« Keine Ahnung, ob ich das Zoes Mutter oder mir einreden wollte. Ich sagte: »Denn *unsere* Geschichte ist noch nicht zu Ende!«

»Ihre aber auch nicht«, sagte Zoes Mutter mit Blick auf einen Balkon im dritten Stock, auf dem man die zwei gelb umwickelten Stühle erkennen konnte. »Du hast die beiden doch gerade gesehen.«

Ich atmete einmal tief durch, um den Schrei, der aus mir herauswollte, zu unterdrücken. »War's das?«, fragte ich.

Zoes Mutter drückte ihre Zigarette auf der Unterseite der Parkbank aus. »Eines noch.« Sie schaute mich mit ihrem Pokerface an – und erdolchte mich dann mit Worten: »Danke. Dass du dich um meine Tochter gekümmert hast.«

Ich werde immer für sie da sein!, dachte ich. Es lag mir schon auf der Zunge. Aber ich spürte, wie mein Kinn zitterte. Das in mir war gar kein Schrei gewesen. Sondern dummerweise Tränen. Also sagte ich lieber nichts mehr. Und ging einfach.

233

TEIL VIER

30

Und so wartete ich auf Zoe. In unserem kleinen Hotelzimmer, das gespenstisch einsam geworden war ohne sie. Ich wartete und wartete, es war die Hölle – nur noch eine Etage tiefer. Ich weiß nicht genau, wie lange das so ging. Es müssen zwei oder drei Tage gewesen sein. Mein Zeitgefühl war immer noch im Eimer.

Auch mein Geld wurde knapp. Meine Tage in diesem Hotel waren gezählt. Aber ich blieb, weil ich da sein wollte, wenn Zoe zurückkam. Dass sie vielleicht gar nicht zurückkommen würde – diesen Gedanken bekämpfte ich, sobald er aufpoppte, ich löschte ihn in meinem Kopf wie eine nervige E-Mail. Anscheinend führte ich Selbstgespräche dabei, denn irgendwann rief jemand »Ruhe!« aus dem Nachbarzimmer und klopfte gegen die Wand.

Ich ließ ihn klopfen.

Meistens saß ich auf dem Fensterbrett und schaute runter auf die Straße. Denn die Straße führte zum Hoteleingang und ich war immer sprungbereit. Sobald Zoe käme, würde ich runterrennen und ihr entgegenlaufen. Aber das passierte nur in meinen Tagträumen.

Manchmal fühlte es sich fast unwirklich an, dass Zoe nicht

bei mir war. So, als wäre sie nur kurz im Bad – um dann gleich wieder in meine Arme zu kommen und mit mir gemeinsam hier aus dem Fenster zu schauen. Aber auch das passierte nicht.

Es gab nur Autos dort unten, deren Scheinwerfer irgendwann zu leuchten begannen, und Menschen – Fremde! – und irgendwann immer weniger davon. Bis nur noch vereinzelte Nachtschwärmer aus Taxis stiegen oder aus der Trambahn an der Kreuzung vorne. Und das, obwohl es die gleiche Trambahn war, mit der wir hierhergefahren waren!

Ich sah die insektenkleinen Menschen aussteigen und in alle Richtungen verschwinden – aber keiner von ihnen war Zoe. Jedes Mal kam mir das wie ein großer kosmischer Fehler vor. Irgendwann *musste* sie doch herkommen. Aber nein, nicht mal ein Anruf von ihr, nichts.

In diesen Momenten wurde mir langsam klar, dass es vorbei war. Doch diese Klarheit währte ungefähr eine Sekunde, dann hoffte ich genau das Gegenteil. Glaubte, dass Zoe mit jeder Sekunde, die verstrich, wieder einen Schritt näher bei mir war. Dass das Warten bald ein Ende hätte. In *jenen* Momenten war ich so überzeugt davon, dass ich laut loslachte.

Bis es wieder an der Wand klopfte.

Ich aß nur gelegentlich. Wenn der Hunger unerträglich wurde. Dann ging ich in das italienische Lokal gegenüber oder in den vietnamesischen Imbiss an der Ecke. Ich ging *nur* dorthin – weil Zoe mich dort finden würde. Vorher hinterließ ich jedes Mal an der Rezeption eine Nachricht, wo ich war. Auch wenn sich mein Gentleman-Status dadurch langsam auflöste. Das war mir egal.

Ich setzte mich an einen der Gehsteigtische vorm Eingang

oder beim Vietnamesen ans Fenster, wo ich das Hotel im Blick hatte. Manchmal, wenn ich kurz die Augen schloss, hatte ich fast das Gefühl, dass Zoe schon neben mir säße. Aber manchmal war sie auch fern wie eine Tote.

In diesen Momenten warf ich alles hin. Ich zahlte, stand auf und irrte durch die Stadt. Doch irgendwann stand ich dann nachts zum Beispiel vor dem Schwimmbad, in dem wir einen glänzenden Nachmittag verbracht hatten. Oder unter dem Olympiaturm.

Manchmal ging ich auch ins Kino – in einen Film, den ich schon mit Zoe gesehen hatte. Und dann war Zoe mir wieder so nah, dass ich zurückrannte ins Hotel, weil ich spürte, dass sie dort auf mich wartete. Warten musste. Und es überraschte mich jedes Mal, wenn man mir an der Rezeption versicherte, dass niemand nach mir gefragt hatte.

Dann ging ich wieder raus, weil ich es im Zimmer nicht aushielt. Ich setzte mich auf die Gehsteigkante wie ein Besoffener. Beim Anblick des abgerissenen Kinotickets in meiner Hand hätte ich heulen können wie ein Idiot. Weil es sich so echt angefühlt hatte – dass Zoe auf mich warten würde. Weil es so gepasst hätte! Weil das ganze Universum dann wieder im Lot gewesen wäre.

Manchmal glotzte ich auch stundenlang Jonas' Handy an. Ich war mir auf einmal sicher, dass ich es durch pure Gedankenkraft zum Klingeln bringen könnte – und Zoe wäre am anderen Ende der Leitung. Natürlich funktionierte das nicht. Einmal funktionierte es so halb, aber da war nur Jonas in der Leitung. Er rief an, weil er sichergehen wollte, dass sein Handy noch existierte – nachdem er es jemandem *wie mir* geliehen hatte. Das sagte er jedenfalls. Und vielleicht war es ganz gut, dass er in dem Augenblick angerufen hatte. Vielleicht wäre ich sonst komplett verrückt geworden.

Warum *ich* Zoe nicht anrief, weiß ich selber nicht genau. Ich wollte nicht wie ein Bettler rüberkommen, wahrscheinlich deswegen. Es fiel sogar mir auf, dass ich in den zwei, drei Tagen ziemlich armselig unterwegs war. Im Hotel beäugten sie mich jedes Mal ein wenig skeptischer, wenn ich an der Rezeption vorbeiging. Am liebsten hätte ich mir eine Hand vors Gesicht gehalten wie ein Filmstar, der nicht fotografiert werden will.

Nachts konnte ich auch nur schlafen, wenn ich mir das Handtuch, dass wir für Zoe an der Freibadkasse gekauft hatten, aufs Kopfkissen legte. Es war, als würde mein ganzes Leben davon abhängen, dass Zoe zu mir zurückkam.

Natürlich gab es noch einen Grund, warum ich sie nicht anrief. Jemand anderes hatte sich schon an die hundertzehnmal bei ihr gemeldet. Das war einfach nicht mein Ding. So wollte ich nicht sein. Also schrieb ich ihr nur eine Textnachricht: *Wie geht's dir?* Mehr nicht. Ich bekam auch keine direkte Antwort darauf. Aber eines Abends blinkte mit dem Geräusch aufsteigender Wasserblasen eine Gegenfrage auf dem Display auf.

Wo bist du gerade?

Es war Zoe. Es war tatsächlich Zoe! Ich hatte es gewusst.

Das Warten hatte ein Ende.

Ich textete ihr, dass ich auf der zweiten Plattform des Olympiaturms stand und runter auf die leuchtende Stadt schaute, und als sie das prompt mit einem *Süß!* kommentierte, war meine Welt schlagartig wieder in Ordnung. Es war, als stellte man ein Fernglas scharf und auf einmal erkennt man etwas. Meine innere Uhr fing auch wieder an zu ticken. Es war einundzwanzig Uhr siebzehn an einem Dienstag im Juni.

Zoe schlug vor, dass wir uns am Stachusbrunnen trafen. Das zweite gute Zeichen! Zwei, drei Pirouetten von dort und man war an der Trambahnstation und dort wiederum stand man schon mit halbem Fuß in unserem Hotelzimmer.

Ich konnte Zoe bereits am Brunnen sehen, als die Trambahn, die ich genommen hatte, kurz vor der Haltestelle langsamer wurde. Ich hätte am liebsten das Fenster eingeschlagen und ihr was zugerufen. Als die Türen endlich aufgingen, stieg ich als Erster aus und sprang über das Geländer, rannte zwischen den Autos hindurch über die Straße, ließ gerade noch einen schimpfenden Radfahrer vorbei und rief »Zoe!«, als sie sich suchend nach mir umschaute. Sie drehte sich in meine Richtung. Sie lächelte. Immer noch kein Spott im Blick. Ich wollte sie nicht überfallen, also lächelte ich nur zurück, während ich auf sie zuging. Und dann stand ich vor ihr.

»Hey«, sagte sie.

»Hey.«

So ungefähr hatte ich mir unser Wiedersehen vor einer Woche vorgestellt, an der kleinen Holzbrücke hinter der Scheune im Englischen Garten – wenn Zoes Schwangerschaft nicht dazwischengekommen wäre: recht entspannt, zwanglos, vielleicht der Anfang von etwas.

Aber dann wurde alles ganz anders, denn irgendwas kommt einem ja anscheinend immer dazwischen im Leben. Einen Anfang hatten wir trotzdem gemacht.

Und jetzt ging es weiter.

Doch dann sagte Zoe, ohne auch nur zu blinzeln: »Es tut mir leid, Paul, aber es ist vorbei. Das mit uns.« Es war, als hätte sie eine Pistole gezogen, die ich jetzt erst bemerkte. Nachdem sie geschossen hatte.

Vielleicht wollte sie nur fair sein und es kurz und schmerzlos machen. Es gibt wahrscheinlich nur eines, das unangenehmer ist, als mit jemandem Schluss zu machen: und das ist, der zu sein, mit dem Schluss gemacht wird. Nach der ersten Schocksekunde war ich auch nicht mehr *ganz* überrascht. Es war, als hätte ich mich in den letzten zwei, drei Tagen innerlich schon auf dieses Ende vorbereitet. Wie ein Sterbender, der sich noch ans Leben klammert, bis ihm die Kraft ausgeht.

Ich starrte Zoe an – die keine Show abzog, nicht auf Mitleid machte, sich aber auch nicht hinter einem Panzer aus scheinbarer Gefühllosigkeit versteckt hatte. Sie sagte einfach, was los war.

»Ich wollte dir das persönlich sagen.«

Sie sah müde aus, aber nicht schlimm, ungefähr so, als wäre sie nach einem Nachmittagsschläfchen auf der Couch gerade erst aufgestanden. Sie war ungestylt, ähnlich wie vor der Haustür ihrer Freundin Lisa, aber ihre Augen waren nicht verweint, sie war gefasst.

Sie sah toll aus! Sie sah aus, als müsste ich sie nur in den Arm nehmen und sie würde mir ins Ohr lachen. Ich machte also einen vorsichtigen Schritt auf sie zu – und sie wich einen kleinen Schritt zurück. Dann nahm sie meine Hand. Plötzlich hatte ich das Gefühl, dass eine Grenze zwischen uns verlief – zwischen unseren Körpern, obwohl wir uns Haut an Haut berührten. Ich zog meine Hand wieder zurück. Zoe lächelte ihr neues Lächeln. Tätschelte meinen Arm.

»War das ein Tipp von deiner Mutter? Es mir persönlich zu sagen?« Ich meinte das gar nicht böse, mehr so als Eisbrecher, um die betretene Stimmung wegzuwischen.

Na ja, vielleicht meinte ich es auch ein bisschen böse.

»Ich schätze, das hab ich mir verdient, hm?«, sagte Zoe.

»Das ist die Rache für das *Süß!*, das du mir getextet hast.«

Zoe lachte kurz auf. Dankbar, dass ich es ihr nicht schwermachen wollte.

»Was hast du jetzt vor?«, fragte ich sie wie betäubt.

»Genau weiß ich das noch nicht.«

Ich nickte – um irgendwas zu tun.

Zoe sagte: »Aber sei mir nicht böse, wenn ich mich erst mal nicht bei dir melde.«

Wieder nickte ich. Als würde mich jemand fernsteuern.

Dann nahm ich Jonas' Handy und tippte mich durch die Kontakte. Ich löschte den von Zoe vor ihren Augen. Eigentlich war es lächerlich, es war ja nicht mal mein Handy. Aber es war eine spontane Entscheidung. Ich wollte Zoe wohl damit ein bisschen wehtun. Ich wusste allerdings auch, dass ich sonst ständig auf eine Nachricht von ihr gewartet hätte. Und ich weiß nicht, ob ich *keine* Nachricht von ihr verkraftet hätte. Feige. Das war es. Eigentlich. Wenn man genauer darüber nachdachte. Doch in erster Linie sollte es verletzend sein.

»Kein Stress«, sagte ich. Einen Moment später tat mir das schon wieder leid. Aber da war es zu spät. »Ich drück dir die Daumen, dass alles gut wird«, schob ich hinterher.

»Danke.«

»Auch wenn Leif ein Arschloch ist.« Ich wendete alle Kraft, die ich noch hatte, auf, um ein Grinsen in mein Gesicht zu pusten. Es funktionierte halbwegs, Zoe lachte wieder.

Aber ich wollte nicht gehen. Ich wollte jede Sekunde, die sie mir hier noch gab, mitnehmen. »Sag also nicht, ich hätte dich nicht gewarnt!«, sagte ich.

»Nein.« Zoe schüttelte den Kopf, wie um das zu unterstreichen. »Mach's gut, Paul!«

»Du auch.«

Sie gab mir einen Kuss zum Abschied und umarmte mich. Da zerriss es mir doch noch das Herz. Aber Zoe hatte sich schon umgedreht und ging durch das Karlstor in Richtung Marienplatz, und irgendwann verschwand sie in der frühsommerlich fröhlichen Menschenmenge, während ich mich auf einem der Steinklötze niederließ, die den abendlichen Stachusbrunnen umgaben.

Ich blieb ewig dort sitzen. Irgendwann sperrte sogar das *McDonald's* zu. Da war ich gerade zu dem Schluss gekommen, dass alles, was zwischen Zoe und mir passiert war, keine Bedeutung gehabt hatte: Zoe hatte mich nie geliebt. Ich war nur ein Mittel gegen ihren Liebeskummer gewesen. Ein Mittel mit begrenzter Wirkungsdauer.

Es *konnte* überhaupt keine richtige Liebe gewesen sein. Dafür waren unsere Gefühle, so wie es ausschaute, zu sehr im Ungleichgewicht. Und auch wenn *ich* sie wirklich geliebt hatte – was war so eine Liebe wert? Letztlich weniger als das, was zwischen Zoe und Leif war.

Oder war es etwas Eigenes?

Nein. Bestimmt nicht. Alles war scheiße. Ende.

Das Telefon rettete mich. Sofort flammte meine Hoffnung wieder auf. Natürlich. Doch es war nicht Zoe. Auch nicht Jonas. Diesmal war es Emma.

»Rate mal, was ich in der Hand halte«, sagte sie.

»Mir ist gerade nicht nach Ratespielen.«

»Deinen Flyer.«

»Was? Wo hast du den denn her?«

»Hier. Am Boden gefunden. Am Hauptbahnhof.«

»Ist ja'n Ding«, sagte ich. »Sie hat gerade mit mir Schluss gemacht. Falls man das so nennen kann – wenn man nie wirklich zusammen war.«

Emma reagierte nicht überrascht am anderen Ende der Leitung. Ich erfuhr, dass sie Leif im Krankenhaus besucht hatte. Den Rest konnte sie sich anscheinend selber zusammenreimen.

Ich erfuhr auch, dass ihr Zug erst in drei Stunden fuhr.

»Und was machst du dann schon am Bahnhof?«, fragte ich. »Mitten in der Nacht?«

»Ich hab bei meiner Chefin gewartet. Aber dann kam ihr Mann zurück. Er war total okay, aber irgendwie – irgendwie hab ich mich auf einmal fehl am Platz gefühlt. Und in irgendeiner Bar warten, das wollte ich auch nicht. Mir ist gerade alles ein bisschen zu laut. Hier am Bahnhof ist es wenigstens schön ruhig um diese Zeit.«

Ich war in zehn Minuten bei ihr. Sie wartete an Gleis dreiundzwanzig. Ich nahm ihr den Koffer ab. Er war erstaunlich leicht dafür, dass so viele Umzugskisten von ihr in Leifs Wohnung rumstanden. Auch Emmas Outfit war in dieser Nacht nicht so durchkomponiert. Also immer noch sehr chic, aber ein bisschen sonntagsschlampig, und sie sah ebenfalls müde aus. Dafür war sie nicht mehr so angespannt wie bei unserer ersten Begegnung. Es war, als hätte sie eine Last abgelegt. Sogar ihr Gesicht wirkte weicher. Sie lächelte ein bisschen, und zwei kleine sympathische Fältchen bildeten sich an ihren Mundwinkeln. Sie schob sich eine Haarsträhne hinters Ohr. Ihre Fingernägel waren unlackiert. Sie kam mir richtig jung vor in diesem Moment.

Aber wahrscheinlich war sie nur müde. Und da waren wir

immerhin schon zu zweit. »Wo geht's denn überhaupt hin?« Ich deutete auf die Gleisanzeige. »Berlin? Oder Hamburg?«

»Erst mal nach Berlin«, sagte Emma. »Zu meiner Schwester.«

Ich wartete darauf, dass sie weitersprach, aber das tat sie nicht, und ich hakte nicht nach. Nicht weil es mich nicht interessierte, sondern eher aus Höflichkeit. Sie schien eine Pause zu brauchen, also spazierten wir einfach durch die Nacht zum Hotel, das keine fünf Minuten vom Hauptbahnhof entfernt lag.

Ich sperrte das Zimmer auf und ließ ihr den Vortritt. »Und dein Job?«, sagte ich schließlich.

Emma kickte ihre Schuhe in die Ecke. »Ich darf doch, oder?« Sie ließ sich aufs Bett fallen.

»Klar«, sagte ich. Ich stopfte mir eines dieser überdimensionalen Hotelkissen in den Rücken, setzte mich zu ihr und legte ebenfalls die Füße hoch.

Emma drehte den Kopf in meine Richtung. »Meine Chefin hat mir netterweise Urlaub gegeben.«

»Urlaub klingt gut.«

»Vielleicht nehm ich auch eine Auszeit und mach dann was ganz anderes.«

Ich nickte. Dann sagte ich: »Hat Leif dir erzählt, dass das was Ernsteres war zwischen den beiden?«

»Ja. Hat eine Weile gedauert, aber – ja. Er hat sie an dem Abend, bevor ich bei ihm eingezogen bin, kennengelernt. Kannst du dir das vorstellen? Am Abend davor! Wenn er da zu Hause geblieben oder ins Kino gegangen wäre – dann wär alles anders gekommen. Jemand, den das Ganze nicht betrifft, würde wahrscheinlich sagen: Dumm gelaufen.«

»Und du, was würdest du sagen?«

»Wie, wenn mir das jemand ins Gesicht sagen würde? Wahrscheinlich würd ich ihm erst mal eine runterhauen. Bevor ich irgendwas darauf antworte.«

»Dann bin ich ja froh.«

»Warum?«

»Sonst hätte ich jetzt angefangen, mir Sorgen um dich zu machen.«

Emma lächelte. Ihr Lächeln hatte etwas von einer Pistole, die gerade durchgeladen wird. »Danke. Das musst du nicht. Aber nett von dir.« Sie drehte sich auf den Bauch und stützte sich auf die Ellbogen. Der Blick, den sie mir zuwarf, hatte etwas kühl Forschendes, Abschätzendes. Sie sagte: »Dass Leif ihr jetzt helfen will, hab ich auch erfahren, im Krankenhaus. Und dass er sie mehr liebt als mich und dass ihm das leidtut bla bla bla.«

»Bist du gar nicht sauer auf ihn?«

»Oh, ich war sogar ziemlich sauer!«

»Dafür wirkst du recht cool.«

»Ich mach nur gerade Pause. Mit Sauersein. Und du?«

»Ich weiß es nicht. Ich hab das Gefühl, dass ich nicht genug gekämpft hab.«

»Um ... Zoe?«

Es fiel ihr nicht ganz so leicht, ihren Namen auszusprechen. So cool, wie sie nach außen wirkte, schien sie innerlich nicht zu sein. Also hatten wir was gemeinsam. Mir fiel es auch nicht leicht, Zoes Namen zu hören.

»Ja«, sagte ich.

»Du hast vielleicht nicht gewonnen, Paul. Aber gekämpft hast du, soweit ich das mitgekriegt hab.«

»Nein. Ich meine heute Abend, als sie Schluss gemacht hat.«

»So was kann man jemandem nicht ausreden. Gut, vielleicht kann man es *manchmal*. Aber früher oder später geht das doch nach hinten los. Deswegen versuche *ich* mir einzureden, dass es wohl einfach nicht sein sollte mit Leif und mir. Und dass ich irgendwann noch verstehen werde, warum das so ist.«

»Und, funktioniert es? Das mit dem Einreden?«

Emma lachte und verpasste mir einen kumpelhaften Schlag auf den Arm. Die Distanz in ihrem Blick war auf einmal weg. Als wäre eine Schranke aufgegangen. »Vielleicht lerne ich ja nächste Woche meinen Traummann kennen?«, sagte sie. »Und dann ist das *nur* passiert, weil das mit mir und Leif nichts geworden ist.« Dann zerbröckelte ihr Lachen. »Und du?«, fragte sie. »Tut es sehr weh?«

»Jetzt gerade geht es«, sagte ich.

Emma rückte noch ein Stück näher. »Danke, dass ich mich hier ausruhen darf, Paul. Dafür geb ich dir einen Tipp. Sozusagen als Gegenleistung. Bist du bereit?«

Ich schaute sie vermutlich nicht allzu intelligent an. Sie sagte: »Das war die falsche Antwort.«

»Ich hab doch noch gar nicht geantwortet.«

»Davor, meine ich. *Dass es jetzt gerade geht.* Ganz falsch! Das nächste Mal sagst du – wenn du mal wieder Herzschmerz hast und eine Frau fragt dich, ob es wehtut – dann sagst du einfach: *Wenn ich ehrlich bin ...* Danach machst du eine dramatische Pause – aber nicht zu lang. Und dann sagst du: *Ja ...* Aber bitte schön nachdenklich. Verstanden? Tapfer, weißt du. Es muss immer noch männlich klingen.«

»Und dann?«

»Dann steigen die Trostsex-Chancen immens!«

Damit erwischte sie mich relativ unvorbereitet. Doch Emma störte das anscheinend nicht, sie sagte: »Es ist das einzige Mittel gegen Liebeskummer, das wirkt.«

»Ehrlich?«, fragte ich.

Emma lächelte und richtete mit einer yoga-artigen Bewegung ihren Oberkörper auf, wie eine sich aufbäumende Schlange. Sie kam mit ihrem Gesicht noch näher. Sie war sehr schön. Ihre eisblauen Augen, ihre blasse Haut, die Lippen, die wie fürs Küssen geformt waren. Wenn ich Emma ansah, fühlte sich das ein bisschen so an, als würden wir uns schon sehr lange kennen. Fast beruhigend.

Dann küsste sie mich. Ganz anders als Zoe. Emma war eindeutig Chef im Bett. Nicht dass ich etwas dagegen gehabt hätte. Überhaupt nicht. Es war unglaublich mit ihr. Auch etwas irreal, weil ich gleichzeitig diesen Liebeskummer hatte und das Ganze so einen leichten Beigeschmack von einer Trainingseinheit bekam. Aber Emma schien das sogar zu gefallen. »Ja, das ist gut!«

»Ja?«

»Ja!«

Zwischendurch – kein Scheiß – zündete sie sich sogar mal eine Zigarette an. *Während* wir miteinander schliefen. Ich lag auf dem Rücken, sie saß auf mir, beugte sich zur Seite, schnappte sich ihre Handtasche, zog eine Schachtel *Gauloises* heraus und steckte sich eine an. Sie rauchte einfach eine Zigarette, während sie sich auf mir bewegte! Einfach so. Und das Einzige, was mir dazu einfiel, war: »Das ist ein Nichtraucherzimmer.«

»Soll ich damit aufhören?«, fragte sie.

»Bloß nicht, nein.«

Emma lachte. Sie lachte überhaupt gern im Bett, hatte ich den Eindruck. Aber mich konnte sie damit nicht anstecken.

Danach war ich völlig k.o. und nass geschwitzt. Ich hörte Emma noch unter der Dusche. Dann muss ich eingeschlafen sein. Als ich kurz vor neun aufwachte, lag ich allein im Bett. Auch Emmas Koffer war weg.

Ich schälte mich aus den Bettlaken, stellte mich unter die Dusche, packte meine drei, vier Sachen und kratzte mein Portemonnaie nach Trinkgeld aus für das Zimmermädchen.

Dann frühstückte ich noch. Der Tisch, an dem Zoe und ich vor ein paar Tagen noch gesessen hatten, war besetzt. Ein altes Ehepaar, rührend. Sie spazierten immer abwechselnd zum Buffet und brachten dem anderen was mit, schenkten sich gegenseitig Kaffee nach, tätschelten sich die Hände. Solche Sachen.

Ich? Ich saß am Fenster, in der Nähe des Eingangs. Draußen, auf der Straße, war wieder ordentlich Betrieb. Einmal musste ich einen Anflug von Traurigkeit runterschlucken. Aber er passte genau zwischen zwei Bissen Rührei. Nein, mir ging es gut. Ich trank meinen Kaffee aus und schenkte der Bedienung noch ein Abschiedslächeln. Das war alles, was ich jetzt noch zu bieten hatte.

Dann machte ich mich auf den Weg.

31

Der Liebeskummer blieb mir. Auch nach dieser Nacht. Es dauerte lange, bis er verschwand, und wenn ich genau danach suche, ist er eigentlich immer noch da.

Trotzdem wurde es völlig unerwartet ein schöner Sommer in Paris. Von Zoe hörte ich nichts mehr. Aber wenn ich an sie dachte, hatte ich das Bild von ihr im Bus in meinem Kopf – wie sie mir noch durchs Fenster zulächelte, nach unserer ersten Nacht an der Isar. Auch das war ein Abschied gewesen, aber ein hoffnungsvoller.

Das war sie also – meine erste große Liebe. Auch wenn es vor allem *meine* Liebe war.

Wir hatten nur acht Tage miteinander gehabt. Rückblickend kommt mir die Zeit viel länger vor. Als würden diese Tage durchs Weltall schweben und sich dabei immer weiter ausdehnen.

Jedenfalls hatte ich in Paris für mich beschlossen, dass diese Sache zwischen Zoe und mir auch etwas wert war. Sonst hätte sie mich nicht so gefangen nehmen können. Eine Weile grübelte ich noch darüber nach. Mit einem ledernen Notizbuch und dem Füller meines Großpapas. Ich schrieb Sätze auf wie: *Liebe ist immer ein Risiko.* Oder: *Man muss sich mit al-*

lem, was man hat, in die Liebe stürzen, auch wenn sie einem das Herz bricht. Aber irgendwann hörte ich damit auf und ging raus in die Stadt und zwang mich dazu, Zoes Telefonnummer zu vergessen.

Ich hatte sie auswendig gekannt. Sie vor Zoes Augen zu löschen war reine Show gewesen.

Es war nicht einfach, die Nummer zu vergessen. Gelegentlich fragte ich mich natürlich trotzdem, was aus Zoe geworden war. Ob sie das Kind bekommen würde? Ob sie wieder mit Leif zusammen war? Solche Fragen erwischten mich, wenn ich an einer Kinokasse anstand oder durch ein Museum spazierte. Aber da ich das nicht ständig machte, war es erträglich.

Mit Jonas blieb ich in Kontakt. Nicht nur via Chat und *Facebook*. Er besuchte mich ab und zu und half mir bei meinen Filmen. Mein Vater hatte sich eine neue Spiegelreflexkamera zugelegt und mir das Vorgängermodel – eine zwei Jahre alte digitale *Canon* – vererbt, vermutlich aus Freude darüber, dass ich zurück nach Paris gegangen war und er keinen Ärger mehr mit meiner Mutter hatte. Mit dem Ding konnte man ziemlich gut filmen. Manchmal filmte ich aber auch mit dem neuen Handy, das bei meiner Rückkehr in meinem Zimmer in Gentilly auf dem Schreibtisch gelegen hatte. Ich benutzte es, wenn die Kamera zu auffällig gewesen wäre: wenn ich den Leuten dokumentarisch auf die Pelle rücken wollte – sehen wollte, wie ihr Leben so war, ohne dass sie es merkten. Das konnte ich mit dem Smartphone besser einfangen.

Wir drehten oft im Park der Cité Universitaire, Jonas und ich. Wie gesagt, der Sommer wurde schön in Paris. Der Park lag keine fünf Minuten von der Wohnung meiner Mutter entfernt, man musste nur über die Fußgängerbrücke, über den

Boulevard Périphérique. Der Park war groß, es war dort immer was los und man konnte sich trotzdem zurückziehen. Hier bekam man nicht mal Ärger, wenn man auf den Wiesen Fußball spielte.

Und die Frauen dort – unglaublich!

Jonas tat übrigens so, als hätte es unser kleines Coming-out-Gespräch nie gegeben. Oder als könnte er sich nicht mehr daran erinnern. Er wusste angeblich nur noch, dass er am nächsten Morgen einen vollgekotzten Eimer neben seinem Bett gefunden hatte.

Nun, in erster Linie war das ja seine Angelegenheit. Aber immerhin kannten wir uns schon eine Ewigkeit. Ich machte es also auch zu meiner.

Die Kurzfilme, die ich in Paris drehte, waren chaotische Dinger mit mindestens tausend Macken. Aber sie hatten wohl auch etwas Unbeschwertes. Immer ging es um Liebe und Paris, und Paris allein ist ja schon mal ein ziemlicher Trumpf im Ärmel, wenn man die Stadt einigermaßen einfing.

Meine Schauspieler waren alles Laien, Studenten aus aller Welt, die in der Cité Universitaire wohnten und die ich einfach fragte, ob sie Lust hätten, mitzumachen. Oder es waren Schulkameraden von mir. Ich unterlegte die Filme sogar mit Originalmusik – von einem jungen Straßenmusiker, dem ich mal eine Hauptrolle aufgequatscht hatte.

In diesem einen Kurzfilm ging es um einen Jungen – gespielt von Jonas –, der die Seine-Brücken an Notre-Dame nach einem dieser dämlichen Liebesschlösser absuchte, die dort wucherten. Er wollte es abmontieren, um das Mädchen zu vergessen, mit dem er es angebracht hatte. Dabei half ihm der Musiker und am Ende landeten die beiden im Bett.

Also, so stand es jedenfalls im Drehbuch. Jonas fand das zu plump. Der Straßenmusiker war auch nicht gerade begeistert. Das nervte natürlich: Schauspieler, die plötzlich mehr über ihre Rolle wussten als der Autor. Pff!

Aber da beschloss ich, Jonas erst mal in Ruhe zu lassen, was sein Coming-out betraf. Er hatte mir einen Blick zugeworfen, den man nicht mit Worten unterlegen musste. Also vertraute ich darauf, dass er sich schon melden würde, wenn er meine Unterstützung brauchte. Und in der Zwischenzeit – würde ich einfach da sein. Manchmal ist das ja das Beste, was man machen kann. Einfach da sein.

Im Bett endeten meine Filme trotzdem meistens. Im Bett oder auf einer Parkbank.

Auf so einer Parkbank endete auch die Geschichte, mit der ich mich nach meinem Bac an der Münchner Filmhochschule bewarb.

Die Geschichte heißt *Die Frau im Park*. Das soll geheimnisvoll klingen – aber nicht zu abgehoben. Ein Mann lernt in einem schönen Park – man könnte sich den Englischen Garten vorstellen – eine Frau kennen. Er schläft auf einer Parkbank ein, und sie hebt seinen heruntergefallenen Geldbeutel auf. Beide sind Anfang sechzig. Und es ist Liebe auf den ersten Blick – so stark, als wäre es die erste große wahre Liebe überhaupt von beiden. Die Frau geht weg und der Mann folgt ihr. Er ist verheiratet, aber nicht glücklich. Und dann findet er heraus, dass er die Frau, in die er sich da gerade verliebt hat, beinahe schon mal kennengelernt hätte. Aber nicht nur einmal. Sondern viermal. Er hat sie viermal in seinem Leben immer nur knapp verpasst: mit siebzehn, mit Ende zwanzig – Ende dreißig – Mitte vierzig. Es war jedes Mal wie verhext, immer ist irgendeine Kleinigkeit dazwischengekommen. Und jedes Mal hat diese lächerliche Kleinigkeit seinem Leben eine ganz andere Richtung gegeben und nicht unbedingt die bessere. Der Mann fragt sich jedenfalls irgendwann, ob er einfach Pech gehabt hat – oder ob er jetzt Glück hat: dass er seine große Liebe doch noch treffen durfte, besser spät als nie.

In dem Moment, in dem er sich dann für sie und gegen seine Frau entscheidet, merkt man, dass er das alles nur geträumt hat. Ein Traum auf einer Bank im Park an einem schönen Herbsttag. Und als man als Zuschauer immer noch nicht so recht weiß, ob man jetzt sauer sein soll, weil man quasi einen ganzen Film lang storymäßig in den April geschickt wurde, gibt es noch eine Wendung.

Da kommt die Frau, die ihn quasi zu seinem Tagtraum inspiriert hat, auf ihn zu und lädt ihn auf einen Kaffee ein. Er solle sie nicht für aufdringlich halten, sagt sie. Aber sie seien in einem Alter, wo man handeln müsse, weil einem unter Umständen nicht mehr allzu viel Zeit zum Träumen bleibt.

In der Geschichte steckten natürlich eine Menge Fehler. Und manches war ziemlich schwer umzusetzen. Das mit den Rückblicken zum Beispiel. Die verschiedenen Altersphasen der Hauptfiguren konnte man nicht nur hinschminken. Vielleicht computergenerieren, wenn Geld keine Rolle spielte. Dass man es so machte wie Richard Linklater mit *Boyhood*, war leider auch nicht drin, weil sich die Handlung meiner Geschichte über ganze fünfundvierzig Jahre erstreckte. Wahrscheinlich brauchte man verschiedene Schauspieler. Die nicht nur gut sein müssten, sondern sich auch noch ähneln sollten. Und man müsste die verschiedenen Epochen rekonstruieren: die 70er-, 80er- und 90er-Jahre, auch ein ziemlicher Aufwand, knifflig.

Aber vielleicht würden diese Filmheinis ja gerade deswegen anbeißen. Nicht, dass ich mir allzu große Hoffnungen machte. Mit Hoffnungen nahm ich mich inzwischen generell etwas zurück. Es war zum Beispiel gut möglich, dass sie mich für zu jung hielten. Doch zumindest hatten sie mich schon mal zum Auswahlgespräch eingeladen. Und zur Not hatte ich auch einen Plan B. Einen Plan B hatte ich jetzt immer.

Ich wollte die Sache also mal ganz locker angehen. Sonst hat man sowieso keine Chance.

Ich stieg am Königsplatz aus der U-Bahn und ging zur Rolltreppe. Ich war früh dran. Aber ich spürte nicht mal einen Anflug von Nervosität in mir, was dieses Auswahlgespräch betraf. Es war, als hätte meine Begegnung mit Zoe vor einem Jahr alle Nervosität in mir für immer ausgelöscht.

Was hatte ich schon zu verlieren? Ich war achtzehn, und mein ganzes Leben lag vor mir. Aber mein Herz war schon mal gebrochen worden – und trotzdem stand ich noch. Im Prinzip konnten sie mir gar nichts. Diese Filmtypen nicht, und auch sonst niemand. Es war mein Leben, und wie mein Leben war, bestimmte ich.

Nach dem Gespräch spazierte ich durch die sommerlich leuchtenden Straßen. Ich trank einen Kaffee zum Mitnehmen. An einer Kreuzung schloss ich die Augen und ließ das Gemisch aus Verkehrsgeräuschen und Vogelgezwitscher auf mich wirken. Dann ging ich weiter, bis ich irgendwann im Englischen Garten war. Und irgendwann setzte ich mich auf die Parkbank, wo ich Zoe kennengelernt hatte. Ich komme jedes Mal hierher, wenn ich in München bin. Dann denke ich an die Zeit damals zurück und bin glücklich – und gleichzeitig zerreißt es mir das Herz.

Aber ich hatte mich, bevor ich Zoe kannte, nie so lebendig gefühlt wie seitdem. Seitdem war es großartig, am Leben zu sein. Und vielleicht würde ich mich ja sogar mal wieder verlieben.

Ich streckte mich auf der Parkbank aus, vergrub die Hände unter meinem Kopf – ich war ganz schön k.o. Ich dachte an die Geschichte, die ich Zoe zu verdanken hatte. Wenn das mit dem Film nicht klappen sollte, würde ich ein Buch daraus machen.

Ein Sommertraum von Liebe & Freundschaft

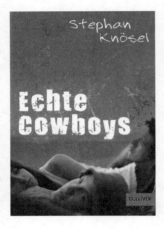

Stephan Knösel

Echte Cowboys

Roman
Gulliver, 240 Seiten (74251)
E-Book (74288)

Dies ist die Geschichte dreier Einzelgänger, die zufällig zur richtigen Zeit am richtigen Ort sind: Cosmo, der schweigsame Underdog. Nathalie, die einsame Traumfrau. Tom, der ewige Pechvogel. Eine Flucht aus den Sackgassen der Großstadt, ein Abschied von denen, die nie richtig da waren.

»Temporeich. Lässig. Ehrlich.« *Deutschlandfunk*

Bayerischer Kunstförderpreis
Kranichsteiner Jugendliteratur-Stipendium

www.beltz.de

Rasant wie ein Actionfilm!

Stephan Knösel

Jackpot

Roman
Gulliver, 256 Seiten (74436)
E-Book (74344)

Ein Auto kracht gegen einen Baum, das geheimnisvolle Mädchen Sabrina und eine Tasche voller Geld im Kofferraum – Jackpot! Dumm nur, dass Chris und sein Bruder Phil nicht die einzigen sind, die scharf darauf sind. Sabrina erzählt aberwitzige Geschichten, die Gang nebenan schlägt los und die Polizei will auch mitreden. Doch alle sind nichts gegen den Mann, der mit Sabrina im Auto saß. Er würde töten für seinen Jackpot …

»Action pur & superspannend!« *Mädchen*

Nominiert für den Deutschen Jugendliteraturpreis 2013

www.beltz.de
BELTZ & Gelberg

Der Sound der Liebe

Lena Hach

Wanted. Ja. Nein. Vielleicht.

Roman
Gulliver, 155 Seiten (74583)
E-Book (74449)

Na toll! Ausgerechnet zum Beginn der Sommerferien wird Finn von seiner Freundin verlassen. »Du bist echt ein ganz Lieber, aber du hast einfach nichts Eigenes, Finn.« Aber wer ist dieses Mädchen, das überall diese verrückten Abrisszettel aufhängt?

»Lena Hach hat einen bestens unterhaltenden und dabei schlauen Roman über die Liebe geschrieben … Wahnsinnig lässig, dabei aber keine Spur anbiedernd.« *Kölner Stadtanzeiger*

»In herrlich witzigem Berliner Schnodderton geschrieben zeigt es, dass sich Liebeskummer absolut nicht lohnt!« *Münchner Merkur*

BELTZ & Gelberg

www.beltz.de

Liebe ist ganz schön kompliziert ...

Lena Hach
Zoom. Alles entwickelt sich

Roman
Klappenbroschur, 155 Seiten
Beltz & Gelberg (81185)
E-Book (74513)

Till hat die Kamera seines Vaters, eine alte Leica M4, überall dabei. Aber die Fotos will Till erst entwickeln, wenn sich sein verschwundener Vater bei ihm meldet. Als Paula, die Chefredakteurin der Schülerzeitung, Till bittet, auf der Klassenfahrt Bilder zu machen, gerät er in ein Dilemma: Er findet Paula toll. Ach was – er ist total in sie verknallt! Aber was ist mit seinem Vorsatz? Kann Till Paula die Wahrheit über seinen Vater sagen?

www.beltz.de

Das Leben ist nicht alles …

Christoph Wortberg
Der Ernst des Lebens macht auch keinen Spaß

Roman
Klappenbroschur, 224 Seiten
Beltz & Gelberg (81158)
E-Book (74450)

Lenny hat seinen älteren Bruder Jakob immer bewundert. Den Großen, den Alleskönner. Doch jetzt ist Jakob tot. Lenny beginnt, Fragen zu stellen. Wer war sein Bruder? Wer ist er selbst? Und was, zum Teufel, ist der Sinn des Lebens ohne Jakob? Da trifft Lenny auf Rosa. Sie kannte seinen Bruder. Besser als er ahnt …

»Ein Jugendroman im besten Sinne: aufklärerisch und mit ermutigendem Ende.« *Kreiszeitung Böblinger Bote*

»Christoph Wortberg weiß, wie man wenig Worte macht und trotzdem alles sagt.« *Frank M. Reifenberg, eselsohr*

Nominiert für den Deutschen Jugendliteraturpreis 2015

www.beltz.de **BELTZ & Gelberg**

»Ich werde Großes vollbringen…«

Lisa Bjärbo

Alles, was ich sage, ist wahr

Roman
Klappenbroschur, 253 Seiten
Beltz & Gelberg (81156)
E-Book (74448)

Alicia ist 16 und will endlich leben: Sie schmeißt die Schule, denn das ist, findet sie, sowieso reinste Zeitverschwendung. Verrückt? Vielleicht. Sie zieht sie zu ihrer Oma, der coolsten Oma der Welt, und jobbt in dem angesagten Kaffee & Träume. Dort begegnet sie einem griechischen Gott, Isak, den sie unbedingt haben will. Doch dann passiert etwas, was Alicia komplett aus der Bahn schmeißt. Und vielleicht sollte sie jetzt einfach mal rauskriegen, was sie eigentlich wirklich will…

»Von rotzig-witzig bis todtraurig erfrischend impulsiv und sehr authentisch.«   *Westdeutsche Zeitung*

»Eine schöne Geschichte, herzzerreißend, traurig und komisch. Alles, was sie sagt, könnte wahr sein.«   *Kulturkoftan*

www.beltz.de

BELTZ & Gelberg